Narratori Feltrinelli

Yoshida Shūichi
Appartamento 401

Traduzione di Gala Maria Follaco

Titolo dell'opera originale
PARADE

Traduzione dal giapponese di
GALA MARIA FOLLACO

Prima edizione ne "I Narratori" febbraio 2019

Stampa Grafica Veneta S.p.A. di Trebaseleghe - PD

ISBN 978-88-07-03331-5

FSC
www.fsc.org
MISTO
Carta
da fonti gestite in
maniera responsabile
FSC® C021883

Avvertenza

Per la trascrizione dei nomi giapponesi è stato adottato il sistema Hepburn, secondo il quale le vocali sono pronunciate come in italiano e le consonanti come in inglese. Si noti inoltre che:

ch è un'affricata come la *c* nell'italiano *cesto*
g è sempre velare come in *gatto*
h è sempre aspirata
j è un'affricata come la *g* nell'italiano *gioco*
s è sorda come in *sasso*
sh è una fricativa come *sc* nell'italiano *scelta*
w va pronunciata come una *u* molto rapida
y è consonantica e si pronuncia come la *i* italiana.

Il segno diacritico sulle vocali ne indica l'allungamento.

Seguendo l'uso giapponese, il cognome precede sempre il nome.

Per il significato dei termini stranieri si rimanda al *Glossario* in fondo al volume.

Personaggi

Sugimoto Ryōsuke (21 anni)
Iscritto al terzo anno della facoltà di Economia, Università H.

Ōkouchi Kotomi (23 anni)
Disoccupata

Sōma Mirai (24 anni)
Illustratrice e commessa

Kokubo Satoru (18 anni)
Lavoro serale

Ihara Naoki (28 anni)
Impiegato presso una casa di distribuzione cinematografica

Appartamento 401

Sugimoto Ryōsuke

Uno spettacolo davvero straordinario. Dal balcone al terzo piano si vedeva la Kyū-kōshū kaidō, e nessuna delle migliaia di auto che ogni giorno transitavano lungo quell'arteria aveva mai causato un incidente. Il balcone dava proprio sulle strisce pedonali, e quando il semaforo diventava rosso le auto si fermavano in perfetta corrispondenza della linea d'arresto. Le successive facevano lo stesso, mantenendosi a una certa distanza da quelle che le precedevano. Quando il semaforo tornava verde, la prima della fila lentamente ripartiva, e a seguire la seconda, poi la terza, sempre rispettando la distanza di sicurezza, come se ci fosse qualcosa o qualcuno a trainarle.

Naturalmente anch'io, quando sono alla guida, freno se l'auto davanti a me si ferma e non riparto finché non riparte, pure se il semaforo nel frattempo diventa verde. Lo so, è una banalità, e poi gli incidenti non si verificano certo con chissà quale frequenza, eppure anche questi movimenti così banali, a guardarli dall'alto, sembrano uno spettacolo assolutamente straordinario.

Uno dei motivi per cui una domenica pomeriggio, col bel tempo, me ne stavo lì sul balcone a guardare le auto in strada è che mi annoiavo.

Quando ci si annoia, il tempo non passa... come dire... in linea retta, ma piuttosto come un cerchio, sembra di rivivere lo stesso momento più volte. Forse chi parla di "senso di irrealtà" si riferisce a situazioni del genere. Facciamo finta, per esempio, che io volessi calarmi da quel balcone. Trovandomi al terzo piano, se fossi stato fortunato mi sarei rotto qualcosa, in caso contrario sarei morto sul colpo. Ma se il tempo gira in tondo, uno può anche morire la prima volta, tanto poi ce ne sarà un'altra. La prima volta muore sul colpo, la seconda magari ci riprova e se la cava solo con una leggera distorsione. Arrivato alla terza gli è già passata la voglia e il solo pensiero di dover scavalcare la ringhiera è una seccatura. Se uno ci rinuncia non cambia niente. E se non cambia niente, la noia di prima è lì che ti aspetta.

Non è che quella domenica pomeriggio, col bel tempo, non avessi voglia di fare niente. Ma se mi avessero chiesto cosa volessi fare mi sarei trovato in difficoltà, diciamo che mi sarebbe piaciuto andare in un posto nuovo, incontrare persone nuove e parlare con sincerità, senza imbarazzo. Non doveva trattarsi per forza di qualche ragazza carina. Tipo il Maestro e K. nel *Cuore delle cose* di Natsume Sōseki, che si arrovellano insieme sulla vita e sull'amore. Se poi quello si suicidasse però mi dispiacerebbe, quindi forse per me andrebbe meglio uno che non si prenda troppo sul serio.

Lasciai la ringhiera a cui ero stato appiccicato come una lumaca e rientrai nella mia stanza, quindi mi diressi nel salotto passando sul *futon* ancora steso per terra.

In salotto mi trovai davanti agli occhi la schiena di Koto-*chan* tutta intenta a guardare la replica di una puntata di *Infermiere*. Come al solito aveva indosso la tuta, che le faceva anche da pigiama, e si stava tagliando le doppie punte. E quando, sentendomi arrivare, mi disse con un tono canzonatorio: "Durante le vacanze voi studenti non avete un bel niente da fare, eh?", mi venne voglia di prendere lo specchio a figura intera che tenevamo su un lato della stanza e metterglielo davanti. Guardandosi, forse, tutta quella voglia di scherzare le sarebbe passata.

Controllando il contenuto del portafoglio le domandai: "Sto andando al *konbini*, devo comprarti qualcosa?".

Koto-*chan* si voltò stringendo un ciuffetto di capelli tra le dita e mi chiese: "Al *konbini*? Che ci vai a fare?".

"Cosa vuoi che ci vada a fare? A sfogliare qualche rivista," risposi. Pensavo che si sarebbe messa a ridere e avrebbe risposto: "Non hai veramente niente da fare", invece mormorò: "A sfogliare riviste... Quasi quasi vengo con te".

"Meglio di no."

"Perché?"

"Se vieni con me non posso sfogliare le riviste che voglio."

"E che cosa vorresti sfogliare?"

In quel momento, lo schermo del televisore iniziò a sfarfallare. Mizuki Arisa, con indosso un camice da infermiera esageratamente corto, aveva appeso una sacca della flebo e si era precipitata in corridoio. L'immagine era così disturbata che sembrava che una tempesta di sabbia l'avrebbe risucchiata di lì a poco. Era da un po' che il televisore non funzionava tanto bene. Pareva che l'oggetto stesso ci stesse dicendo: "Non credete sia il caso di prenderne uno nuovo?".

"Uff, fa di nuovo zapping," disse Koto-*chan*, fissando anche lei il televisore.

"Ma lo sai che in realtà non è questo che significa? Zapping vuol dire passare da un canale all'altro con il telecomando. Me l'hanno detto dei compagni di università, perché quando ne parlavo loro non capivano a cosa mi riferissi."

"E allora questa cosa qui come si chiama?"

"Non saprei. Comunque zapping, con questo significato, lo usiamo solo in questa casa."

Koto-*chan* intanto era scattata in piedi e aveva cominciato a colpire furiosamente il televisore. Le immagini sullo schermo si contrassero come se soffrissero per davvero, e al terzo gancio destro di Koto-*chan* ritornarono normali.

"Ci sai fare, eh?"

"Come?"

"Col televisore, dico. Lo hai rimesso a posto."

"Ah, intendi quello. Ho imparato il trucco."

Così dicendo, tornò a sedersi e riprese a tagliarsi le doppie punte.

"Senti, Ryōsuke, quali sono i tuoi tre sceneggiati preferiti?"

"Guarda che me l'hai già chiesto," risposi continuando a fissare Mizuki Arisa che correva di nuovo da una stanza all'altra.

"Quella volta mi riferivo agli sceneggiati della prima serata di lunedì. Stavolta invece alla seconda serata del venerdì, quelli che dà la TBS... I miei sono *Finché non sarà tutto un ricordo*, *Dimmi che mi ami*, e poi... E poi sono indecisa tra *Il professore del liceo* e *Lo squalificato*, credo..."

Mizuki Arisa ormai si era cambiata, quindi mi avviai verso la porta. Dietro di me sentii Koto-*chan* che gridava: "Ehi, rispondimi!". Sapevo che al ritorno dal *konbini* sarebbe ripartita all'attacco, quindi le domandai: "*Le mele marce* lo davano il venerdì in seconda serata?", e lei confermò, così risposi: "Allora i miei preferiti sono le tre stagioni delle *Mele marce*" e uscii. Subito dopo aver chiuso la porta mi dissi che le avrei potuto chiedere quale fosse il trucchetto per far smettere lo zapping e fui tentato di tornare indietro, ma poi pensai: "Macché, di questi tempi la televisione è meglio non guardarla" e proseguii per la mia strada.

Koto-*chan* non se n'era resa conto, ma quello non era periodo di vacanza, bensì di esami. Abituata ad andare a letto non più tardi delle undici con la sigla di NEWS23 per non rovinarsi la pelle, Koto-*chan* non poteva sapere che tutte le sere, ormai da qualche settimana, trasformavo in draghi le linee dei grafici che illustravano le *Fluttuazioni nel tasso di cambio all'indomani dell'accordo del Plaza* e disegnavo vignette sulle pagine del dizionario francese-giapponese.

A proposito, io all'università ci vado in macchina. Il che suonerà anche fico, ma finora nessuna ragazza si è mai mostrata entusiasta vedendomi arrivare con la mia auto. È una Nissan March di seconda mano che ho comprato per settantamila yen subito dopo l'iscrizione al primo anno. Mi procurai un libro di onomanzia e le assegnai il nome Momoko. Sugimoto Momoko: venticinque tratti in totale, un numero propizio. "Personalità risoluta, autonoma e indipendente. Poco incline all'odio e con un forte senso della pietà filiale, rispettosa delle persone anziane. Il suo punto debole sono le vie respiratorie...", una profezia avveratasi già tre giorni dopo l'acquisto. Dopo dieci chilometri, il motore di Momoko puntualmente si spegne.

Significa che nel tragitto da Chitose Karasuyama all'università, che si trova a Ichigaya, Momoko si ferma proprio davanti alla stazione di Shinjuku, lasciandomi miseramente in panne, in pieno giorno, sulle strisce pedonali davanti allo Studio Alta. Giravo e rigiravo la chiave ma Momoko, autonoma e indipendente, non voleva saperne di ripartire. Il semaforo diventò verde e alle mie spalle i clacson iniziarono a suonare in modo isterico. Rassegnato, scesi dall'auto e afferrai il volante con una mano, quindi iniziai a spingere dandomi il tempo: "Un, due, tre! Un, due, tre!". Il prezzo sarà stato anche basso, ma non lo è di certo il peso. Le persone in attesa al semaforo se la ridevano guardandomi spingere con tutte le mie forze la macchina verso la fermata dei pullman turistici. Ma per fortuna la gente non è tutta uguale. All'improvviso, mentre ero paonazzo per lo sforzo, sentii che l'auto era diventata più leggera, quindi mi voltai e vidi due ragazzi – tipi dai quali normalmente mi sarei tenuto ben alla larga – che spingevano il posteriore di Momoko.

"Ehi, sali e frena, sbrigati! Se no vai a sbattere sul guardrail!" disse uno dei due, con dei ricci in stile *punch perm* e un cardigan rosso, al che mi precipitai al volante. Riuscii a mettere in salvo il muso di Momoko per un pelo. Mi sporsi dal finestrino per ringraziarli, ma avevano già attraversato le strisce pedonali e stavano scavalcando il guardrail davanti allo Studio Alta. Urlai a gran voce un "Grazie!", ma prima che potessero raggiungerli, le mie parole furono soffocate dal chiasso della stazione di Shinjuku. Senza voltarsi, i due procedettero a passo svelto verso Kabukichō e sparirono tra la folla. Sicuramente venivano da Saitama, o forse da Nagareyama, che è nella prefettura di Chiba. Quando ti si scassa la macchina, sono sempre teppisti del genere a spuntare da chissà dove per tenderti una mano.

Ecco perché, quando ero alla guida di Momoko, facevo in modo di non chiederle troppo: dopo nove chilometri spegnevo per un po' il motore, poi lo riaccendevo e andavo avanti per altri nove. Naturalmente non mi sono mai spinto troppo lontano. Mi ero fatto la macchina e grazie a lei il mio campo d'azione si era sensibilmente ristretto.

L'università non ha un parcheggio, quindi dovevo lasciarla lungo la strada che costeggia il fossato del Palazzo Imperiale, dove ovviamente c'è il divieto di sosta, e se ti va male te la porta via il carro attrezzi. Ma a differenza delle auto degli altri studenti, la mia Momoko il carro attrezzi non la tocca. Questo perché sulla strada c'è un *kissaten* che si chiama Refrain, e il proprietario me la sposta nel suo parcheggio privato ogni volta che vede avvicinarsi i vigili. Il motivo per cui lo fa è che Momoko, la stessa auto che solo per aver percorso un po' di strada non si fa problemi a lasciarsi spingere il posteriore dal primo teppista che passa, in realtà me l'ha venduta proprio lui, era la sua figliola adorata.

Ed era stato sempre lui a tenermela d'occhio tre giorni prima, mentre sostenevo l'esame di Economia dei mercati internazionali. A proposito, subito dopo l'esame avevo incontrato Sakuma, un collega del mio stesso anno che non vedevo da tempo, e come al solito mi aveva chiesto di Koto-*chan*.

Sakuma e io eravamo capitati vicini agli esami di ammissione che si erano tenuti al Budōkan. Facemmo amicizia e in effetti credo di poter dire che all'università lui sia il mio unico amico. A pensarci bene è stato lui a insegnarmi ciò che c'era da sapere riguardo alla vita a Tōkyō. Anche le cose più banali, per esempio come prendere la metropolitana (nel posto da cui vengo io non c'è la metropolitana), come vestirmi (naturalmente a jeans e felpa ci arrivavo già da solo), dove sono i bar più alla moda, come cercare i lavori part-time meglio retribuiti... Tutte queste cose me le ha insegnate lui. Il che non significa, però, che mi spiegasse sempre tutto come si deve. La storia del treno, per esempio. Una volta, poco dopo l'inizio dei corsi, all'uscita dalle lezioni presi insieme a lui un treno della linea Yamanote. C'era una cosa che sin dal mio arrivo a Tōkyō mi aveva sempre incuriosito.

"Senti, ma quelli dove vanno?"

Reggendomi alle maniglie, rivolsi a Sakuma questa domanda perché non riuscivo a capire dove fossero dirette tutte quelle persone che durante la corsa del treno si spostavano tra una carrozza e l'altra. Naturalmente ora lo so che si portano nelle carrozze che si fermano in corrispondenza dell'uscita per loro più comoda, ma all'epoca questo modo così pratico di ragionare mi era ancora oscuro.

"Quelli chi?"

Sembrava che Sakuma non avesse neanche capito la domanda, allora rilanciai, chiedendogli ciò che fino ad allora avevo chiesto solo a me stesso: "Forse in una delle carrozze ci sono dei bagni?". A quel punto la cosa gli fu palesemente più chiara: "Ah, quelli," annuì. "No, non è il bagno che cercano, ma il chioschetto".

Se in quel momento Sakuma avesse parlato di una carrozza ristorante, persino io avrei avuto qualche dubbio, invece mi sembrò tutto sommato plausibile che in un treno della Yamanote ci fosse un chioschetto che vende succhi di frutta e quotidiani. Non gliel'ho mai detto perché non voglio dargli soddisfazione, ma da allora avrò fatto chissà quante volte su e giù tra le carrozze della Yamanote alla ricerca del fantomatico chioschetto.

Tre giorni prima, dopo l'esame di Economia dei mercati internazionali, Sakuma e io lasciammo il campus con l'idea di andare a giocare a biliardo, ma prima ci fermammo in un fast food della catena Lotteria, a Iidabashi.

"Come se la passano i tuoi coinquilini?" domandò Sakuma addentando un cheeseburger. Nonostante gli chiedessi di non farlo, lui continuava a sedersi sulla sedia a gambe incrociate.

"Quale dei miei coinquilini?"

"I coinquilini, tutti."

"E tra tutti mi stai chiedendo di qualcuno in particolare?"

Sono un tipo indisponente, lo so. Sakuma rispose: "Mah, fa niente," quindi mandò giù il cheeseburger con una sorsata di milk shake.

I "coinquilini" di cui parlava erano le persone con cui condividevo l'appartamento composto da due stanze, soggiorno e cucina in un condominio di Chitose Karasuyama. E il nome che con fare indisponente cercavo in ogni modo di far pronunciare a Sakuma era quello di Ōkouchi Kotomi, per tutti Koto-*chan*, quella di prima, che si tagliava le doppie punte guardando una replica di *Infermiere.*

"Non mi fraintendere, ma è meglio se lasci perdere Koto-*chan*."

Allungai una mano verso le patatine che aveva lasciato e gli ripetei per l'ennesima volta il mio avvertimento.

"Ma che fastidio le do se me ne sto qui ad aspettare che lei e il suo ragazzo si lascino?!"

Sakuma diede un'altra sorsata, ma la cannuccia emise un sibilo e di milk shake neanche l'ombra.

Koto-*chan* ha un ragazzo. O meglio, lei è convinta di averlo (la situazione è complicata e potrebbe mandare in confusione un ragazzo semplice come Sakuma). Koto-*chan* non è bella, è di una bellezza fuori dal mondo. Non sono solo io a dirlo, la maggior parte dei ragazzi – e ne avevo un esempio proprio davanti ai miei occhi – quando la vede non può che constatarlo candidamente. Quella bellezza fuori dal mondo se ne stava rintanata nel nostro appartamento dalla mattina alla sera con indosso la sua tuta-pigiama. E il motivo per cui se ne sta rintanata lì dentro è il ragazzo con cui stava dai tempi della scuola di specializzazione, Maruyama Tomohiko, attore di belle speranze (attualmente nel ruolo del giovane amante della modella reinventatasi attrice, Egura Ryō, in una telenovela in onda su Fuji TV). Koto-*chan* trascorre l'intera settimana in salotto ad aspettare una sua telefonata, dalla mattina alla sera, e intanto si taglia le doppie punte o si dedica alla preparazione di dolci, di cui è appassionata.

"Senti, posso venire a casa vostra stasera?" mi chiese Sakuma all'uscita del Lotteria, mentre ci avviavamo verso la sala biliardo, simulando una certa noncuranza. Mi misi a ridere e risposi: "Sì, puoi venire. Certo che non ti dai mai per vinto, eh?".

"Guarda che non ho mica detto che ho già intenzione di dichiararmi un'altra volta a Koto-*chan*!"

"Ah, quindi ci riproverai?"

"Ti ho detto di no!"

"Ti sei già dimenticato com'è andata a finire l'altra volta?"

"Me lo ricordo benissimo. Però quella volta l'avevo presa troppo alla lontana..." ribatté Sakuma, imbarazzato, prima di sbattere con lo stinco contro il guardrail nel tentativo di scavalcarlo.

"Ah, quindi l'avevi presa alla lontana... Andare davanti a

una e dirle 'Koto-*chan*, mi piaci. Ti penso in continuazione. E quando ti penso sto male' significa prenderla alla larga..."

"Per come sono fatto io, sì."

"E che ti ha risposto Koto-*chan*?"

"Non me lo ricordo."

"Vuoi che ti rinfreschi la memoria?"

"No."

La prima e unica dichiarazione d'amore di Sakuma si svolse nel soggiorno di casa nostra mentre Koto-*chan* lo ascoltava a testa bassa. A giudicare dal suo atteggiamento, sembrava prestare assoluta attenzione a ciò che lui le stava dicendo. Ma proprio allora Sōma Mirai (un'altra coinquilina) uscì dal bagno e le gridò: "Koto! La vasca è pronta, puoi andare!", e lei rispose, sempre a gran voce: "Ecco, ora vado! Qui ho quasi finito, credo".

Sakuma non è certo uno che se la prende, però quella sera si ritirò a capo chino, e come dargli torto. Provai compassione per lui che, tutto sommato, era pur sempre il mio unico amico, quindi rimproverai Koto-*chan* dicendole: "Sarà colpa del profondo quanto vuoi, ma questo tuo comportamento mi pare un po' troppo". A proposito, per profondo si intende l'inconscio, è stata Mirai la prima a usare l'espressione dopo aver letto un fumetto sulla psicanalisi di Freud, e in casa ormai lo usavamo un po' tutti.

Sfogliai parecchie riviste piegandomi di tanto in tanto sulle ginocchia per sgranchirmi. Alla fine non sapevo più che leggere e allungai la mano verso i magazine femminili, così scoprii che su "Cosmopolitan" c'era una breve intervista a Maruyama Tomohiko. Decisi di comprarlo per Koto-*chan*. Nell'intervista Maruyama diceva: "Quando sono innamorato vorrei stare sempre con la mia ragazza. Forse esagero? Sono un monopolizzatore? Ah ah ah", e in effetti era un tale monopolizzatore che Koto-*chan* se ne stava tutto il tempo a guardare repliche di *Infermiere*.

Il *konbini* si trova proprio di fronte a casa nostra. Uscii, lasciai passare qualche auto e poi attraversai la strada. Entrai nell'androne e presi le scale, perché l'ascensore era fermo per manutenzione. Arrivato al ballatoio del primo piano sentii qualcuno singhiozzare proprio sopra di me.

Feci volutamente rumore perché capissero che stavo arrivando, mi misi addirittura a canticchiare e salii ancora un piano. Giunsi al ballatoio tra il secondo e il terzo piano e vidi una liceale in divisa seduta su un gradino con le ginocchia piegate verso l'interno in modo quasi innaturale. Mentre ero fermo sul ballatoio il suo viso, premuto contro un fazzoletto, era esattamente all'altezza del mio. La scala era troppo stretta perché potessi passarle accanto come se niente fosse, del resto volevo anche evitare di farmi urlare dietro "Lasciami stare!" come mi era successo pochi giorni prima. Però la liceale che avevo davanti era diversa da quella, la gonna che portava era di lunghezza normale e non aveva neanche i capelli tinti.

"Se-senti..." dissi. Era un "Senti..." abbastanza ambiguo, poteva preludere sia a un "Mi lasceresti passare?" sia a un "È tutto a posto?".

La ragazzina sollevò il viso dal fazzoletto e per qualche istante restò a guardarmi con aria sorpresa, poi si affrettò ad alzarsi. In quel momento la borsa che teneva sulle ginocchia cadde e mi finì quasi sui piedi. La raccolsi e mi arrischiai a domandarle: "È successo qualcosa?". La ragazzina mi strappò la borsa di mano, rispose "Non è niente" e, quasi spingendomi via, fece per scendere. Le afferrai il polso. Glielo tenevo così stretto che, dopo aver cercato di divincolarsi, non oppose più resistenza, come se non avesse forza.

"Ascolta, a dire il vero non è la prima volta che qui vedo

una ragazza piangere come te adesso... Sei stata nell'appartamento 402, non è vero? Io vivo in quello accanto, il 401."

Nello stesso istante in cui nominai l'appartamento 402 vidi la tensione affiorarle sul volto. La guardai come se volessi leggerle nel pensiero, quindi aggiunsi: "Se vuoi me ne puoi parlare...".

Le ciglia grondavano lacrime. Tanto da sembrare molto più spesse e lunghe. Quando le lasciai il polso la ragazzina mormorò: "No, grazie".

Ma io continuavo a starle attaccato e lei disse, con un tono calmo: "Non è niente, davvero. Ci sono venuta di mia iniziativa, quindi pazienza". Poi corse giù per le scale facendo ondeggiare l'orlo della gonna dell'uniforme.

Volevo seguirla, ma al pensiero di beccarmi un altro "Lasciami stare!", sentii le gambe irrigidirsi.

Tornai a casa di malumore. Koto-*chan* doveva essersi stancata di tagliarsi le doppie punte e adesso era davanti allo specchio, tutta intenta a farsi le sopracciglia.

"Koto-*chan*, l'ho visto di nuovo."

"Cosa?" Quando si voltò vidi che il sopracciglio destro e quello sinistro erano di spessore completamente diverso.

"Cosa? Il 402..."

"Il vecchio? Qualche ragazza?"

"Ragazza. Anzi, a dire il vero questa era una liceale. Piangeva sulle scale."

"Uhm. Qualcuna piange, qualcuna se ne va saltellando, è proprio vero che il mondo è bello perché è vario."

"Ma come fai a dire certe cose come se niente fosse? Nell'appartamento qui accanto si esercita la prostituzione!"

"Questo non lo sappiamo ancora con certezza."

"Ma scusa, ci abita un tipo di mezza età dall'aria equivoca e c'è un continuo andirivieni di uomini palesemente pieni di soldi e di ragazzine palesemente al verde. Che ci vanno a fare se non a prostituirsi?"

"Però io ho visto anche uscire ragazzine perfettamente educate che si inchinavano dicendo 'La ringrazio!'. Le ragazzine che si prostituiscono poi se ne vanno inchinandosi e ringraziando? Qui si tratta di qualche strano culto, altroché. È meglio se non ci intromettiamo, ti dico. Che facciamo se viene fuori che sono di Aum? E se si trattasse di Phowa? Hai presente Phowa?"

Andai in cucina e aprii il frigorifero, dove trovai una bottiglia di vetro con del tè lasciato a raffreddare.

"L'hai preparato tu? Posso berne un po'?"

Mentre glielo chiedevo me ne stavo già versando un bicchiere.

"Ah, è meglio se non lo bevi quello. Non è mio, è di Naoki. Mi pare sia al gelsomino o non so che, comunque l'ha preparato stamattina."

Quando seppi che il tè apparteneva a Ihara Naoki, un altro nostro coinquilino, lo versai di nuovo nella bottiglia. Stiamo parlando di Naoki, come minimo aveva messo qualche segno per ricordarsi quanto ne restava.

"Che ha detto Naoki del 402?" domandai dalla cucina a Koto-*chan*, che continuava a farsi le sopracciglia.

"Ha detto 'E allora noi che condividiamo l'appartamento all'insaputa dell'agenzia come se fossimo degli stranieri entrati clandestinamente in Giappone? Non siamo diversi da lui'."

"Dei clandestini..."

Così borbottando, mi versai un bicchiere di Cola sgasata.

Non saprei spiegare in poche parole perché vivo in questo appartamento in condivisione, né tantomeno ne ho voglia. Finora me lo hanno chiesto in molti, compresi i miei compagni di università. Ma più cerco di spiegarle, più le ragioni per cui lo faccio mi sembrano incomprensibili. Una volta ho fatto la stessa domanda a Koto-*chan*. "Perché abiti qui con tutti noi, Koto-*chan*?", le ho chiesto. La sua risposta è stata la più semplice che si potesse immaginare: "Be', perché Maruyama vive in un appartamento della produzione e con lui non posso stare". Vale a dire che Koto-*chan* aveva due alternative: o "Vivere con Maruyama Tomohiko" o "altro".

La casa è disposta così: appena si entra, sulla destra, c'è il bagno, poi un piccolo corridoio, quindi, a sinistra, la cucina. Diversamente dalle cucine compatte dei monolocali, questa ha spazio sufficiente per sfilettare un tonno. Su un lato della cucina c'è una porta scorrevole oltre la quale c'è una stanza in stile giapponese, di otto *tatami*, che usano i maschi, cioè io e Naoki, dove c'è un letto a soppalco, il suo, mentre io dormo su un *futon* per terra. In verità c'è anche una scrivania, solo che tutti la usano come tavolo da stiro e sopra c'è sempre qualche bomboletta di colla spray o di deodorante per ambienti. Dalla portafinestra si accede al terrazzo, che non è piccolo, ma neanche grande abbastanza da abbellirlo con vasi o pedane in legno.

Tornando in cucina, c'è un'altra porta con l'apertura difettosa dalla quale si accede a un soggiorno grande dodici *tatami*. Sul lato esposto a meridione c'è una grande finestra che dà sulla Kyū-kōshū kaidō, quindi c'è quasi sempre rumore, però entra molta luce e la biancheria intima di Koto-*chan* si asciuga in neanche un'ora. Lei passa quasi tutto il suo tempo qui. Uno potrebbe pensare che siccome ha un telefono cellulare un posto vale l'altro, ma lei dice: "La percentuale di chiamate di Maruyama che ho ricevuto in soggiorno è la più alta di tutte", e quindi non si muove di lì (certo, le si potrebbe obiettare che se sta sempre lì le percentuali non è che c'entrino poi tanto...). Nel soggiorno c'è un divano di finta pelle di un agghiacciante viola sbiadito e un tavolino con piano di vetro.

In fondo al soggiorno c'è una stanza di dieci *tatami* in stile occidentale, la stanza delle ragazze. A noi maschi l'ingresso non è vietato, anzi, quando beviamo tutti insieme spesso stiamo lì, perché a Mirai piace stare distesa sul letto mentre beve. Nella stanza delle ragazze c'è il letto a una piazza e mezza di Mirai e il *futon* di Koto-*chan*, la quale, come me, dorme sul pavimento. In totale sono due stanze, salotto e cucina. E ci viviamo in quattro.

Seduto sul divano, avevo appena finito di bere la mia Cola sgasata quando mi ricordai del numero di "Cosmopolitan" che avevo comprato e lo porsi a Koto-*chan*, che continuava a strapparsi le sopracciglia.

Koto-*chan* doveva averlo già letto, perché lo sfogliò rapidamente senza mostrare particolare interesse e poi lo richiuse dicendomi: "Ah, ora che ci penso. Prima ha chiamato uno che si chiama Umesaki".

"Umesaki *senpai*? E che ha detto?"

"Boh, una cosa tipo 'Che fai allora con il viaggio?'."

Ero stato invitato da un ex *senpai* che frequentava il mio stesso club, questo Umesaki, ad andare a Izu kōgen insieme a lui il fine settimana successivo. Una coppia che l'avrebbe dovuto accompagnare gli aveva dato buca e non trovava nessuno che lo accompagnasse, ecco perché mi aveva telefonato per dirmi: "Vieni, puoi portare anche la tua ragazza".

Provai a chiedere a Koto-*chan*, che faceva strane smorfie per strapparsi le sopracciglia: "Sei libera il prossimo fine settimana?", e lei, come era prevedibile, mi rispose: "Se Maruyama non mi telefona, sì".

"E quand'è che lo saprai?"

"Nel fine settimana, no?"

"Quindi lo saprai quando sabato e domenica saranno passati?"

"Potrebbe... andare così, sì."

"Certo però che hai una pazienza... Passi le tue giornate ad aspettare che lui ti telefoni. Non pensi mai di sprecare la tua vita?"

Non è che morissi dalla voglia di portarmi Koto-*chan* a

Izu kōgen. Era solo che se non l'avessi fermata rischiava di restare senza sopracciglia.

"Ci penso, se è per questo."

"Ah sì?"

"Certo che ci penso. Sto qui tutto il giorno imbambolata ad aspettare una chiamata che potrebbe non arrivare mai."

"È così, no? Quindi anche tu sei un tipo razionale."

E i tipi razionali mi facevano paura. Una donna che evidentemente hai abbandonato passa le sue giornate ad aspettare una tua chiamata. Continuando come se niente fosse a farsi le sopracciglia.

"Vuoi venire allora?"

"Dove?"

"Ah, già... La telefonata di prima, appunto. Umesaki *senpai* mi ha invitato ad andare con lui a Izu kōgen il prossimo fine settimana."

"Senti, ma io questo tipo qui l'ho già incontrato? Per telefono mi ha detto 'Da quanto tempo!' e io mi sono un attimo bloccata."

"Ti ricordi il *senpai* che mi ha aiutato a trasportare la lavatrice?"

"Ah, ecco. Quello con l'aria un po' da intellettuale."

"Esatto, brava. Quello con l'aria un po' da intellettuale ci ha chiesto se il prossimo fine settimana vogliamo andare a Izu kōgen insieme a lui."

"E che ci andiamo a fare?"

"Che ne so... A giocare a tennis?"

"A Izu kōgen con quel tipo intellettuale a giocare a tennis?"

"Esatto. Ti è venuta voglia di andarci?"

"Secondo te?"

"Penso di no."

Koto-*chan* ricominciò a strapparsi le sopracciglia anche se avrebbe potuto benissimo lasciarle stare. Sembrava che volesse fare in modo di avere lo stesso numero esatto di peli da una parte e dall'altra. Ormai avevo rinunciato a portarla con me, quindi mi arrotolai sotto il braccio "Cosmopolitan" che avevo acquistato inutilmente, e mi alzai dal divano chiedendole: "Qualcuno ha steso il bucato in terrazzo?".

"Nessuno... Fai il bucato?"

"Sì. Hai qualcosa da lavare?"

"Sì sì."

Così dicendo, Koto-*chan* si precipitò in bagno con la pinzetta ancora in mano. Poi mi raggiunse quando stavo per entrare nella mia stanza e mi porse il copriwater tutto spiegazzato.

"Ah, questo? Non ci metto l'ammorbidente, va bene lo stesso?"

Presi il copriwater, entrai in stanza e chiusi la porta, dopodiché lo lanciai con forza contro la parete.

Mentre guardavo il copriwater rosa che faceva capolino in mezzo alla mia biancheria e alle camicie, con l'acqua sempre più sporca, chissà perché mi ricordai di Shin'ya.

Era passato esattamente un mese dalla telefonata durante la quale Etsuko, un'ex compagna delle medie che come me faceva parte del club di pallacanestro, mi aveva detto: "Ah, piuttosto, hai saputo? Shin'ya è morto". Etsuko mi aveva telefonato perché, insieme a Noriko e Risa, sempre del club di pallacanestro, aveva in programma di venire a Tōkyō in occasione dell'apertura di Disney Sea. Poiché era tanto che non ci vedevamo, voleva invitarmi a uscire con loro, e per un po' ci raccontammo le novità, poi, poco prima di riattaccare, quando aveva già detto: "Allora non appena abbiamo un programma più preciso, mi faccio sentire io", se ne uscì con quel "Ah, piuttosto..." ecc. ecc. Lo disse con un tono estremamente leggero, come se mi stesse dando la notizia che "i vicini hanno recintato la casa", e senza volerlo anche io fui sul punto di risponderle solo "Ah, ma pensa un po'". Stando al racconto di Etsuko, Shin'ya aveva avuto un incidente in moto, da solo. Aggiunse: "Voi due non eravate granché intimi, no?", e io confermai: "Effettivamente no".

Shin'ya era un nostro compagno di classe. In tutte le scuole del mondo, credo, i ragazzi si dividono in quattro gruppi. Nelle prime file ci sono quelli brillanti che prendono sempre ottimi voti, dietro di loro gli atleti (tra cui forse rientravo anch'io), che non fanno che sonnecchiare, poi sul lato vicino alla porta c'è il gruppo delle "sottoculture", o i fissati con la tecnologia, che a ricreazione si esaltano a parlare di Bruce Lee o del wrestling. Infine, la zona meglio illuminata, nei pressi delle finestre, è il territorio dei teppisti come Shin'ya.

A dire il vero, non ricordo di essermi mai fatto una chiacchierata vera e propria con lui. Però eravamo entrambi fan sfegatati di Iijima Naoko e una volta ha voluto vendermi per forza un libro di fotografie di lei.

Di tanto in tanto mi era capitato di incontrarlo nella zona dei bar, ma a vederlo senza divisa Shin'ya non dava affatto l'idea di uno che si metteva lo zaino sulle spalle per andare a scuola, sembrava piuttosto un giovane affiliato alla *yakuza*, già iniziato al lavoro che gli toccava.

Fu subito dopo la fine delle vacanze estive della terza media che ricevetti una telefonata del tutto inattesa da lui. "Ehi, tutto a posto?" disse, e io pensai che la domanda non avesse senso, perché ci eravamo visti a scuola proprio quella mattina, comunque mi limitai a rispondere: "S-sì. Tutto a posto". Fui assalito all'istante da un dubbio: mi stava chiamando perché avevo combinato qualche guaio? Dentro di me cominciai a recitare la parte del povero ragazzo indifeso a cui nei telefilm viene ordinato di andare sul retro della scuola o su un terrapieno vicino a casa.

"Hai qualcosa da fare?" mi chiese Shin'ya. Percepii un filo di imbarazzo nella sua voce.

"Pe-perché?"

Ero ancora calato nella parte del ragazzo indifeso e non riuscii a dire altro.

"No, se non avevi niente da fare pensavo che potevi venire a casa mia..."

A essere sinceri, non capivo che cosa significasse quell'invito da parte di Shin'ya. "Venire a casa mia" forse nel gergo suo e dei suoi amici teppisti voleva dire qualche altra cosa. Ero ammutolito, non riuscivo ad aprire bocca, allora lui aggiunse: "No, sai... Tu adesso stai studiando per gli esami di ammissione, giusto?".

Sentirlo parlare di un argomento che faceva parte delle normali conversazioni tra studenti mi tranquillizzò. Non sapevo ancora perché mi avesse telefonato, ma perlomeno ero certo che non mi avrebbe trascinato dietro la scuola per picchiarmi. Dal momento che insisteva perché andassi da lui, e che non avevo motivi per rifiutarmi, gli risposi "Va bene", quindi riattaccai, presi la bici e mi diressi verso casa sua.

Arrivato nella sua stanza fui sorpreso dal fatto che sul tavolo c'erano dei pasticcini alla fragola e del tè nero. A disporli lì appositamente per me era stato il ragazzo con le sopracciglia rasate che adesso mi sedeva di fronte. Dopo qualche minuto di imbarazzante silenzio, le parole pronunciate da Shin'ya mi sorpresero ancor più dei pasticcini alla fragola. "Mi aiuteresti a studiare?" Non c'era alcun dubbio, aveva detto proprio così. Glielo feci ripetere non so quante volte, ma la sua risposta era sempre la stessa – solo con un tono più sgarbato: "Come ho detto, vorrei che mi aiutassi a studiare", "Aiutami a studiare", "Vedi di aiutarmi a studiare, ho detto!". Voleva andare al liceo. Non aveva nessun altro a cui potesse rivolgersi.

Da quel giorno iniziai ad andare a casa sua diverse volte a

settimana, dopo la scuola. Mi proibì di raccontarlo in giro, così non ne feci parola con i nostri compagni. Al club di pallacanestro si sparse la voce che mi ero trovato la ragazza, e la cosa si era gonfiata al punto che ormai tutti dicevano: "È una che va in una scuola media poco lontano dalla nostra, un cesso tremendo".

Non avevo una gran voglia di aiutare Shin'ya a dirla tutta, e forse non ero neanche abbastanza preparato. Se continuavo ad andare da lui era perché, frequentandolo, avevo capito che non era cattivo come sembrava, anzi, tra la comune passione per Iijima Naoko e tutte le chiacchiere che facevamo mi ero reso conto di andarci parecchio d'accordo. Quando mi invitava, lo raggiungevo volentieri, ma alla fine non facevamo altro che parlare di stupidaggini, almeno fino a quando i genitori, dal piano di sotto, non ci urlavano di fare silenzio: alle montagne di libri sul tavolo non ci avvicinavamo neanche. A un certo punto iniziai a presentarmi a casa sua anche senza essere invitato. Shin'ya rideva di gusto quando parlavamo di tutte quelle scemenze, e nessuno avrebbe mai detto che in quel periodo si stesse preoccupando seriamente per il proprio avvenire. Era una persona buona per natura, la cui socievolezza si era rivelata un'arma a doppio taglio, e adesso stava cercando in ogni modo di recuperare il tempo perduto e riprendersi la propria vita. Io all'epoca ero solo il figlio del proprietario di un ristorantino di sushi, uno studente delle medie che scoppiava di salute, e l'idea che una persona a me vicina potesse provare una sofferenza tanto profonda non mi sfiorava neanche.

Alla fine Shin'ya disse: "Tanto all'esame mi boccerebbero comunque" e non fece nemmeno domanda al liceo che gli interessava. "Dai, almeno provaci," gli avrei voluto dire, ma io stesso, che gli facevo ripetizioni, non ero sicuro di riuscire a entrare, figuriamoci lui che era il mio allievo.

Shin'ya non era affatto stupido. Se nella nostra classe ci

fossimo presentati a un test senza studiare a casa né al doposcuola, ma solo avendo seguito in aula, probabilmente lui avrebbe ottenuto il voto migliore di tutti. Ma la vita non è così semplice. Come ci insegna la storia della lepre e la tartaruga, la tartaruga non ha vinto perché andava piano. Ha vinto perché andava piano ma non lo ha dato a vedere.

Finite le medie, tagliai i ponti con Shin'ya. Avevamo tenuto segreta la nostra frequentazione, quindi nessuno si accorse del cambiamento.

L'ultima volta che lo incontrai fu a una settimana dalla cerimonia di consegna dei diplomi delle superiori (per qualche motivo, fui l'unico a venire ammesso a quel liceo). Ci incontrammo per caso su un autobus. Parlammo del più e del meno per un bel po', del resto era parecchio tempo che non ci vedevamo. Quando gli dissi: "Il mese prossimo andrò a Tōkyō", lui mormorò con leggera invidia: "Eh? Che figata, farai l'università a Tōkyō". Poi, una volta vicini alla sua fermata, si alzò e si diresse verso l'uscita, ma poi si bloccò e mi disse, come se gli fosse appena venuto in mente: "Ehi, datti da fare a Tōkyō... Io resterò qui a fare il teppista, ma tu datti da fare anche per me".

Nell'ultimo mese, da quando Etsuko mi disse al telefono che Shin'ya era morto, ogni volta che cercavo di addormentarmi, mi sembrava di vedere la scena dell'incidente. Vedevo Shin'ya correre con la sua moto lungo un rettilineo. Forse si era sbilanciato nel tentativo di scansare qualche ostacolo. Ma lui era perfettamente in grado di mantenersi in equilibrio, inoltre, se pure fosse caduto, questo non sarebbe stato sufficiente a ucciderlo. Era un bel ragazzo atletico. Sulla breve distanza correva più veloce di tutti, e la zitella che ci insegnava musica diceva sempre che somigliava a James Dean.

Quando lo vidi sull'autobus, Shin'ya si ricordò di un episodio e, con aria colpevole, me lo raccontò: "Lo sai? Una volta ho fatto uno scherzo a tuo padre. Ti ricordi di quel villone di fronte a casa mia? Quello degli Yanagawa? Facevo ancora le elementari, e insieme ad alcuni amici telefonai al vostro ristorante e dissi: 'Questa è casa Yanagawa, la casa a Sanchōme, ci faccia portare subito quattro porzioni di *nigiri* di prima scelta'. Quel giorno pioveva a catinelle, e tuo padre arrivò in cima alla salita con una faccia da far paura, in sella alla sua motocicletta con l'impermeabile fradicio e la pioggia che gli picchiava in fronte, chissà che male gli faceva. Noi lo spiavamo da dietro una tenda e intanto ridevamo come pazzi, non ci rendevamo conto di esserci comportati male, semplicemente lo guardavamo così, bagnato da capo a piedi, e ci sembrava buffissimo. Eravamo un branco di mocciosetti. Tuo padre si fermò davanti casa Yanagawa ed entrò tutto curvo dalla porta di servizio. Noi aspettavamo di vederlo uscire e ci chiedevamo che faccia avrebbe fatto. Dopo un po' di tempo, non ricordo precisamente quanto, venne fuori dalla stessa porta, sempre ricurvo, e non la finiva più di fare inchini. Pensavamo che a quel punto se ne sarebbe tornato indietro. Si sarebbe accorto dello scherzo e chissà quanto si sarebbe incazzato. E invece tuo padre si mise a guardare uno per uno tutti i campanelli del quartiere, e sotto quella pioggia! Bagnato fradicio, andò casa per casa a controllare che non ci fosse un altro Yanagawa. All'inizio ce la ridevamo, ma poi finì il giro, ritornò alla motocicletta e cominciò a controllare un'altra stradina. A quel punto non riuscimmo più a guardarlo e non ricordo più chi fu il primo, fatto sta che ci allontanammo dalla finestra, ci sedemmo intorno al *kotatsu* e c'inventammo qualcosa di cui parlare per non pensare a ciò che stava succedendo là fuori. Neanche lo so per quanto tempo ha fatto su e giù per il quartiere. Faceva un freddo cane quel giorno".

Il giorno della partenza per Tōkyō, quando ero preoccupato e sotto pressione per l'università che sarebbe iniziata di lì a poco, mio padre mi accompagnò in aeroporto. Mi disse: "Ormai non si usa più dire queste cose, ma cerca di trovare dei bravi *senpai* all'università. Trovati dei *senpai* che meritino il tuo rispetto, amicizie che possano rimanere tali per tutta la vita". Io mi misi a ridere e scherzai: "Bella roba, così mi toccherà servirli e riverirli finché campo!", ma lui mi diede un buffetto sulla testa e ribatté: "Che scemo che sei. Chi si fa benvolere dai *senpai* saprà farsi rispettare dai *kōhai*".

Quando Umesaki *senpai* mi aiutò a trasportare la lavatrice io lo provocai dicendo: "Se vuoi regalarmela, che almeno funzioni bene", e lui rispose, sorridente come sempre: "Te la regalo, te la porto a casa con il furgone e hai anche il coraggio di lamentarti?".

La lavatrice a doppio cestello regalatami da Umesaki *senpai* scappava da una parte all'altra del terrazzo ogni volta che partiva la centrifuga. Credo dipendesse dalla leggera pendenza del pavimento proprio nel punto corrispondente al tubo di scarico. Alla fine della centrifuga, la lavatrice e il filo della corrente sembravano un cane in procinto di scappare con il guinzaglio teso per impedirglielo.

Da un po' di tempo desideravo parlare di Shin'ya a qualcuno. Che tipo fosse, quali potenzialità nascondesse... Come aveva vissuto e come era morto... Le parole che mi aveva rivolto in autobus... Volevo parlare di tutto questo con qualcuno. Ma allora, intorno a me, non c'era nessuno con cui lo potessi fare. Sakuma era un caro amico, ma non era la persona adatta a discorsi del genere. Se gliene avessi parlato, alla fine mi avrebbe preso in giro e saremmo finiti a giocare a biliardo, d'altro canto se avesse prestato attenzione a ciò che avevo da dire per poi magari sentirsi obbligato a darmi un consiglio, a quel punto mi sarei sentito in imbarazzo, quindi preferivo evitare. Koto-*chan*, Mirai e Naoki erano i miei coinquilini, ma non volevo rivelare la mia anima più sentimentale e profonda. In più credo che alla base di quella convivenza ci fosse proprio la nostra reticenza a intavolare determinate discussioni. Se riuscivamo a vivere tranquillamente tutti insieme era perché parlavamo solo di ciò di cui potevamo e non di quello che volevamo veramente.

In attesa che la lavatrice finisse, mi misi a guardare giù in strada. Fino a quel momento ero stato assorto nei miei pensieri e non mi ero accorto che davanti al palazzo era parcheggiata una Century nera. Il sole era tramontato e, alla luce dei lampioni, quella carrozzeria nera brillava come il carapace di un insetto. Mi voltai e vidi che la centrifuga era finita.

In quel momento sentii un gran frastuono provenire dall'ingresso e vidi Koto-*chan*, con un'espressione turbata e un sacchetto contenente un *bentō*, che si precipitava nella mia stanza.

"Che cos... Che hai fatto?"

Senza rendermene conto, porsi a Koto-*chan* un paio di slip che avevo tirato fuori dal cestello della lavatrice. Trafelata com'era, prese anche lei senza riflettere gli slip e con voce tremante disse: "È... È venuto qui. Qui accanto, que... quel tipo, è venuto qui".

"Quel tipo chi?"

"Quello, il tipo che sta sempre in tv..."

"Ma chi?"

"Non so come si chiama. Quello lì, il parlamentare di Shizuoka o non so dove, che sta sempre in tv, hai capito? Quello che non sopporto, il tirapiedi dell'ex primo ministro che ha sempre quel ghigno stampato in faccia..."

"Chi?"

"Ti ho detto che non so come si chiama. Quello che somiglia a Knock Yokoyama,* hai capito?..."

* Nome d'arte di Yamada Isamu (1932-2007), ex comico entrato in politica e divenuto governatore della prefettura di Ōsaka nel 1995. Negli anni in cui faceva il comico aveva, tra gli altri, una varietà di soprannomi legati al polpo. Nel 2000 fu accusato e riconosciuto colpevole di abusi sessuali ai danni di una ventunenne che collaborava alla sua campagna elettorale. [*N.d.T.*]

"Noguchi Yoshio?"

"Esatto, proprio lui! È venuto qui. Nell'appartamento 402."

Per cercare di calmare Koto-*chan*, che era ancora su di giri, senza neanche darle il tempo di posare gli slip, la spinsi verso il salotto. Le feci bere un bicchiere d'acqua, dopodiché mi raccontò che era andata a comprare un *bentō* di fronte alla stazione e al ritorno, uscendo dall'ascensore, si era incamminata lungo il corridoio quando all'improvviso si era aperta la porta del 402 e ne era uscito un uomo che sembrava Noguchi Yoshio. In effetti mi ricordai dell'auto nera parcheggiata davanti al palazzo, ma sapendo che Koto-*chan* non aveva più mangiato polpo dopo lo scandalo di Knock Yokoyama, e non volendola turbare oltre, mi finsi scettico e le domandai se fosse proprio sicura che si trattasse di lui. Koto-*chan* però ebbe un brivido e mi rispose che non c'era alcun dubbio, quindi, quasi senza fiato, aggiunse: "Dobbiamo denunciarli, lo dobbiamo fare. Il solo pensiero che al di là della parete ci sia quel lurido polpo che se la fa con delle ragazzine mi dà così il voltastomaco da togliermi il sonno".

"Aspetta un attimo, però. Fino a poco fa eri convinta che non si trattasse di prostituzione ma di una setta religiosa, o sbaglio? Oltretutto possiamo benissimo denunciarli alla polizia, ma poi quelli farebbero dei controlli anche qui da noi, e che succede se l'agenzia ci scopre? Ci cacceranno. Ricordati che questo condominio è pensato per giovani coppie."

"E perché in un condominio pensato per giovani coppie c'è un lurido polpo che va e viene quando gli pare?!" gridò Koto-*chan*; poi forse si rese conto che la sua era stata un'uscita ridicola e distese leggermente il viso, fino ad allora contratto in un'espressione dura.

A disturbare Koto-*chan* non era tanto il fatto che nell'appartamento accanto al nostro si esercitasse la prostituzione, quanto la presenza del lurido polpo.

Disse che le era passata la fame e mi cedette il Karasu *bentō* che si era appena comprata. Il Karasu *bentō* è la specialità del negozio di fronte alla stazione, "kara" sta per *kara-age*, pollo fritto, mentre "su" dovrebbe ricordare *shōgayaki*, la carne di maiale allo zenzero. I due tipi di carne ci sono entrambi e costa solo 580 yen. La salsa dello *shōgayaki* è squisita, e se si va al negozio dopo le otto di sera si rischia di non trovarla più.

Ma che cavolo mi prendeva? Dal mio rientro a casa dopo il viaggio a Izu kōgen provavo un continuo senso di oppressione. Tanto per cominciare, era colpa di Koto-*chan* che non era voluta venire. Ma in fondo non potevo prendermela con lei. Aveva detto sin dall'inizio che non sarebbe venuta a Izu kōgen, quindi la colpa era solo mia, dal momento che ero andato insieme a Umesaki *senpai* e la sua ragazza nonostante fossi solo. Avevo provato a rifiutare, per telefono gli avevo detto: "Non so chi portare, per stavolta passo". Lui, però, da persona gentile quale era, aveva insistito: "E allora vieni da solo. Ormai ho prenotato quattro posti letto e arrivati a questo punto non saprei chi altro invitare".

Se fossi stato una persona seria avrei risposto: "No, vi darei soltanto fastidio". E invece alla fine mi sono accodato, dicendo: "Davvero? Be', allora quasi quasi vengo. In fondo non ho niente da fare".

A Izu arrivammo con la sua macchina. Mi disse che non aveva voglia di venirmi a prendere a casa, quindi andai fino a Nishi-Kokubunji con Momoko, la lasciai nel suo garage e da lì proseguimmo con la Pajero del *senpai*. La sua Pajero non si spegne a intervalli di dieci chilometri.

Kiwako, la sua ragazza, la notte prima aveva dormito da lui. Accostai come sempre davanti a casa sua e diedi qualche colpo di clacson, ma al balcone, a differenza delle altre volte, non si affacciò lui ma Kiwako. Restò per qualche istante a fissarmi come si fissa una patata dal verduraio, tenendosi i capelli perché il vento non li spettinasse. Sporsi la testa dal finestrino e feci un leggero cenno di saluto, lei trasalì per un attimo ma poi chinò il capo a sua volta. Chiunque trasalirebbe vedendosi salutare all'improvviso da una patata. Disse qualcosa rivolta verso l'interno della casa. Non capivo se dovesse venirmi incontro lei o se dovevo aspettarli giù.

Quella mattina, non appena il mio sguardo incontrò quello di Kiwako nel garage del *senpai*, fu chiaro che lei mi piaceva. Forse è ciò che chiamano amore a prima vista. Ma fino a quel momento non mi era mai capitato, quindi non so se si possa definire davvero così. Se "amore a prima vista" significa essere nervoso davanti a una persona, così agitato da sentirsi come un video in *fast-forward*, cercare chissà quali significati reconditi in ogni parola che pronuncia, come per esempio se lei ti dice "Facciamo una passeggiata?" tu telefoni a tuo padre e gli dici "Papà, credo sia venuto anche per me il momento di mettere la testa a posto", se quello è ciò che la gente chiama "amore a prima vista", allora io mi ero innamorato a prima vista della ragazza del mio adorato *senpai*.

Per nostra sfortuna, a Izu kōgen pioveva. Il campo da tennis era allagato e il cottage non aveva accesso alle terme, quindi non sapevamo come passare il tempo. La sera ci sarebbe stato un barbecue sulla terrazza coperta. Nell'attesa passeggiammo nei dintorni, entrammo di nascosto nel campo da tennis e, riparandoci con gli ombrelli, ci divertimmo a lanciarci a vicenda la pallina fradicia. Uno potrebbe immaginarsi la scena con me e il *senpai* che corriamo sotto la pioggia mentre Kiwako sorride guardando noi due scalmanati, invece la più inzaccherata era proprio lei. Con me fu quasi impaziente quando mi sforzavo di entrare nel campo: "Su, ci sei quasi, ancora un poco!".

Tornammo al cottage zuppi e la sera, dopo il barbecue, ci

ritrovammo di nuovo con le mani in mano. Facemmo il bagno a turno, poi tirammo fuori dal frigo lo Chablis che avevamo messo in fresco. A Umesaki *senpai* basta una birra per diventare Gushiken. Con una birra e un tè oolong corretto allo *shōchū* è Guts Ishimatsu. Se ci aggiungi del vino superiamo Carlos Rivera e abbiamo Tako Hachirō.* La colpa fu sua che, pur sapendolo, si era messo a bere. Ma nemmeno io, che praticamente lo costrinsi, sono da lodare. Com'era prevedibile, quasi subito era completamente ko e alle dieci era già a letto che russava. Nel soggiorno rimanemmo io, Kiwako e una stufa elettrica che non ci era permesso accendere. Seduti alle due estremità del divano a tre posti, ogni tanto sentivamo russare dalla stanza accanto e ci lasciavamo scappare qualche sorriso d'imbarazzo.

Parlando del *senpai*, Kiwako lo chiamava soltanto "lui". Nel corso della nostra conversazione pronunciò così tante volte la parola "lui" che non riuscii a contarle. Diceva "Sai, lui..." e io rispondevo, non senza un certo senso di frustrazione, "Eh, sì, Umesaki *senpai*...". Eravamo lì, lei e io da soli, ma non facevamo che parlare di lui. Come se fosse lì, seduto nel terzo posto del divano, proprio in mezzo a noi.

Era passata una settimana dal rientro da Izu kōgen. Volevo smettere di pensarci, ma senza nemmeno accorgermene mi ritrovavo a vagheggiare sulla notte trascorsa a parlare, noi due soli, in quel cottage. E a immaginare fin nei minimi dettagli una situazione che non si sarebbe mai più verificata, a chiedermi perché le avessi detto una certa cosa e a scegliere come ribattere se un giorno avesse pronunciato questa o quella frase.

* Gushiken Yōkō (n. 1956), Guts Ishimatsu (n. 1949) e Tako Hachirō (1940-1985) sono ex pugili. Carlos Rivera è un personaggio del *manga* e cartone animato *Ashita no Jō*, conosciuto in Italia come *Rocky Joe*. [*N.d.T.*]

Avevo parlato con Kiwako solo quella sera, tuttavia mi ero fatto l'idea che il tipo di uomo che desiderava non fosse il *senpai*. E che quindi, di lì a poco, si sarebbero lasciati. I motivi c'erano. Al *senpai* non interessava né Kerouac né Boris Vian, e non si faceva alcun problema a dire che aveva visto *Rocky III* almeno cinque volte.

Sicuramente anche Kiwako ne era consapevole. E forse anche il *senpai* si sentiva a disagio. Semplicemente non erano ancora riusciti a dirselo. Non mi stavo facendo le classiche illusioni del terzo incomodo. Lo dimostrava la risposta che mi aveva dato il *senpai* quando, in occasione del trasporto della lavatrice, gli avevo domandato: "Ti sei trovato la ragazza, quindi. Come vanno le cose?".

"Per andare vanno, però sai, come dire..."

"Come dire cosa?"

"No, è che forse è una che va dritta al punto, o magari è solo molto libera, però sai... Quando vuol fare del sesso orale lo dice senza troppi giri di parole."

A breve avrei compiuto ventidue anni e fino a quel momento non mi era mai capitato di incontrare una ragazza che mi dicesse di voler fare del sesso orale. E così mi raccontò che Kiwako aveva la sua stessa età (vale a dire tre anni più di me), era originaria di Sapporo, lavorava a contratto presso l'azienda di trasformazione alimentare dove lui era impiegato e divideva un appartamento a Setagaya Daita con il fratello, iscritto al primo anno di università. Quando la incontrai, però, Kiwako non mi diede affatto quell'impressione (cioè di una ragazza che ama praticare il sesso orale).

Dopo essere tornati da Izu kōgen, avevo telefonato a Umesaki *senpai* per ben tre volte.

"Come stai?"

"Ancora tu!"

"Non avevo niente da fare."

"Che vuoi?"

"Non voglio niente. Devo volere per forza qualcosa per telefonarti?"

Ignaro di tutto, il *senpai* si limitava a ridere. In passato lo avevo cercato così spesso, quando non avevo nessun favore da chiedergli? Era una persona così semplice da non capire, nemmeno quando era così evidente, che il suo *kōhai* aveva un doppio fine. "Kiwako sta bene?" gli domandai, e lui: "Sta bene. Da quando siamo tornati non fa altro che parlare di te". Lui non aveva colpe, ma io mi sentii il bersaglio della più atroce crudeltà.

Se da una settimana continuavo a rimuginare e fare profondi sospiri era perché rimpiangevo di non averle lanciato un segnale in quell'occasione. A dirla tutta, quella sera mi sentivo fiducioso. Kiwako aveva certamente intuito cosa provassi per lei, e non fece nulla che lasciasse intendere che mi avrebbe rifiutato. Eppure, da vigliacco quale sono, mi ero tenuto tutto per me, ciarlando all'infinito delle avventure mie e del *senpai* quando lui era ancora all'università e ascoltandola in silenzio mentre mi parlava della loro relazione. Mi spiace ammetterlo, ma non è per rispetto del mio amico che mi ero tirato indietro. Sapevo che se quella sera, su quel divano, avessi avuto la buona sorte di baciare le sue labbra, mi sarei ritrovato in un'orribile situazione. Sarebbe stato sufficiente dirle che mi piaceva perché lei mi considerasse un amante. E anche adesso, che era trascorsa una settimana dal ritorno da Izu kōgen, era quel preciso timore a paralizzarmi e angosciarmi come una femminuccia.

Ciò che è sicuro è che non volevo diventare l'amante di Kiwako. Allo stesso tempo non ero sicuro di amarla al punto da chiederle di lasciare lui per me. Non ce la facevo più a starmene lì senza poterla incontrare. Insomma, non sapevo come comportarmi.

Sentii bussare alla porta e tornai in me. Alzai la faccia dalla scrivania e vidi Koto-*chan* in piedi sulla soglia. Prima che partissi per Izu kōgen eravamo parecchio presi dalle nostre indagini sulle attività dell'appartamento 402, ma da quando ero tornato non me ne importava più un bel niente. E a quanto pare neanche a Koto-*chan*, a meno che non si fosse trovata davanti il lurido polpo.

"Che vuoi?" le chiesi, seccato.

"Niente. Siccome te ne stai qui rintanato in stanza mi sono chiesta che cosa stessi facendo."

"Che vuoi che cosa faccia, penso."

"Ah, sì? Pensi..."

Entrò in stanza e, mentre ero ancora appoggiato alla scrivania, mi afferrò le spalle e cominciò a farmi un massaggio.

"Ma... Mi dici che vuoi!?"

"Niente, volevo chiederti se hai voglia di andare al karaoke."

"Ma se ti ho detto che sto pensando!"

Allontanai un po' bruscamente le mani di Koto-*chan*, alzai gli occhi verso di lei e mi accorsi che mi guardava preoccupata.

"Che succede?"

"No, ecco... In verità sono stati Naoki-*kun* e Mirai a chiedermelo."

"A chiederti cosa?"

"Di portarti al karaoke, no? E magari di farti cantare a squarciagola le canzoni di Hamada Shōgo."

"E perché? Perché dovresti farmi fare una cosa del genere?"

"Perché... Allora hanno ragione..."

"Ma insomma, su cosa?"

"Be', perché chi ha un esaurimento nervoso non se ne rende conto, hanno detto..."

Evidentemente Koto-*chan* si riferiva a se stessa. Mirai e Naoki dovevano averle detto: "Non è meglio andare al karaoke piuttosto che starsene chiusi in casa tutto il giorno ad aspettare una telefonata?", e lei aveva pensato che parlassero di me.

Dopo essere uscita dalla stanza, gridò: "Se è per i soldi non ti preoccupare, attingeremo ai miei risparmi!". Poi aggiunse: "Dimenticavo: è ora che ti cambi, porti gli stessi vestiti da una settimana, puzzano. E magari già che ci sei ti fai anche una doccia, che siamo tutti più contenti".

La sera prima, Maruyama Tomohiko era stato finalmente scaricato da Egura Ryō. Nella telenovela, intendo. Era prevedibile che a un certo punto sarebbe tornata insieme a Ozawa Toshiya, che era uno degli attori del momento (anche lui con un passato da modello), ma vedere Maruyama che veniva lasciato così su due piedi in un ristorante alla moda di Daikan'yama, non mi lasciò indifferente. Dissi a Koto-*chan*, seduta accanto a me: "Certo che Egura Ryō di uomini non capisce niente", e lei, dopo aver aspettato l'inizio della pubblicità, rispose: "Non è lei a non capire niente, ma lo sceneggiatore".

"È vero. Le storie di questo sceneggiatore sono tutte inverosimili."

"Da giovane non se lo filava nessuna. Ecco perché scrive sempre storie di questo tipo."

Nel breve intervallo pubblicitario io e Koto-*chan* ci demmo rapidamente il cambio in bagno, e quando la telenovela riprese tornammo a sederci nella stessa posizione di prima... Era davvero una noia mortale.

"Sugimoto-*kun*! Su-gi-mo-to-*kun*!"

La voce di qualcuno alle mie spalle che mi redarguiva mi fece tornare in me. La responsabile di sala, Ayako, mi stava lanciando un'occhiataccia mentre sventolava una ricevuta.

"Cosa fai lì impalato? Hai sentito l'ordine che ti ho appena passato?"

"Oh, scusa. Stavo pensando alla telenovela che ho visto ieri sera..."

"Ma quale telenovela! Enchilada, tacos con formaggio e fagioli, e si devono preparare altre fettine di lime per le Corona."

In quel momento un cliente la chiamò e Ayako, sempre guardando con aria minacciosa me che ero in cucina, rispose, con la voce che avrebbe avuto Ōhara Reiko se avesse doppiato *L'esorcista*: "Sì. Arrivo subito".

Da otto mesi lavoravo part-time come cuoco in quel piccolo ristorante messicano di Shimokitazawa. Naturalmente non mi ero presentato al colloquio con l'idea di fare il cuoco. Né tantomeno il proprietario si sarebbe mai sognato di assumere come cuoco un tizio che si stupisce vedendo i peperoni dolci ed esclama: "Wow, sono verdi!". Ero andato a comprarmi degli abiti usati quando lessi che offrivano un impiego part-time e mi e mi ero fiondato dentro. All'inizio facevo il cameriere e il lavapiatti, ma dopo neanche quindici giorni l'unico cuoco del ristorante, Masaharu, si licenziò. Sapevo che non era in sintonia con il proprietario, ma non mi aspettavo che mollasse il posto così all'improvviso. E fui io ad andarci di mezzo. "Lavavi i piatti accanto a lui, avrai visto come si cucina, no?!" fu l'ordine (del tutto sprezzante della cultura culinaria) impartitomi dal capo, e così, dall'oggi al domani, mi ritrovai in cucina.

La settimana successiva, fortunatamente, arrivò un altro cuoco (che fino al mese prima aveva lavorato in un ristorante cinese!), solo che era un appassionato di triathlon e pretese tre giorni liberi a settimana (sabato e domenica compresi). Il sabato e la domenica il quartiere di Shimokitazawa viene letteralmente preso d'assalto. E così fui costretto a restare in cucina. C'era un andirivieni continuo di giovani clienti in quel ristorantino messicano dagli arredi graziosi dove lavoravano fianco a fianco un cuoco triatleta proveniente da un ristorante cinese e uno studente con un libro di ricette sottobraccio. Che figata Shimokitazawa, non c'è che dire!

Erano già passate le undici quando servii l'ultimo ordine e rimisi a posto la cucina. Raccolsi la spazzatura e la portai fuori, poi mi accesi una sigaretta sul retro – anche se d'abitudine non fumavo.

Quando rientrai trovai Ayako che, con i capelli sciolti e sorseggiando un Tecate, contava le ricevute. Mi tolsi la casacca e le domandai: "Oggi è venuta parecchia gente, abbiamo fatto più di centomila?", ma Ayako restò in silenzio e fece di no con la testa. Qualche volta il proprietario passava all'orario di chiusura, ma di solito era Ayako a portare l'incasso della giornata al deposito notturno.

"Ti do un passaggio in macchina fino a casa?" chiesi sedendomi accanto a lei, dopo essermi cambiato. Ayako cantava in una rock band e si guadagnava da vivere lavorando al ristorante. Quest'anno avrebbe compiuto ventinove anni, il che faceva sembrare il nome della band, Limit, quasi uno scherzo.

"Ah, stavo per dimenticarmene. C'è una cosa che vorrei chiederti."

"Cosa?"

"Ecco, facciamo un'ipotesi. Tu hai un ragazzo, no? Se un *kōhai* del tuo ragazzo venisse da te e ti dicesse che gli piaci, tu che faresti?"

"In che senso?"

"Cioè, ti darebbe fastidio o ne saresti contenta?"

"Questo *kōhai* è uno con le palle?"

"Con le palle?... A occhio e croce direi di no."

"Allora mi darebbe fastidio."

"Come?"

"Se mi dicesse che gli piaccio mi darebbe fastidio."

"Ho capito, e se invece fosse uno con le palle?"

"Dimmi un po'... È uno che ascolta gli Who e i Kinks?"

"No, penso di no."

"È più un tipo da Sex Pistols o da Clash?"

Credo che la band in cui canta Ayako non si chiami Limit per scherzo: sono serissimi.

Lasciato il ristorante, accompagnai Ayako fino al suo appartamento nella direzione opposta rispetto alla stazione e poi feci inversione e mi diressi verso la Kan-nana. Normalmente avrei preso la strada sul retro, tagliato per Sasazuka e sarei uscito sulla Kōshū kaidō, che è il tragitto più veloce, ma da un po' di tempo a quella parte mi immettevo volutamente nel tratto trafficato della Kan-nana. Da lì, infatti, partiva la strada dove vivevano Kiwako e suo fratello. Stando a quanto diceva il mio *senpai*, era composto da cucina, soggiorno e camera da letto, quest'ultima occupata da Kiwako, mentre il fratello dormiva sul divano. Le luci erano quasi sempre spente. Anzi, a dirla tutta, da quando avevo preso l'abitudine di passarci davanti al ritorno dal lavoro e sbirciare la finestra, non le avevo mai viste accese. Il *senpai* mi aveva detto che il fratello di Kiwako non c'era quasi mai perché la sera spesso si fermava dalla sua ragazza, che viveva a Kashiwa, nella vicina prefettura di Chiba. E non potevo essere sicuro che quella sera, mentre con il cuore colmo di malinconia me ne stavo col naso in su davanti alla sua finestra, Kiwako si trovasse a casa del *senpai*.

Parcheggiai Momoko sul retro del palazzo, scesi e mi diressi verso l'entrata. La porta era chiusa ed era installato un videocitofono. Stavo fumando una sigaretta vicino al distributore di bevande che dava sulla strada, quando vidi arrivare uno che doveva essere un impiegato, e forse era ubriaco, perché si avviò verso l'entrata barcollando. Digitò il codice e la porta automatica si aprì, allora lo seguii all'interno simulando l'espressione di chi, senza volerlo, era arrivato proprio al momento giusto. L'uomo doveva abitare al piano terra, perché non prese l'ascensore ma proseguì per il corridoio. Mentre lo guardavo allontanarsi, si girò all'improvviso e io mi affrettai ad alzare la testa fingendo di guardare in su. Lui sbuffò con il naso come se volesse mettersi a ridere e ripartì con passo incerto.

Salii con l'ascensore fino al terzo piano. Fin lì ci ero arrivato anche la volta precedente. Solo che avevo battuto in ritirata senza neanche uscire dall'ascensore. La prima volta mi ero fermato davanti al palazzo, la seconda avevo sfiorato le cassette della posta nell'androne, la terza ero riuscito a entrare grazie a una donna che usciva proprio in quel momento, la quarta finalmente avevo preso l'ascensore. E quella sera, la quinta, eccomi arrivato davanti al portone dell'appartamento di Kiwako.

Sulla targhetta c'era scritto "Matsuzono Hiroshi e Kiwako", come se fossero marito e moglie. Avvicinai l'orecchio alla porta, ma sembrava che in casa non ci fosse nessuno.

La sera precedente, inginocchiato accanto al *futon* di Koto-*chan*, già pronta per dormire, le avevo confidato il mio tormento.

"A dire il vero, ogni sera, quando esco dal lavoro, mi metto a gironzolare attorno al palazzo dove abita."

Koto-*chan* sembrava piuttosto assonnata, ma stranamente espresse un'opinione piena di buon senso: "Ma dai, è una cosa da squilibrati".

"Quindi lo pensi anche tu?"

"Esserne consapevole ti aiuterebbe."

"Consapevole di cosa?"

"Che è da squilibrati."

Perché mai sapere che ero squilibrato avrebbe dovuto aiutarmi? Ma ero deciso a proseguire con la conversazione.

"Sai, credo che mi piaccia per davvero."

"Ti piace o credi che ti piaccia?"

Koto-*chan* spaccava il capello in quattro.

"Ho detto 'credo' perché ero in imbarazzo."

"Sembri un tipo semplice e invece sei complicato, sai, Ryōsuke?"

"Sembro semplice?"

"Lo dicono anche Naoki e Mirai... Ma in fondo chi se ne importa. In ogni caso, perché invece di gironzolare intorno al palazzo non suoni il campanello e le confessi quello che provi?"

"Cosa?"

"Vai e le dici: 'Credo che tu mi piaccia. Dico 'credo' perché sono in imbarazzo'."

"Dovrei dirglielo secondo te... No, non posso farlo. È la ragazza del mio *senpai*," mormorai come se le forze mi avessero abbandonato. Koto-*chan* rispose: "E allora lascia perdere" e si girò dall'altra parte.

Koto-*chan* non ha la minima idea di come si parli di affari di cuore, le mancano le basi. Dire la verità a chi ci ha chiesto un consiglio è una violazione imperdonabile. In quel momento Mirai, che cercava di dormire accanto a lei, si lamentò: "Voi due, la smettete di bisbigliare nel buio? Mi date fastidio".

Ignorai le proteste e ricominciai a parlare: "La vedo ben disposta nei miei confronti, mi sento sicuro. Però ho paura che mi veda solo come un potenziale amante".

"E perché non glielo chiedi?" ribatté, assonnata, Koto-*chan*.

"Cosa?"

"Ancora?..."

Fu l'ultima cosa che sentii prima di essere colpito da un cuscino proveniente dal letto di Mirai.

"A differenza di voi due, domattina presto io devo lavorare!"

Scattai in piedi e uscii dalla stanza. Oltre la porta sentii Mirai che, con un tono seccato, diceva a Koto-*chan*: "Certo che a voialtri interessano solo queste romanticherie".

Alla quinta visita ero appiccicato alla porta di casa di

Kiwako e avevo ficcato un dito nello spioncino, quando sentii dietro di me che si apriva l'ascensore. Mi voltai subito e vidi Kiwako in piedi davanti a me. Le si leggeva in faccia la sorpresa. Mi fissò, il suo sguardo scese dal viso verso la spalla, dalla spalla verso il dito che copriva lo spioncino.

"Che... Che fai?"

"Che... Che faccio..."

Kiwako si avvicinò lentamente. Mi fece un'impressione del tutto diversa rispetto a quando eravamo in viaggio insieme, forse perché portava un tailleur.

"Mio fratello non è rientrato, immagino."

"Ecco... Be', no, non è ancora..."

"Sei venuto a trovare me?"

"Io... Vedi, sì, ecco..."

"Ma che ti prende?"

"No, niente, è solo che passavo da queste parti e quindi..."

Pronunciai la frase che mi ero ripromesso di non pronunciare assolutamente, nella remota eventualità che ci imbattessimo l'uno nell'altra. Ridendo, Kiwako aprì la porta. Mi parve di sentire un telefono che squillava.

Sono seduto nell'ultima fila di banchi dell'aula 534, una grande aula nell'edificio principale dell'università, e da circa mezz'ora fisso una lavagna dove non c'è scritto niente. Non c'è nessuno a parte me. L'intera aula è orientata verso la lavagna, con i lunghi banchi posti in diagonale, e a me, che sono seduto in fondo, quelle file ordinate sembrano una grande onda che va a infrangersi contro la cattedra. Ed è un po' come se io, dal punto più alto, stessi cavalcando quella gigantesca onda di legno.

Penso che i miei genitori abbiano fatto molti sacrifici per consentirmi di frequentare un'università privata a Tōkyō. Quando ero bambino, mia madre diceva sempre: "Portare avanti un ristorante di sushi è un'attività rispettabile, ma tuo padre vorrebbe che tu diventassi una persona rispettabile come i clienti del nostro ristorante". Da quando ero a Tōkyō non avevo mai messo piede in un ristorante di sushi. Ovviamente i *kaiten-zushi* non contano.

Rispetto agli uomini, le donne sono più pragmatiche. All'inizio mia madre si oppose fermamente al mio desiderio di proseguire gli studi a Tōkyō. In parte perché, come ogni madre, non voleva separarsi dal suo unico figlio, ma soprattutto perché, dopo aver letto pazientemente tutti i dépliant delle università che avevo raccolto, e varie guide sulla vita nella capitale, aveva cominciato a calcolare la cifra esatta che ci voleva per mantenere un figlio a studiare lì. Essendo la moglie di uno che vende sushi e abituata a fare i conti, il calcolo fu fatto in eccesso, per prudenza.

Quando mi comunicò la cifra, io stesso pensai di lasciar perdere. Anche considerando le sole tasse d'iscrizione ai test d'ingresso, la somma era inversamente proporzionale alla solidità della mia attitudine allo studio – in effetti il presupposto da cui partivo era che a furia di provare prima o poi mi avrebbero preso da qualche parte – e cresceva a dismisura, come un pupazzo di neve. In più università sostenevo l'esame, più avrei dovuto prolungare la mia permanenza a Tōkyō, e se pure a un certo punto l'avessi superato, avrei dovuto versare seduta stante la quota di iscrizione e le tasse per i singoli corsi, oltre alla caparra per l'appartamento e le mensilità anticipate: se ne sarebbero andati moltissimi soldi. Mi ritrovai a contare i *nigiri* di tonno che mio padre avrebbe dovuto vendere per guadagnare la cifra calcolata dalla mamma.

A far desistere mia madre, fino ad allora irremovibile, fu però proprio una frase buttata lì da mio padre. Pare che le abbia detto: "Se vuole andare lasciamo che vada, a Tōkyō o dovunque voglia andare". Mia madre ribatté: "Facile a dirsi, ma...", quindi gli sciorinò quel preventivo che avrebbe messo a tacere anche l'oppositore più caparbio. Ma mio padre, senza degnarla di uno sguardo, proseguì: "Stammi a sentire, pensa alla tua situazione. I tuoi amici sono tutte persone di provincia, gente di questa parte del Kyūshū, mi sbaglio?".

"È vero. Sono gli amici delle medie e del liceo."

"Lo vedi? Anche per me è così. E non vorresti che Ryōsuke andasse a Tōkyō e conoscesse tante altre persone? O no? Il figlio di uno che pesca tonnetti striati a Tosa, o di un ristoratore famoso di Kyōto, ma anche la figlia di uno che ha un caseificio in Hokkaidō, per dire. Non sarebbe bello se Ryōsuke conoscesse tante persone diverse?"

Mia madre lo ascoltava in silenzio. Aveva già cominciato a pensare cosa mi avrebbe dovuto far portare quando fossi partito. Mio padre concluse dicendo: "A differenza di una madre, la sola cosa che un padre possa fare per il proprio figlio è dargli un calcio nel sedere e lasciarlo andare via".

La porta accanto alla lavagna che stavo fissando si aprì e uno studente fece capolino. Guardò verso di me, seduto in ultima fila, e alzando esageratamente la voce mi domandò: "Non è qui la lezione di Marketing?". Risposi, gridando anch'io: "No". Il suo viso mi era familiare. Una volta in mensa si era seduto accanto a me e mi aveva passato il numero di "Big Comic Spirits" che aveva appena finito di leggere. Disse "E se non è qui dov'è?" e fece per andarsene, così mi affrettai a chiamarlo: "Senti!".

"Sì?" ribatté con aria seccata.

"Scusa la domanda improvvisa, ma che lavoro fa tuo padre?" La mia voce riecheggiò nell'aula.

"Mio padre?"

"Sì."

"Perché?"

"Tanto per sapere..."

“Fa l’impiegato.”

“Dove?”

“A Kanazawa, prefettura di Ishikawa.”

Così dicendo, inclinò la testa e uscì dall’aula. ...Papà, per il momento il figlio di un impiegato di Kanazawa ce lo siamo assicurato.

Guardai l’orologio, avevo ancora tempo prima di andare al lavoro. Avrei potuto prendere Momoko e farmi un giro per la città, ma da qualche giorno ogni volta che mi mettevo al volante l’umore mi scendeva sotto i piedi. Inutile dire che il motivo era che continuavo a pensare alla sera in cui, dopo aver fatto lo stalker ed essermi imbattuto in Kiwako, ero finito a casa sua.

A telefonarle mentre apriva la porta era proprio Umesaki *senpai*. Kiwako mi aveva già spinto all’interno. Me ne stavo immobile accanto a lei ad aspettare che la telefonata finisse, e intanto Kiwako mi faceva segno col dito, ora per dirmi “Siediti lì”, ora per invitarmi a prendere “qualcosa da bere dal frigorifero”.

Nel momento in cui riattaccò, mi resi conto di un dettaglio stupefacente. Che del fatto che ero lì di fronte a lei, seduto sul divano come un gattino appena adottato, anzi, passato di casa in casa chissà quante volte prima di arrivare lì, Kiwako con il *senpai* non aveva fatto parola. “C’è speranza,” mi dicevo, “c’è sicuramente speranza.”

“Non gli hai detto che sono qui,” feci, evitando di guardarla negli occhi. Kiwako tirò fuori un succo Sunkist al pompelmo dal sacchetto del *konbini* e mi lanciò un’occhiata eloquente, quindi ribatté: “Volevi che glielo dicessi?”.

“Mah, avresti anche potuto dirglielo. In fondo lo conosciamo entrambi, e poi, be’, mica c’è qualcosa da nascondere...”

Kiwako non ascoltò neanche una parola di tutto il mio discorso perché era troppo concentrata a sistemare nel frigorifero il succo di prima e la frutta appena estratta dal sacchetto.

Sul divano c'erano dei cuscini che odoravano di prodotti maschili per capelli, forse del fratello, e una copertina di lana tutta spiegazzata. Oltre una porta bianca socchiusa doveva esserci la stanza di Kiwako, perché sbirciando all'interno vidi uno scaffale su cui erano allineati cosmetici e un poster incorniciato di *Sam Suffit*, un film francese che avevo visto dietro suggerimento di Mirai.

"Ah, a proposito. Umesaki al telefono mi ha detto di salutarti da parte sua."

"Eh!?"

Senza accorgermene, saltai in piedi. Kiwako si mise a ridere e uscendo dalla cucina disse: "Non è vero, non è vero". Poi aggiunse: "Come potrebbe saperlo?".

"Giu-giusto."

Quando sono con Kiwako tendo a immedesimarmi nella parte del ragazzino da coccolare, e ogni volta che, a freddo, rivedo quelle situazioni, mi viene la nausea. Normalmente non sono così, quindi se faccio finta di esserlo non ottengo un bel niente. Pur sapendolo, però, quando lei mi fa certi scherzetti ho reazioni di quel genere: salto dal divano e faccio la parte del ragazzino sovraeccitato.

Lo dico subito: quella notte sono stato a letto con Kiwako. Ci siamo bevuti una birra e abbiamo parlato di Umesaki-*senpai*, poi ci è venuto sonno e ci siamo spostati in camera da letto, ed è stata una cosa perfettamente naturale, di routine, come trovare Koto-*chan* che si taglia le doppie punte in soggiorno o prendere Momoko e doversi fermare dopo dieci chilometri perché si è spento il motore.

Le ragazze che avevo intorno, per esempio Koto-*chan* e Mirai, erano tipi eccentrici, il che forse mi faceva sentire ancora più tranquillo e a mio agio quando parlavo con Kiwako.

Mi ero convinto che dipendesse dal fatto che lei veniva dallo Hokkaidō, ma a pensarci bene lo Hokkaidō aveva dato i natali anche a gente come il proprietario del locale dove lavoravo, il cui temperamento ricordava una ciotola di *rāmen* con burro e brodo di maiale.

Comunque sia, a me piaceva la voce di Kiwako. Quando, nel letto, ho sentito il suo corpo attaccato al mio, ho pensato che fosse davvero minuta. Così piccola da perdersi tra le mie braccia. Kiwako sussurrò qualcosa contro il mio petto. In realtà stava recitando le tabelline, ma io sentii solo il suo respiro caldo salirmi dolcemente fino al collo. Siccome le avevo chiesto di dire qualche cosa, lei si era messa a ridere e aveva cominciato a ripetere le tabelline.

Kiwako mi disse, come se niente fosse: "Pensaci. Uno che va tranquillamente a letto con la ragazza del suo *senpai*, e una ragazza che va tranquillamente a letto con il *kōhai* del suo ragazzo: non è una storia da film?". Io divagai e non le diedi una vera risposta.

"Ryōsuke, hai sonno?"

"Eh? Perché?"

"Così, mi chiedevo se avessi sonno."

"Se voglio posso mettermi a dormire. Se chiudo gli occhi mi addormento dopo cinque secondi."

Se a determinare la mia posizione nella scala sociale fosse la capacità di padroneggiare situazioni come quella, con ogni probabilità mi ritroverei nel punto più basso, in compagnia dei peggiori parassiti, privo di qualsivoglia parvenza di umana dignità.

La mattina successiva, quando mi svegliai, Kiwako non era nel letto. Mi infilai le mutande che erano finite tra la parete e il materasso e andai nel soggiorno, dove trovai un giovane sconosciuto che spalmava del burro su una fetta di pane tostato. E mi guardava in cagnesco mentre, con addosso solo le mutande, non riuscivo a decidere se andare avanti o fare marcia indietro. In quel momento vidi comparire dalla cucina Kiwako con due tazze di caffè.

"'Giorno."

Kiwako, sorridente sin dal mattino, mise una delle due tazze davanti al giovane e mi disse, divertita: "Questo è mio fratello, è appena rientrato. Dev'essere di malumore perché la sorella si è portata qualcuno a casa".

Feci un cenno con la testa al fratello che addentava il suo toast con dentro un uovo all'occhio di bue. Se uno si mostra bendisposto anche l'altro lo sarà, almeno si spera. E infatti non gli leggevo più propositi omicidi negli occhi, era già qualcosa. Dopo parecchia esitazione, procedetti in mutande verso il tavolo. Poiché avevamo trascorso la notte insieme, pensai che la cosa più naturale fosse andarmi a sedere accanto a Kiwako, ma il fratello mi gelò con lo sguardo. C'è qualcosa di misterioso che lega i fratelli minori alle loro sorelle. Quella strana attenzione nei miei confronti mi spinse a sedermi a fianco a lui – una situazione sempre più assurda. Naturalmente, quando mi avvicinai lui mi rivolse uno sguardo ancora più freddo. Kiwako guardava con aria interrogativa l'amante e il fratello seduti uno accanto all'altro.

Fu a quel punto che cominciai a non capirci più nulla. Seduto accanto a suo fratello, spalmai il burro sul pane che Kiwako aveva gentilmente tostato per me e ci aggiunsi anche una generosa dose di marmellata alle fragole, quindi lo portai alla bocca. Bagnai la gola secca con del succo d'arancia freddo. Di fronte avevo Kiwako che sorseggiava del caffè bollente, accanto suo fratello che masticava in silenzio il suo toast. Accadde in quel momento.

"Ryō-Ryōsuke, s-stai piangendo?"

Fino a quando non me lo disse Kiwako, non mi resi conto che stavo realmente piangendo. Alle sue parole anche il fratello si voltò di scatto.

"Questo qui sta pi-piangendo!"

"C-Che ti è successo?"

Mi disprezzavano, era evidente. Una bella mattina, dopo aver spalmato il burro sul pane appena bruciacchiato, con il caffè sul tavolo, un tipo in mutande si era messo improvvisamente a piangere senza alcun motivo.

"Ah, scu-scusate."

Cercai di fermare come meglio potevo quelle lacrime di cui non riuscivo a capire l'origine. Ma quei rivoli salati scendevano lungo i lati del naso fino alla bocca con cui addentavo il pane.

"È... è strano, chi-chissà..."

Più cercavo di sembrare naturale, più la mia voce suonava pateticamente nasale, e sentivo che da un momento all'altro mi sarei messo a singhiozzare. Kiwako si affrettò a passarmi un fazzolettino. Il fratello spalancò la bocca e iniziò a fissarmi con l'aria di chi è pronto a darsela a gambe.

Quella mattina, mentre mangiavo, non so per quale motivo mi era venuto in mente il viso di mio padre. Lo vidi intento a preparare gli ingredienti mentre l'odore dell'aceto di riso si diffondeva per tutto il ristorante. Poi mi ricordai di Shin'ya. Lo vidi che mi dava un buffetto sulla spalla e scendeva dall'autobus sventolando la mano e dicendo: "Datti da fare anche per me a Tōkyō". Mandai giù il succo d'arancia e cercai di cancellare dalla mia mente quella scena. A quel punto rividi Umesaki-*senpai* che portava la lavatrice fino a casa mia.

"Quando mi siedo sul divano per guardare la televisione, Kiwako si accovaccia tra le mie gambe. E se io le dico 'Questa è la cosa che mi piace di più', lei mi risponde 'Anche a me'." Trasportando a fatica la lavatrice, si mise a ridere imbarazzato.

All'improvviso mi ricordai della conversazione avuta la

sera prima, mentre ero a letto con Kiwako. Eravamo ancora accaldati, e io la tenevo stretta a me.

"Questa è la cosa che mi fa stare meglio," le avevo detto. E lei, il respiro caldo sul mio corpo, aveva risposto: "Anche a me".

Continuavo a piangere davanti ai due fratelli increduli. Le lacrime non volevano saperne di fermarsi. Era come se un altro me stesso, completamente separato, lo ignorasse deliberatamente e continuasse a piangere.

Ōkouchi Kotomi

E ridi! è veramente forte secondo me. Lo guardi per un'ora, eppure nel momento in cui spegni la tv ti dimentichi completamente chi ha detto cosa, e che cosa hanno fatto. Dev'essere questo il "senso di irrealtà" di cui parla la gente.

Avevo appena spento la tv e stavo pensando a cosa mangiare per pranzo, quando dalla stanza dei ragazzi è spuntato Ryōsuke. La faccia assonnata, le mani nelle mutande, i capelli tutti spettinati. Ryōsuke dorme veramente male. Naoki, che ci dorme insieme, ha detto che se la loro stanza non avesse pareti, in una notte sarebbe capace di rotolare fino alla stazione.

"Ryōsuke, che mangi a pranzo?", gli domandai mentre tirava fuori dal frigo il cartone del latte e, dopo averlo annusato, cominciava a berlo.

Mi fece segno di aspettare con la mano, e intanto si scolò tutto il latte.

"Tu che mangi?", mi domandò ruttando. Fissai per qualche istante la sua bocca bianca di latte, quindi gli chiesi a mia volta: "Ti va di andare da KFC?".

"KFC, dici?... Ah, ora che ci penso, sai che ha aperto un nuovo ristorante di *soba* vicino al tuo parrucchiere? Ci vogliamo andare?"

Così dicendo, Ryōsuke si ficcò nuovamente la mano destra nelle mutande e, dopo essersi grattato, sparì nel bagno. Al momento doveva essere alle prese col suo amore non ricambiato per la ragazza di un *senpai* che si chiamava Umesaki, ma erano diversi giorni che non ne parlava affatto. Poco tempo prima, rientrando da una rara notte trascorsa fuori casa, mi aveva detto di aver dormito da una ragazza, ma per essere la prima volta che restava a casa sua non mi era parso tanto felice, forse lei l'aveva già lasciato. Comunque sia, gli "amori passeggeri" degli studenti come lui sono l'ultimo dei miei interessi. Se pure fosse stato ancora nella fase di confusione tra amicizia e amore, per ridursi i capelli in quel modo mentre dormiva la sua situazione non doveva essere poi così preoccupante.

Un'impressione che avevo riguardo a Ryōsuke già dal nostro primo incontro, cinque mesi prima, era che somigliava al segno "*fu*" (ふ) dello *hiragana*. Non perché avesse le spalle basse o perché qualcosa nel suo volto ne ricordasse la forma. È solo che, per qualche motivo, guardandolo mi veniva in mente quel carattere. Il "*fu*" di "*fuantei*" (instabilità)? "*Fukigen*" (malumore)? "*Fushigi*" (stupore)? No, non erano cose così. *Fu*, *fu*, *fu*… "*Funuke*" (smidollato)? Forse mi stavo avvicinando.

Proprio in quel momento uscì dal bagno e gli domandai: "Ti ricordi qual è il carattere del '*fu*' di '*funuke*'?".

Senza lavarsi le mani, Ryōsuke prese un biscotto dal tavolo e, masticandolo, disse: "Il '*fu*' di '*funuke*'? Non ha a che fare con le interiora? Con gli organi interni?"*. Provai a immaginare il corpo di Ryōsuke svuotato delle interiora. Il biscotto sminuzzato che scendeva giù come fiocchi di neve.

Fino alla sera, quando sarebbe andato a lavorare, Ryōsuke non aveva programmi. Continuando a masticare, riac-

* Il "*fu*" del composto di ideogrammi "*funuke*" significa, letteralmente, "viscere". [*N.d.T.*]

cese la tv che, in preda all'esasperazione, avevo appena spento (dal varietà della mattina fino a *E ridi!* avevo guardato qualsiasi cosa). Per un attimo comparve il viso piatto di Ōwada Baku. Da un po' di tempo a quella parte, non appena Ryōsuke accendeva la tv, quella cominciava a fare *zapping*. Una volta, Ryōsuke brontolò "Uffa, di nuovo" e fece per colpirla sul lato sinistro, ma io mi affrettai a spiegargli: "Non lì, sono tre colpi sul lato destro". Ryōsuke seguì le mie indicazioni e diede tre colpi sul lato destro. Ma l'immagine continuava a essere disturbata.

"Non va."

"Dai colpi troppo leggeri. Forte, forte, piano. Ti ci devi arrabbiare di più."

"Come faccio ad arrabbiarmi con un televisore? Dai, provaci tu, Koto-*chan*."

"No. L'avevo appena spenta."

Mentre discutevamo, la tv si aggiustò da sola. Ryōsuke iniziò a cambiare i canali con il telecomando e mi chiese: "Chi c'è come ospite alla *Stanza di Tetsuko* oggi?".

"Che fai fino a stasera?", gli domandai mentre si avviava nella sua stanza lasciando la tv accesa. "Devo lavare Momoko," mi rispose con un tono allegro. Provo invidia per uno che è contento di lavarsi la macchina. Uno così non può avere preoccupazioni, non ne può proprio avere, e forse va in giro a cercarsene qualcuna. Alla tv c'era Kaminuma Emiko che preparava un arrosto di galletto alle erbe dall'aspetto delizioso.

I miei genitori, al paese, non sapevano che dividevo la casa con loro (con Ryōsuke e Naoki). Non che ci fosse nulla di equivoco, semplicemente non vedevo la necessità di metterli di fronte a una realtà che avrebbe potuto dissipare la loro illusione di aver cresciuto una figlia dotata di buon senso. Più che dire che tra me, Ryōsuke e Naoki non c'era nulla di ambiguo, dovrei dire che era talmente fuori discussione da poter sembrare addirittura strano. Ovviamente i primi tempi percepivo gli sguardi di Ryōsuke sul mio seno come bollenti frecce affilate, ma guardando le signore che gestiscono le bancarelle di tiro al bersaglio avevo imparato che le frecce che non arrivano a segno vanno staccate e restituite subito al mittente. Siccome il cliente non è uno stupido, se vede che le frecce gli vengono riportate capisce che ha mancato il bersaglio. Ciononostante, il mondo è pieno di donne che lasciano a oltranza la freccia lì dov'è. E così il cliente inizia ad aspettarsi il premio e sorgono problemi inutili. Ci sono troppe signorine pigre dietro le bancarelle di tiro al bersaglio. Si lamentano di non riuscire ad avere amici maschi e intanto espongono i seni alle loro frecce, come quelle che negli stabilimenti termali fuori città spennano gli ospiti che hanno alzato il gomito.

Forse il motivo per cui riuscivo ad abitare lì era che Mirai, un'altra mia coinquilina, non era una donna di quel tipo. Certo, poi c'era il fatto che neanche Ryōsuke e Naoki erano come quei poliziotti o impiegati che partecipano a una festa in qualche località termale e ne approfittano per lasciarsi andare.

La mia vita in quella casa era cominciata all'improvviso... Sì, all'improvviso, come se un fulmine mi avesse colpito... O, per meglio dire, come se un cane mi avesse morso il sedere... Anzi... Comunque sia, una sera di cinque mesi prima mi trovavo sulla pista del club dove andavo sempre a ballare, quando a un tratto la musica si è interrotta, si sono accese le luci e ho visto il ragazzo con cui ballavo che era tutto sudato, e anch'io ero tutta sudata; dalla consolle sentimmo la voce del dj dire "Scusate, è un guasto alle casse. Qualche momento di pazienza", e intorno a noi iniziarono a levarsi risate e proteste, poi tutti si avviarono al bar, e il tipo con cui ballavo mi domandò: "Bevi qualcosa?". In quell'istante, e fu una cosa veramente improvvisa, mi resi conto di non provare interesse per nulla.

Non si trattava soltanto di quella situazione specifica, del fatto che non m'importasse del tipo sudato o che non volessi nulla da bere. In quel momento mi sarebbe bastato un interesse come quello di mio padre per il suo lavoro di insegnante di matematica in un liceo di provincia, di mia madre per le faccende di casa, di mia sorella per la scuola di danza o dell'altra mia sorella per Katori Shingo degli SMAP, invece capii che non c'era proprio nulla che suscitasse in me il minimo interesse. A dirla tutta, lì, sola in mezzo alla pista da ballo, rimasi sconcertata. All'improvviso mi ero resa conto di quanto fosse vuota e priva di senso la mia vita, e questo mi colpì profondamente, lasciandomi di stucco.

Dopo la laurea breve avevo trovato un impiego presso un'azienda farmaceutica, alla fine di ogni mese mi veniva accreditato lo stipendio, e anche se in fondo in fondo forse provavo un certo senso di vuoto, di malinconia, grazie a quei soldi potevo andare con le amiche nei ristoranti francesi, comprarmi anelli da Tiffany, contentini che non erano sufficienti a farmi sentire realizzata; poi però mi bastava entrare in una libreria e vedere i mucchi di libri con titoli tipo *Va bene così. Godiamoci il presente* per convincermi che in fin dei conti non potevo lamentarmi.

Quella di non provare interesse per nulla fu una scoperta per me piuttosto amara, ma di certo non era facile trovare così, su due piedi, qualcosa che mi appassionasse. Dunque mi fermai a pensarci e mi venne in mente che potevo imparare una lingua straniera e magari andarmene a studiare per qualche tempo nei dintorni di Roma, oppure, più realisticamente, trovarmi un ragazzo e celebrare un matrimonio all'estero, ma alla fine si trattava di cose che proprio non mi attiravano: semmai erano cose che gli altri mi avrebbero invidiato qualora mi fossero interessate veramente. Un po' come quando al liceo arrivavo sempre prima ai concorsi di bellezza organizzati dai compagni maschi, e poi non ero neanche antipatica alle altre ragazze, anzi, ce n'erano alcune che, prima ancora che ci ubriacassimo, mi dicevano cose imbarazzanti tipo "Beata te, Kotomi, che sei bella e pure simpatica," e io imbarazzata rispondevo: "Ma che dite, non so come ringraziarvi".

Finché all'improvviso, su una pista da ballo dove le casse si erano rotte e si era accesa la luce, mi era arrivata una voce da chissà dove, demoniaca o angelica, a dirmi: "Non conosci il dolore. Ma non conosci neanche la vera felicità".

"Che ti prende?" domandò il tipo sudato di fronte a me, e io, senza pensare, gridai soltanto: "Questo non mi piace!". Naturalmente non stavo rispondendo a lui, ma alla voce che diceva "Non conosci il dolore ma neanche la felicità".

Il ragazzo mi guardava con un'espressione che sembrava dire: "Ho fatto qualcosa di sbagliato?". In quel momento, all'improvviso, mi venne in mente una cosa. E a quel tipo che fino a un attimo prima ci aveva provato con me domandai: "Sbaglio o mi hai detto che tuo fratello domani va a Tōkyō con il camion?".

"Sì, sì, te l'ho detto, però..."

"Non è che mi darebbe un passaggio?"

"Per andare a Tōkyō?"

"Esatto. Per andare a Tōkyō."

"Per fare cosa?"

"Per soffrire."

"Eh? Per soffrire?"

"Esatto. Per soffrire."

Mi guardò storto, ma telefonò lo stesso al fratello. Da quel momento in poi, però, non si avvicinò più.

Avevo deciso cosa avrei fatto a Tōkyō. Fino a quel momento, la sola cosa che mi avesse fatto soffrire nella vita era l'amore per Maruyama Tomohiko.

L'avevo conosciuto a un appuntamento di gruppo subito dopo essere entrata alla scuola di specializzazione. Fu un incontro talmente banale che mi vergogno a parlarne. Naturalmente cinque ragazze su cinque miravano a lui. Sembrerò presuntuosa (però se lo penso e non lo dico lo sarei ancora di più, quindi lo dico), ma penso che quasi tutti i ragazzi (va bene, sarò chiara: tutti i ragazzi, nessuno escluso), invece, fossero interessati a me. Quando si è la ragazza più ambita, però, non ci si può permettere la solita recita, far finta di niente e aspettare il momento giusto per farsi avanti e appartarsi, quindi sin dall'inizio (anche per scoraggiare un po' gli altri ragazzi) ero partita all'attacco di Maruyama. In fondo avremmo diviso il conto in parti uguali, il che dà anche alla ragazza più popolare il diritto di farsi valere.

Maruyama mi telefonò per la prima volta il giorno successivo. Dopo aver bevuto tutti insieme, eravamo andati in un altro locale dove noi ragazze ci eravamo concesse un ultimo bicchiere per conto nostro, che alla fine era diventato una sfida al karaoke. Mi ero distrutta lo stomaco con il Bombay Sapphire e la gola con Moritaka Chisato e, una volta sbronza, ero tornata a casa che erano ormai le cinque del mattino. La telefonata di Maruyama arrivò quattro ore dopo, quando non erano ancora le nove.

Nel tragitto tra il primo e il secondo locale, in attesa che gli altri comprassero macchine fotografiche usa e getta e gomme da masticare al *konbini*, Maruyama e io eravamo riusciti a parlare da soli.

"Quindi anche tu noti i denti delle persone?" gli domandai senza particolare interesse. Il motivo per cui le altre ragazze non anticiparono il coprifuoco pur sapendo di non avere speranze con Maruyama era che gli altri ragazzi erano tutti futuri dentisti.

Alla mia domanda fatta tanto per parlare, Maruyama esitò per un attimo a rispondere. Poi disse: "Senti, mi dispiace. Io non sono come loro. Io lavoro in un negozio di articoli per la casa".

In quel momento ringraziai tutte le telenovele che avevo seguito dai tempi delle medie. Pronunciai le seguenti parole come se stessi recitando un copione: “Non devi scusarti. Io sono solo una studentessa della scuola di specializzazione”. Nel cielo splendeva la luna piena, lui e io eravamo l’uno di fronte all’altra nella strada buia. Mancava solo una di quelle canzoni melense da telefilm campioni di share.

“Loro però lo sono sul serio. Sono tutti futuri dentisti,” si affrettò ad aggiungere Maruyama. “Io avevo detto di no, ma poi Kengo – quello con gli occhiali – siccome siamo amici d’infanzia, mi ha detto ‘Vieni, che problema c’è?’ e mi ha obbligato a uscire.”

“Ma al momento delle presentazioni non è stato proprio Kengo a dire ‘Siamo tutti compagni di università’?”

“Sì, certo, pur sapendo che se fossi stato scoperto mi sarei vergognato. Comunque scusami.”

I maschi hanno sempre quell’espressione da “eterni ragazzini innocenti”, ma in realtà sono piuttosto inclini alla gelosia.

Quando Maruyama mi telefonò, la mattina successiva, i postumi della sbornia erano talmente forti che non mi ricordo il contenuto della nostra conversazione. Ma fui abbastanza brava da prendere un appuntamento, e quando mi buttai di nuovo a letto stringevo tra le dita un foglio su cui avevo scritto “Sabato alle 7 davanti alla sala comunale”.

Camminando insieme a Maruyama mi resi conto che le ragazze tendono a squadrare da capo a piedi ogni ragazzo che incrociano per strada. Guardavano prima Maruyama, poi me che lo tenevo a braccetto, e infine il loro sguardo tornava a posarsi su di lui. Uscendo con Maruyama ho visto, per la prima volta in vita mia, una cassiera di McDonald’s incapace di togliergli gli occhi di dosso e con le mani che tremavano. Maruyama le disse “Da portare via,” ma a me venne quasi voglia di aggiungere “Guarda che è il milk shake che vuole portarsi via, non te”.

“Tu piaci alle ragazze, non è vero?” gli domandai una

volta usciti dal locale. Lui rispose con un complimento: "Be' anche tu piaci ai ragazzi, no, Koto-*chan*?". Era chiaro che saremmo diventati una coppia dalle battute sarcastiche, ma il milk shake che succhiavamo a turno era squisito.

A pranzo andai insieme a Ryōsuke, che si era svegliato da poco e aveva ancora i capelli in disordine, al nuovo ristorante di *soba* di fronte alla stazione. Per festeggiare l'apertura c'era lo sconto del 20% su tutto, ed era pieno zeppo. Proprio quando stavamo per andarcene, tuttavia, si liberò un tavolo da quattro. Il proprietario sembrò infastidito, e quando Ryōsuke e io, senza pensarci, andammo a sederci uno di fronte all'altra, l'anziana cameriera che ci portò l'acqua disse: "Scusate, se arriva qualcuno dovrete dividere il tavolo". Allora mi alzai e andai a sedermi accanto a Ryōsuke.

Mangiavamo in silenzio un *katsudon* non particolarmente buono quando, come aveva detto la cameriera, qualcuno venne a sedersi al nostro tavolo. Alzai gli occhi e mi trovai di fronte il tizio dell'appartamento 402. Come quando lo avevo incrociato sul pianerottolo, aveva i capelli impomatati e tirati all'indietro, le labbra carnose erano di un colore scuro e contornate da peli ispidi e tagli di rasoio. Senza guardarlo cominciai a dare gomitate sul fianco a Ryōsuke, che aveva il volto affondato nella ciotola. Accusò il colpo ed emise un gridolino, poi contrasse le labbra in una smorfia e, con la faccia piena di chicchi di riso, esclamò: "Ma che fai?". Poi l'uomo dell'appartamento 402 entrò nel suo campo visivo. Ryōsuke adesso era visibilmente nervoso, e per mascherare la tensione chiamò senza motivo la cameriera. Quando arrivò, Ryōsuke mandò giù tutto d'un sorso il bicchiere d'acqua che aveva davanti e glielo allungò dicendo: "Dell'acqua, per favore".

Il tipo del 402 intanto si era seduto al nostro tavolo. Ci eravamo incontrati chissà quante volte sul pianerottolo, quindi sapeva di certo che eravamo vicini di casa, ciononostante fece finta di non conoscerci e si mise a leggere il menu affisso alla parete. Persino il suo pomo d'Adamo, quando allungò il collo per leggere, mi dette il voltastomaco. Con l'espressione più calma del mondo ordinò una "*soba* multicolore". L'idea che l'uomo che avevo davanti fornisse ogni sera giovani vergini a quel lurido polpo e ad altri come lui mi fece passare completamente l'appetito; un pezzo d'uovo che mi era rimasto nella ciotola mi sembrò somigliare alla verruca sulla fronte di quel pelato, le gocce di condensa sul coperchio, invece, mi ricordarono il suo sudore: mi veniva da vomitare.

Non potendone più, afferrai Ryōsuke per un braccio e mi precipitai fuori dal ristorante. Ryōsuke fece per seguirmi, ma evidentemente una parte di lui non voleva rinunciare al pezzetto di carne che si era lasciato per ultimo, e lo prese tra le bacchette mentre lo trascinavo via. Il tipo del 402 ci guardava con aria di sfida mentre teneva aperto davanti a sé l'ultimo numero de "I fatti della settimana".

Uscimmo dopo aver praticamente sbattuto i soldi sul bancone, e senza pensare ai passanti che ci guardavano gridai: "Hai visto la faccia che aveva? Non ci posso credere!". Ryōsuke, che stava ancora masticando la carne, rispose soltanto "Chissà se si è accorto che siamo i suoi vicini", e mi fece gridare di nuovo: "Ma certo che se n'è accorto, no?! Se n'è accorto e ha ordinato come se niente fosse le sue '*soba* multicolore'! Aaaah, mi dà sui nervi! Le '*soba* multicolore', ti rendi conto?".

Noncurante del mio scatto d'ira, Ryōsuke si incamminò lentamente.

"Ehi! Ma non te ne frega niente?" gli domandai afferrandolo per una spalla.

"Ma scusa, che possiamo fare? In giro c'è gente di tutti i tipi, c'è chi coltiva i campi e chi canta nel piazzale della stazione, chi vende sigarette e chi guida i treni ad alta velocità... Persone di ogni genere. Non è poi così strano che ci sia anche chi sfrutta la prostituzione."

"Ma che dici? Sei diventato saggio dall'oggi al domani?"

"Stando a quello che dicono Naoki e Mirai, ci sono anche ragazze che vendono volentieri il loro corpo... E poi in città i rapporti tra vicini di casa sono piuttosto delicati."

"Ma non eri tu quello che ha visto una ragazzina piangere per le scale?"

"Sì, l'ho vista, ma... Ma ci sono anche ragazze che piangono per un nonnulla. L'ha detto Mirai."

"Comunque sia, nell'appartamento accanto al nostro si esercita la prostituzione!"

"Appunto, è quello che cerco di dirti..."

"Basta! Non ti sopporto più! Allora sai che ti dico? Dobbiamo accertarcene."

"E come?"

"Be'... Ma certo! Andrai lì come cliente."

"I-io? Non voglio farlo!"

"Perché?"

"Perché... Perché non voglio!"

"Se è per i soldi, ce li metto io. E se dovessimo avere la conferma che fanno quello che sospettiamo, li denunciamo. Possiamo anche usare un nome falso."

"Ce li metteresti davvero tu i soldi?... Ma che dico... No, non lo faccio."

"Vorresti farmi credere di non aver mai messo piede in un posto come quello?"

"Mai!"

"E perché?"

"Perché, che vuol dire 'perché?!"

Alla fine riflettemmo che, mentre Ryōsuke non era mai stato in un posto del genere, Naoki, che al momento non era fidanzato, forse ci era stato. Partendo da questa supposizione, pensammo che, pur non avendo la ragazza e nonostante si vedesse ancora spesso con la sua ex, Misaki, in effetti era lui quello più adatto, ma non andammo oltre e il discorso sull'appartamento 402 si arenò.

Giunti di fronte a casa, Ryōsuke mi domandò se volevo accompagnarlo a lavare Momoko.

"A lavarla? E mi paghi?"

"Al contrario, vedrai che poi sarai tu a chiedermi di tornarci."

Sembrava che volesse prendermi in giro e decisi di stare al gioco. In effetti, se pure fossi rientrata non avrei avuto niente da fare. Salii sul portapacchi della bicicletta di Ryōsuke e andammo fino al parcheggio dove si trovava Momoko.

Ryōsuke aveva ragione. Gli chiesi di chiamarmi la prossima volta che avrebbe portato Momoko al lavaggio a gettoni. Scoprii che c'era un limite di tempo per il lavaggio. Tre minuti sotto il getto d'acqua, poi si insaponava la carrozzeria e dopo qualche istante suonava la campanella per avvisare che mancavano trenta secondi al termine. "Lì, Koto-*chan*! E poi là": insaponavo seguendo le indicazioni di Ryōsuke e, una volta finito, arrivava il momento del risciacquo. Anche per quello c'era un tempo definito, naturalmente. Quando fui zuppa, tra i continui "sciaff sciaff" degli spruzzi d'acqua, il risciacquo terminò. Arrivai persino a rimproverarlo per non avermi invitato prima a fare una cosa così divertente.

Salimmo a bordo di Momoko, ora tutta pulita, e percorremmo due volte nove chilometri, arrivando a casa poco prima delle cinque. Ryōsuke andò al lavoro e io ripresi a pensare a Maruyama. La giornata era volata via in un batter d'occhio.

Era stato proprio Ryōsuke a venirmi a prendere con Momoko cinque mesi prima, nel cuore della notte, a Tsukiji, dove mi aveva lasciato il camionista fratello del tipo che ci provava in discoteca. Quello che guidava il camion era il fratello maggiore del ragazzo della discoteca, un brav'uomo vicino ai quarant'anni, con moglie e figli. Con tono scherzoso mi aveva detto: "Sei stata fortunata a trovare me. Se fossi salita sul camion di qualcun altro a quest'ora ti starebbe facendo chissà cosa sul sedile posteriore".

Telefonai a casa da una stazione di servizio di Shizuoka, più o meno a metà strada. Quando mia madre seppe che sua figlia, uscita di casa per andare a ballare, si era improvvisamente messa in viaggio per Tōkyō a bordo di un camion per andare a incontrare il suo ex, restò talmente sorpresa da riuscire a dire soltanto: "Eh? A Tōkyō?".

"Se chiamano dall'ufficio, di' che ho la febbre o qualcosa del genere," continuai io, al che lei domandò: "Ma quando conti di tornare?". Potei dire solo "Non lo so ancora".

"E a tuo padre che devo dire?"

"Scusa, con lui veditela tu, ti prego."

"Ma come?... Ascolta, davvero ci stai andando in camion? Non in aereo o in treno?"

"Davvero! Ci sto andando in camion."

"Pensa un po', in camion..."

Appena arrivata a Tsukiji, per prima cosa telefonai a Maruyama. Solo che non mi rispose nessuno, e dopo il ventesimo squillo non entrò nemmeno in funzione la segreteria telefonica. Fu in quel momento che, per la prima volta, l'ansia prese il sopravvento e mi misi a piangere. E così, tra le lacrime, decisi di telefonare all'unica amica che avessi a Tōkyō: Sōma Mirai.

"Se tiri su col naso vicino alla cornetta non capisco niente!"

Sentendo la solita voce di Mirai fui così felice che mi venne da piangere ancora più forte.

"Quindi? Che succede? Finora ho capito solo una cosa tipo 'Un camionista buono mi ha offerto degli *udon* in una stazione di servizio'."

Ci misi dieci minuti a spiegarle tutto. Mirai ripeté un "Sarai mica scema!" dopo l'altro, ma comprese la situazione e disse: "A quest'ora non ci sono più treni, ti mando uno che abita qui, si chiama Ryōsuke, viene a prenderti in macchina".

Fu solo dopo cinque giorni, quando mi ero ormai abituata all'appartamento, che riuscii a mettermi in contatto con Maruyama. Forse cercava solo di compiacermi, però sembrava contento che l'avessi raggiunto a Tōkyō. Con la stessa voce allegra di sempre esclamò "Come mai? Com'è che sei venuta qui a Tōkyō all'improvviso?", e quando gli risposi sinceramente "Per rivederti!", si mise a ridere di gusto.

Una volta, in passato, ero andata al negozio di articoli per la casa dove lavorava, nella periferia della nostra città, perché volevo vederlo. Era nel reparto giardinaggio, con addosso il grembiule e i guanti, e stava trasportando un ficus benjamin fino all'auto di un cliente. Per la prima volta sentii una stretta al cuore vedendo un uomo lavorare. Quando Maruyama ritornò dal parcheggio e mi notò, vicino all'entrata, che lo salutavo con la mano, mi sembrò di scorgere sul suo volto un'ombra di fastidio. Corse verso di me e, con una voce un po' impostata, chiese "Che c'è? Cosa ci fai qui?", però si mostrò contento.

Maruyama e io ci frequentammo per un anno e sette mesi. Al negozio lavoravano trecentosessantacinque giorni all'anno, e i periodi in cui noi studentesse eravamo libere, durante le vacanze estive e invernali, erano quelli in cui lui era più occupato, infatti non riusciva mai a prendersi un paio di giornate di ferie. Ciononostante, cercavamo di vederci ogni volta che potevamo.

Sapevo che viveva con sua madre. E avevo il vago sentore che lei non godesse di buona salute. Quando uscivamo insieme capitava che telefonasse a casa o al proprietario del loro appartamento, inoltre quando andavamo in un *love hotel* non restava mai fino alla mattina seguente, nemmeno se facevo la ruffiana.

Una volta soltanto, nell'anno e sette mesi che siamo stati

insieme, ci è capitato di andare al mare e fermarci per la notte. Avevamo scelto una locanda da due soldi, senza neanche l'aria condizionata, con il figlio dei proprietari che piangeva ininterrottamente al piano di sotto, però fu grazie a quell'unica notte trascorsa insieme che cominciai a provare per Maruyama quello che provo adesso.

Sin da bambina ero stata educata a non fare domande indiscrete, infatti avevo sempre evitato di chiedergli di sua madre. Quella sera, però, quando lui mi trascinò in riva al mare dicendo "Andiamo a sparare qualche fuoco d'artificio!", gli dissi: "Senti, se posso aiutarti in qualche modo, vorrei che tu me lo dicessi". All'inizio non sembrò aver capito e, con in mano il candelotto rivolto verso l'alto, ribatté solamente: "Eh? Come?".

"... Mi riferisco... Be', a tua madre."

Nello stesso istante, dal candelotto che stringeva in mano partì una scintilla violacea.

La sua riposta arrivò soltanto quando, terminati i fuochi d'artificio, percorrevamo a braccetto la salita che portava alla locanda.

"Il presidente del negozio dove lavoro ha un figlio della mia stessa età. Ha appena diciannove anni ma guida una BMW. Ogni tanto, quando per esempio è vacanza all'università, fa un giro di tutti i negozi insieme al padre. Allora il mio superiore, e anche il responsabile del mio piano, nonostante siano adulti, gli vanno vicino e stanno lì a fargli inchini su inchini. Mah, forse è una cosa normale, forse in tutte le aziende la gente fa inchini su inchini al figlio del presidente, però io la vedo un po' diversamente. È davvero normale? Dico io, uno è davvero così importante perché è il figlio del capo e solo per quello? Durante la pausa l'ho detto al responsabile del mio piano e lui mi ha risposto 'Ma è normale che è importante, sarà il prossimo presidente, scusa!'. Be', anche questo è vero."

Non riuscivo a capire perché mi stesse parlando di quelle cose. Ma sentivo il profumo della salsedine e strinsi il suo braccio un po' più forte.

"Prendi la Corea del Nord, per esempio. In qualche rivista ho letto che quel Kim, quello lì, ha un figlio che studia in un collegio in Svizzera. Pare che sia lì dalle elementari, e che abbiano mandato insieme a lui un ragazzino della stessa età, così, perché si occupasse di lui. In un collegio svizzero, capisci? Ce lo hanno mandato come attendente. Quando ho letto quell'articolo, mi devi credere, era la pausa pranzo, fatto sta che mi è passato l'appetito. Forse sono partito per la tangente, però, quello che voglio dire... Per me non è normale inchinarsi in quel modo davanti al figlio del capo. Intorno a noi succedono troppe cose che crediamo normali e che invece non lo sono affatto."

Camminando lentamente verso la locanda, mi immaginai un bambino delle elementari che fa cadere una gomma da cancellare e un altro bambino che, senza tradire alcuna emozione, si inginocchia e la raccoglie al suo posto.

Una volta rientrati, facemmo il bagno a turno. Maruyama uscì fuori, girò intorno alla stanza e, per farmi uno scherzo, si affacciò alla finestra del bagno, solo che il proprietario della locanda lo vide e lo rincorse con un bastone. "È vero, le dico! Quella lì è la mia ragazza!" gridava, e per aiutarlo mi sporsi con la testa e confermai che era così. In quel momento ero rossa in viso come non mai, ma forse non tanto per la temperatura dell'acqua, quanto per il fatto che Maruyama avesse gridato che ero la sua ragazza, e probabilmente si era sentito anche in spiaggia.

"Mia madre ha sempre fatto la governante. Ti ricordi, Koto-*chan*, di Kengo? Quello che c'era al nostro primo incontro. Mia madre faceva la governante a casa sua."

Seppi poi da altri che Maruyama aveva lasciato il lavoro al negozio di casalinghi per andarsene a Tōkyō. Mi ero appena diplomata alla scuola di specializzazione. E ci eravamo già lasciati. In definitiva, ero fuggita da lui. Ma forse dire "da lui" non è esatto: ero fuggita dalla situazione in cui si trovava.

Quando ripenso alla prima volta che ho visto sua madre, sento ancora i brividi. Era seduta sui gradini davanti al loro appartamento, completamente nuda dalla vita in giù.

Vedendola lì che fissava la luna con aria assente, Maruyama mi spinse da parte e si precipitò verso di lei per coprirla con la propria giacca. La fece alzare, le cinse le spalle con il braccio e la condusse in casa lentamente.

Io ero rimasta immobile, incapace di decidere se seguirli o andare via. Una voce dentro di me mi suggeriva di seguirli, l'altra mi incuteva paura e mi consigliava di andarmene. Le due voci cercavano di attirarmi a sé e io, presa dal panico, mi chiedevo quale fosse la vera, quella che in riva al mare aveva detto "Se posso aiutarti in qualche modo, vorrei che tu me lo dicessi". Ma alla fine – e mi dispiace, mi dispiace veramente tanto – fu quella che mi spaventava, che mi diceva di andare via, a convincermi.

La mattina successiva mi telefonò. "Perdonami per ieri," si scusò Maruyama, ma io gli risposi: "Non ho nulla da perdonarti". La canzone da telefilm campione di share, però, non la sentivo più.

Da quel momento in poi, ogni volta che andavamo al bowling, che prendevamo uno shake alla vaniglia, che mia sorella veniva a dirmi "C'è Maruyama al telefono", mi compariva davanti l'immagine di sua madre. Continuare a frequentarlo significava frequentare anche lei. Fu lui a dire di volermi lasciare, ma io avevo fatto in modo che me lo dicesse. Ero una studentessa di appena vent'anni, volevo incontrare gente che mi facesse divertire, godermi la vita. La mia versione buona e quella cattiva mi giravano intorno, ma per me contava soltanto poter dire: "Che facciamo di bello adesso? E dopo? E dopo ancora?".

Naoki non tornava mai prima delle nove, Mirai non prima delle dieci. Naoki lavorava in una piccola casa di produzione cinematografica. Gli avevo chiesto di cosa si occupasse, ma era talmente complicato che non ci avevo capito granché. Invece il lavoro di Mirai mi era chiaro. Faceva la commessa in un negozio che vendeva articoli di importazione e qualche volta andava all'estero per i campionari. A suo dire, però, quell'occupazione serviva soltanto a darle da mangiare, perché lei in verità era un'artista. Un sacco di volte mi era toccato accompagnarla a Omotesandō, davanti al parco di Yoyogi, sulle rive del lago Inokashira: stendeva un telo per terra e vendeva i suoi dipinti ai passanti.

A differenza di Ryōsuke, che alla fine del turno di lavoro veniva dritto a casa, nel caso di Naoki e Mirai era impossibile prevedere a che ora sarebbero rientrati. Non era solo per via del lavoro. Anche se in modo diverso, erano entrambi dediti all'alcol, e si vantavano a vicenda di essersi trascinati ubriachi per ogni strada della città, da Ginza ad Akasaka, da Roppongi fino a Shinjuku, a Kabukichō. Anche quando tornava ubriaco, Naoki non era un grosso problema. Per un po' stava chiuso in bagno a emettere suoni penosi – "Blurgh! Blargh!" –, ma poi si addormentava ovunque gli capitasse e si metteva a ronfare. Solo che nel sonno diceva cose strane. Una notte mi alzai per andare a bere in cucina e lui, che si era addormentato per terra ancora in giacca e cravatta, mi gridò improvvisamente "Attenta ai piedi!". Pensai che temesse che potessi calpestarlo, quindi risposi sottovoce "Non preoccuparti, non ti calpesto". Lui però si drizzò sulla schiena e, facendo un segno con il pollice e l'indice, disse: "È lì, è grande così".

"Eh? Di che parli?"

"È lì, ti ho detto, è grande così, non lo calpestare."

Così dicendo, guardò vicino ai miei piedi, poi si sdraiò di nuovo e chiuse gli occhi. Adesso ero io a essere sorpresa: c'era una cosa grande dieci centimetri! Ma dove? Dov'era? E così mi misi a saltellare al buio per tutta la cucina.

La mattina successiva Ryōsuke mi disse che Naoki si riferiva a un folletto che vedeva sempre in sogno. A lui era capitato perfino di sentirgli pronunciare la formula magica che lo faceva comparire.

Tuttavia, rispetto a Mirai le sbornie di Naoki avevano ancora qualcosa di tenero. Quando Mirai tornava a casa dopo aver bevuto, sapevamo che la notte sarebbe stata lunga. Non andava a vomitare né tantomeno si addormentava per terra, ma pretendeva di ripetere davanti a noi le performance nelle quali si era esibita chissà dove durante la serata, e di farlo da ubriaca. Ovviamente io e Ryōsuke ci andavamo a rifugiare nelle nostre stanze non appena la sentivamo rincasare.

Ma Mirai non si dava per vinta: una volta, rimasta sola in soggiorno, ripeté fino all'alba la canzone *Il senzatetto* di Sera Masanori, con tanto di coreografia, perché quella sera non era rimasta soddisfatta di come l'aveva cantata. Non saprei dire perché non lo fosse, forse perché al giorno d'oggi quella canzone non la conosce più nessuno.

Ciononostante, però, la vita lì mi piaceva. Ero perfettamente a mio agio, anche se, come immagino sia normale, vivere con degli estranei mi procurava un po' di apprensione, ma sapevo che, all'occorrenza, sarei potuta andare via senza farmi troppi problemi. Se avessi detto "Domani lascio questa casa" nessuno si sarebbe lamentato, e se pure fosse stata Mirai ad andarsene, ormai sentivo di poter restare lì anche da sola.

Di computer non capisco niente e quindi me ne tengo alla larga, ma quand'ero studentessa, le mie compagne pratiche di internet mi parlavano di "chat" e "forum", e in effetti credo che la mia vita nell'appartamento ci assomigli un poco. Un motivo per cui evito di usare internet è appunto che sono negata per la tecnologia, ma c'è dell'altro: se mi dicessero “Puoi sceglierti un nome di fantasia e parlare di qualsiasi cosa”, penserei “Oh, no, finirò con lo spifferare tutte le cattiverie e i pettegolezzi che finora mi sono tenuta per me”, ma “Se è così per me lo è per tutti”, e la mia conclusione sarebbe “No grazie, non voglio saperne di sprecare il mio tempo a parlare alle spalle della gente”. Stando ai racconti delle mie amiche, però, non è che in rete si facciano solo discorsi cattivi, anzi, esistono siti in cui si parla in modo abbastanza amichevole e sincero. Li chiamano “siti dei buoni sentimenti”. Si condividono le preoccupazioni e ci si trasmette solidarietà e parole di incoraggiamento. Poi ogni tanto arriva qualcuno che scrive volgarità, e nel bel mezzo di una conversazione del tipo “Anche io ho attraversato un periodo del genere, dobbiamo essere forti”, “Grazie, hai proprio ragione”, spunta un commento del tipo “Ah ah ah ah, me la date una leccatina al pisello?”, ma questa gentaglia viene sistematicamente ignorata. Sono luoghi cui si può accedere in piena libertà e uscire quando si vuole, purché si sia animati da buoni sentimenti. Forse anche l’appartamento in cui abitiamo noi è così. Se uno non si trova più a suo agio, se ne va. Se si resta, ci si diverte. Penso che anche Mirai, Naoki e Ryōsuke recitino la parte delle persone felici. Il nostro è quel che si chiama un “rapporto di facciata”. Ma per me è perfetto. Naturalmente non penso di vivere così in eterno. Le cose vanno bene, e hanno un senso, proprio perché sono provvisorie, credo. Accendi la tv e c’è gente che si insulta, apri il giornale e leggi di continue prevaricazioni, parli con le amiche e vieni a sapere di fidanzati contesi... In tutta onestà, ne ho fin sopra i capelli della meschinità della gente. Lo so che la meschinità esiste a prescindere da quello che penso, e so anche che alcuni potrebbero ridere di me e considerarmi un’illusa solo perché di fronte a certe cose preferisco chiudere gli occhi. Ma pure chi ride degli altri è meschino, e anche di quello ne ho fin sopra i capelli.

Il mio sonno tranquillo fu disturbato da una macchina che girava per promuovere la candidata del Partito democratico, Fuchino Toyoko. Non avendo spostato la residenza, io non votavo a Tōkyō, ma se ne avessi avuto la possibilità avrei scritto sulla scheda "Chiunque, eccetto Fuchino Toyoko" e l'avrei infilata nell'urna. Il mio interesse per le elezioni dimostrava che la monotonia della mia vita aveva preso il sopravvento su di me.

Nel momento esatto in cui, ancora in pigiama, entrai nel soggiorno, la porta del bagno si aprì e ne uscì un ragazzo mai visto prima con un asciugamano avvolto intorno alla vita. Per un attimo restai interdetta, poi pensai che doveva trattarsi di un *kōhai* di Ryōsuke o qualcosa del genere. "'Giorno", gli dissi, e lui, un po' imbarazzato, ricambiò il saluto: "Oh, buongiorno!".

Erano già quasi le dieci. Intorno alle quattro del mattino, una Mirai su di giri come al solito si era precipitata in stanza e, gridando "Basta, mai più! Non devo più bere! Non devo più andare a ballare!", mi aveva scavalcato ed era sprofondata nel letto. Nonostante la sbornia, però, era poi riuscita ad alzarsi e andare a lavorare.

Il ragazzo se ne stava in piedi con i capelli ancora bagnati. Gli indicai una mensola dicendo: "Se cerchi l'asciugacapelli è lì", quindi aprii la porta della stanza dei ragazzi. Erano già usciti entrambi.

Mi voltai e chiesi al ragazzo: "Ryōsuke è a lezione?". Lui, con l'asciugacapelli in mano, rispose: "Ecco... Sì. È uscito circa un'ora fa".

"Tu oggi non devi andare a lezione?"

"A lezione? Io? No."

"Allora dimmi un po': hai qualche programma?"

"Programmi? Niente di particolare, però..."

"E allora perché non rimani qui fino a quando rientra Ryōsuke?"

Il ragazzo sembrava sulla difensiva, forse credeva che volessi aggredirlo.

"Non vuoi? Vai via?"

"...No, posso restare."

"Davvero?"

"Sì."

"Ah, che bello! Sai, io faccio la forte, dico a tutti che non mi annoio, ma starmene tutto il giorno da sola senza far nulla è stressante."

Pronunciai queste parole come se uno spirito si fosse impossessato di me e non fossi veramente io a parlare, mentre il ragazzo mi fissava con l'espressione di chi pensa "E allora perché non esci a fare due passi?". Evidentemente Ryōsuke non gli aveva ancora raccontato come trascorrevo le mie giornate.

Decisi di riscaldare del caffè per me e per lui. La tazza e altre cose, usate forse da Naoki prima di andare a lavorare per prepararsi quella che sembrava una bevanda proteica alla banana, erano ancora nel lavello, quindi diedi loro una sciacquata e poi preparai del pane tostato con uova all'occhio di bue. Nel frattempo il ragazzo si vestì. Mi chiese cosa dovesse fare con l'asciugamano bagnato e gli dissi di buttarlo nella cesta stracolma di panni sporchi di Ryōsuke.

Sorseggiando il suo caffè come se fosse un evento del tutto fuori dall'ordinario – come un bambino che ha catturato uno scarabeo per la prima volta in vita sua – mi raccontò del trambusto che c'era stato nel nostro soggiorno quella mattina.

"Stavo dormendo sul divano quando, credo intorno alle sette, si è aperta quella porta ed è uscito un tipo che mi fa: 'E tu chi saresti?'. Allora io gli dico 'Mi chiamo Satoru', e lui: 'C'è qualcuno in bagno?', ma non mi dà il tempo di rispondere ed entra. Poi esce e mi chiede: 'Che giorno è oggi?' e poi: 'Questa cravatta non c'entra niente con la camicia, vero?' e infine: 'Ah! Metti su Fuji TV. Danno l'oroscopo!'. Io provavo a dormire ma lui faceva un chiasso infernale, quindi mi sono svegliato completamente, avevo un forte mal di testa perché ieri mi sono preso una sbornia, ma che potevo fare? Allora lui mi vede e fa: 'Postumi di una sbornia? Ci vuole un frullato alla banana', e prende il frullatore. Ma se ti bevi un frullato alla banana dopo una sbornia corri dritto dritto a vomitare."

"Non sapevi che ci fosse Naoki?" gli domandai versandogli altro caffè.

"No che non lo sapevo. Non pensavo che qui ci abitassero altri. Comunque mi ha costretto a bere il frullato alla banana e se n'è andato."

"E Mirai?"

"Giusto. Mirai. Peggio ancora. Altro che postumi della sbornia, lei sembrava ubriaca anche quando si è alzata. Mi ha indicato col dito e ha detto 'Chi cavolo sei?', e io: 'Satoru!', e lei: 'E allora? Che vuoi che me ne importi!', e si è arrabbiata."

"E se ne sono andati entrambi a lavorare?"

"Esatto, sono andati via. Naoki è uscito dicendo 'Grande giornata per l'Ariete oggi!', invece Mirai è stata per una mezz'ora nella vasca da bagno, e ogni tanto la sentivo gridare 'Urrà!', per poco non mi prendeva un colpo, allora mi sono avvicinato alla porta e le ho chiesto se stesse bene, ma lei ha risposto come se niente fosse che era un modo per farsi passare la sbornia. In tutto questo, a un certo punto Ryōsuke è uscito dalla stanza con la faccia di chi si è appena risvegliato da un incubo. Nel momento in cui il suo sguardo ha incrociato il mio ha detto 'Alla fine non ne faccio mai una giusta', e si vedeva che era afflitto, ma io ho pensato 'E che ci posso fare?' e mi sono girato dall'altra parte. Poi è uscita Mirai e gli ha chiesto di accompagnarla a Harajuku, e ha aggiunto una frase inquietante tipo 'La prossima volta te la compro io la benzina per Momoko'. Ryōsuke aveva lezione ma era ancora presto, e così giusto dopo le nove sono usciti tutti e due insieme."

Il racconto di Satoru non mi sorprese affatto. Erano le scene che si ripetevano ogni mattina in soggiorno.

"Dopo che sono usciti ho pensato di rimettermi a dormire ma non ci sono riuscito, quindi mi sono permesso di fare un bagno. Quando ho finito sei arrivata tu, e per la prima volta qualcuno mi ha detto 'buongiorno'. Ma in quanti siete qui? Spunterà ancora qualcuno?"

Mi misi a ridere e lo rassicurai: "No, non spunta più nessuno", poi misi uno sull'altro i piatti sporchi di rosso d'uovo. Feci una doccia e portai Satoru al *pachinko* di fronte alla stazione. Da qualche tempo mi ero convinta che, se avessi vinto al *pachinko*, lo stesso giorno avrei ricevuto una telefonata da Maruyama. Quello veramente su di giri, però, era Satoru.

Tornando a casa, prendemmo un gelato alla menta con pezzetti di cioccolato da Baskin Robbins, quindi facemmo tappa al *konbini* per vedere se c'era qualcosa di nuovo nelle riviste settimanali (di solito erano "An'an" oppure "Junon") che di tanto in tanto parlavano di Maruyama. A quel punto Satoru disse che si stava facendo tardi, ma io pensai che se me lo fossi lasciato scappare avrei dovuto trascorrere di nuovo il pomeriggio da sola, allora gli proposi di venire a casa a giocare a Biohazard 2, e praticamente lo trascinai via con me.

Fu allora che, per la prima volta in otto giorni, arrivò la telefonata di Maruyama. Altro che *pachinko*, quello sì che fu esaltante: mi chiese di incontrarlo, e quando riattaccai abbracciai forte Satoru che era in piedi dietro di me. In quel momento, sentii un odore indecifrabile. Veniva dal suo collo, non era dolce ma non ricordava neanche quei bagnoschiuma agli agrumi. Era strano, un odore di sudore e terra secca.

All'inizio Satoru sembrò sorpreso che l'avessi abbracciato, ma quando gli dissi, tutta contenta, che finalmente avrei visto il mio ragazzo, lui abbozzò un sorriso e disse: "Be'… buon per te".

Mi vestii in fretta e furia, mi truccai e uscii dalla stanza. Satoru si alzò dal divano e disse che avrebbe fatto la strada con me fino alla stazione. Benché fossi stata io a invitarlo a giocare a Biohazard 2, mi ero completamente dimenticata che fosse lì in soggiorno. Come per scusarmi, gli proposi di restare fino quando Ryōsuke non fosse rientrato, visto che ormai non mancava poi tanto.

Mi sembrò confuso, ma poi rispose: "No. Esco con te".

Non mi toglieva gli occhi di dosso, allora gli domandai: "Che c'è?", e lui mi diede una risposta che mi fece piacere: "Stai molto meglio così che con la tuta".

Prendemmo un treno della linea Keiō da Chitose Karasuyama fino a Shinjuku, dove ci salutammo. "Torna quando vuoi," gli dissi, e lui, con aria felice, ribatté: "Posso davvero?". Sorridendo, gli promisi che la prossima volta avremmo giocato a Biohazard 2.

Solitamente Maruyama e io ci incontravamo in un piccolo hotel a Ebisu. Gli alloggi della casa di produzione si trovavano a cinque minuti di distanza, a Shibuya Higashi-sanchōme. Come posso spiegarlo… Dunque, non so bene che parole usare, quindi ricorrerò a quelle di Mirai: "Avrebbe più senso chiamare una escort, quelle almeno si fanno pagare". Era vero, Maruyama era molto impegnato e nel poco tempo che avevamo a disposizione in quella stanza d'albergo non c'era molto altro da fare: pochi minuti per fare una doccia, pochi minuti per i preliminari, pochi minuti per… quello. Mentirei se dicessi che nel fare questi calcoli mentali non pensavo affatto alle escort di cui parlava Mirai. "Un attore sulla cresta dell'onda invita la sua ex ragazza in un *love hotel,*" diceva. "Perché si è liberato all'improvviso."

Non aveva tutti i torti, ma tra me e una escort c'era una bella differenza. Anche se Mirai mi diceva cose terribili tipo

"Potresti rappresentare una nuova tipologia di escort, quelle che non lo fanno per soldi ma per amore", sentivo di poter dire con sicurezza che si sbagliava.

Tanto per cominciare, nessuno presenterebbe una escort ai propri colleghi e superiori. Maruyama mi aveva portato per ben tre volte a cena con il suo manager, il titolare dell'agenzia e la moglie a casa di questi ultimi. Il titolare era il sosia di Tony Tani, la moglie quella di Ōugi Chikage. La prima volta, Maruyama mi presentò come la sua "ragazza". Loro si tapparono le orecchie e finsero di non sentire, ma più tardi, quando lei e io stavamo lavando i piatti, dopo avermi chiesto di fare attenzione perché quelle che avevo tra le mani erano stoviglie di Wedgwood, la moglie del titolare mi disse: "Abbiamo sentito parlare molto di te. Dice che sei la sua 'anima gemella', lo sai?". Nessuno tratta la propria anima gemella come una escort.

Il motivo per cui ci incontravamo in un hotel e non nel suo appartamento era che lì ci viveva anche la madre. Fino a sei mesi prima lo divideva con un altro aspirante attore che, quando Maruyama fece il suo trionfale debutto, si ingelosì come una liceale e se ne tornò furioso a Kishiwada. E adesso Maruyama ci abitava da solo con la madre. Se non avessi conosciuto i suoi capi, forse l'idea che si portasse la madre malata nell'alloggio dell'azienda mi sarebbe parsa inopportuna, ma sapendo chi erano, e quanto Maruyama si fidasse di loro, riuscivo a capire perché si fosse convinto a trasferirsi a Tōkyō e tentare una carriera nel mondo dello spettacolo. Il titolare e sua moglie si erano accorti di lui quando ancora frequentava il liceo. Per uno a cui, già allora, bastava un sorriso per far girare la testa alle cassiere di McDonald's, non era strano attirare l'attenzione di un talent scout di Tōkyō: è vero che veniva da una cittadina di provincia, ma le chiacchiere delle ragazze su quel "liceo dove c'è un ragazzo bellissimo" di certo non avevano faticato ad arrivare all'orecchio del titolare dell'agenzia.

Purtroppo negli ultimi anni le condizioni di salute della madre erano peggiorate. I medici le avevano diagnosticato un disordine bipolare acuito dalla menopausa.

"Quando sta bene è la madre migliore del mondo. Non ce n'è una migliore di lei. Ma quando sta male... Be', in quei momenti sta a me provare a essere il figlio migliore del mondo."

Grazie alla generosità dei titolari, sua madre veniva visitata una volta alla settimana in ospedale, dove riceveva supporto psicologico e tutte le cure necessarie. Quando Maruyama era occupato con le riprese, qualcuno dell'agenzia si fermava a dormire a casa sua, si prendeva cura di lei e si assicurava che andasse alle visite.

"Se non avrò successo, dovrò fare da schiavo a quei due per tutta la vita," scherzava Maruyama. Aveva trovato qualcuno a cui affidare la propria vita, qualcuno che avrebbe condiviso con lui gioie e dolori, e io ne ero un po' invidiosa.

Anche se lo supplicavo, Maruyama non mi portava mai a casa sua. Di certo non sarei più stata così superficiale da dirgli "Se posso aiutarti in qualche modo, devi solo chiedermelo": non ero più la ragazzina di qualche anno prima, quella che voleva solo divertirsi e che se l'era data a gambe, non avevo la presunzione di poterlo aiutare, ma mi sarebbe piaciuto affrontare la situazione, prenderla così com'era. Se gli chiedevo di lasciarmi incontrare sua madre, lui mi rispondeva cose come "Se dovessi lasciarmi un'altra volta, non credo che sarei in grado di riprendermi", e anche se scherzava, a me veniva voglia di uccidermi. Tuttavia non mi sarei mai scusata per essere fuggita. Se mi fossi scusata, l'avrei obbligato a perdonare quell'atteggiamento così stupido e puerile.

Durante il nostro secondo appuntamento da quando mi ero trasferita a Tōkyō, mi feci coraggio e gli domandai: "Perché hai accettato di rivedermi?".

"Perché... Perché mi piacevi ancora. Quando mi hai telefonato e mi hai detto che eri qui, sono stato davvero felice."

"Anche se ci siamo lasciati in quel modo?"

"In che modo?"

"Lo sai..."

"Ti riferisci al fatto che hai visto mia madre e sei scappata via?"

"..."

"Sin da quando ero bambino, non mi sono mai fidato delle persone che al primo incontro cercano di farti una buona impressione, e lo stesso vale per il mondo dello spettacolo."

Sorrise, apparentemente imbarazzato per essere diventato un interprete di ruoli maschili forti e affascinanti.

Salutai Satoru alla stazione di Shinjuku. Quando finalmente arrivai all'hotel di Ebisu erano trascorse due ore dalla telefonata di Maruyama. Domandai il numero di stanza all'accettazione e la raggiunsi con un ascensore odiosamente lento. Bussai più volte alla porta ma nessuno rispose, così ritornai all'accettazione e chiesi di telefonare.

Erano diciassette giorni che non vedevo Maruyama: forse era esausto e si era addormentato, per questo non mi aveva sentito bussare. Aveva le pieghe della federa impresse sulla guancia. Durante il nostro ultimo incontro mi aveva detto che stava per registrare il suo primo singolo, che si sarebbe intitolato *Fango* (un titolo che secondo me non prometteva grandi vendite). Aveva un'agenda fittissima, organizzata minuto per minuto, tra le fotografie per la copertina del disco, interviste, inviti a programmi radiofonici in seconda serata e riunioni per programmare le sue apparizioni come attore non protagonista nel successivo telefilm cui avrebbe preso parte.

Nonostante tutti quegli impegni, era riuscito a trovare il tempo di chiamare per dirmi che si era liberato per una mezza giornata. Non m'importava di quello che dicevano Mirai,

Naoki e Ryōsuke: Maruyama non aveva certo chiamato una graziosa valletta né ci aveva provato con una delle sue ammiratrici. La mia certezza non derivava dalla convinzione che lui si fosse promesso a me. Era per via della sua agenda così fitta. Con tutti gli impegni che aveva, più le cure da dedicare a sua madre, non gli restava neanche il tempo di guardarsi un film porno, figurarsi se poteva avere una relazione.

Ci abbracciammo, ci baciammo e senza indugiare oltre ci infilammo nel letto. Avevamo ancora i vestiti addosso, tuttavia sentivo chiaramente che il pene di Maruyama era pronto per me. "Sei pronto a entrare in azione, eh?", lo provocai, ma lui, non senza imbarazzo, rispose: "Mi sento un po' stanco". Apprezzai la sua onestà, anche se avrei preferito che mi dicesse quanto gli ero mancata.

"Che parte avrai nel prossimo telefilm?", gli domandai svestendomi e infilandomi sotto le coperte.

"Sarò un giocatore di baseball che a causa di un infortunio al gomito deve rinunciare al sogno di diventare un professionista e si mette a fare il fotografo sportivo." Anche lui si svestiva mentre parlava. Quando gli sfiorai la spalla, sentii che era calda, forse perché aveva dormito fino a poco prima.

"E chi altro ci sarà?"

"Dunque... Matsushima Nanako."

"*Quella* Matsushima Nanako? L'hai incontrata?"

"Sì."

"Com'è? È bella come sembra?"

"Di più. È così bella che a starle seduto accanto mi viene il mal di stomaco."

Maruyama ama i lunghi baci. Gli piace tanto baciare e non gli piace quando lo stringo da dietro. Se esistesse uno standard di compatibilità erotica credo che noi due saremmo ben sopra la media. Non che desideri essere guardata mentre sto con lui, ma se qualcuno ci osservasse penso che potremmo essere soddisfatti delle nostre performance a letto. Da qualche tempo a quella parte gli era presa la strana mania di cronometrarsi mentre si infilava il preservativo. Non che mi passasse il cronometro chiedendomi di prendere il tempo, ma da come guardava l'orologio dopo aver finito, e dal sorrisetto che faceva, si intuiva se aveva battuto il suo record.

Facemmo la doccia a turno e restammo nel letto finché non dovette tornare al lavoro. Il suo corpo era ancora umido e i capelli odoravano dello shampoo da quattro soldi dell'hotel.

Giocavo con le sue dita e guardavo i nostri vestiti abbandonati su una sedia quando, all'improvviso, disse: "Sai, l'altra sera, rientrando tardi dal lavoro, ho trovato una ragazza nel mio letto".

"Ma che dici!"

Feci un balzo per la sorpresa e gli diedi una testata sul mento.

"Ahi! Mi sono morso la lingua!", disse.

Tirò fuori la lingua arrossata e gliela toccai con le dita.

"Era una tua ammiratrice?", domandai.

"Credo di fi... Non aveva neanche i veftiti addoffo..."

Avevo ancora la sua lingua tra le dita mentre parlava e lui ebbe un conato di vomito.

"E tu che hai fatto?"

"Eh? Ci ho fatto sesso, cosa volevi che facessi?"

Si vedeva che stava facendo roteare la lingua in bocca.

Gli lanciai un'occhiataccia e dissi: "Stai scherzando, spero".

"Ma no, è la verità. In fondo era una mia ammiratrice."

"Ho capito, ma ti sembra normale che si introduca nel tuo appartamento, si tolga i vestiti e si infili nel tuo letto?"

"Almeno non ho perso tempo a spogliarla."

Scoppiò a ridere e io mi resi conto che mi stava prendendo in giro. Cercai di dargli un'altra testata perché si mordesse di nuovo la lingua, ma stavolta mi schivò.

Maruyama le aveva parlato a bassa voce, per non svegliare sua madre che dormiva nella stanza accanto. Si era introdotta nel suo appartamento ed era stata nel suo letto, completamente nuda, per circa due ore, finché lui non era rientrato e aveva cercato di convincerla ad andarsene. Per sua fortuna, la ragazza era piuttosto tranquilla, e quando le disse: “Sei una ragazza troppo ingenua. Devi essere più calcolatrice: se ti piace un ragazzo, il modo migliore per conquistarlo è fingere di ignorarlo”, lei rispose: “In amore non ammetto alcun tipo di calcolo”, ma dopo due ore di argomentazioni finalmente accettò i suoi consigli e se ne andò.

Maruyama disse ridendo: “Scommetto che in questo momento è a casa, davanti alla tv, e finge di ignorarmi”. Poi, evidentemente compiaciuto, continuò: “Ormai so tutto di lei: qual è il suo piatto preferito, quale colore le piace, il film della sua vita...”.

“E qual è il film della sua vita?” gli domandai.

Maruyama si concentrò per un attimo, poi mormorò: “*Bambi*”. Se mi avesse detto *Misery non deve morire* o qualcosa di simile avrei avuto la risposta pronta, ma così... Si mise a ridere, ma secondo me era rimasto deluso anche lui.

Si avvicinava l’ora in cui avremmo dovuto lasciare la stanza, ma il suo pene si era risvegliato. “Devo essere in studio tra venti minuti,” rise. “Quale passaggio vogliamo saltare?”

“Mi basta che non saltiamo il primo e l’ultimo bacio.”

Alla fine non mi toccò altro: il primo e l’ultimo bacio. “Non te la stai tirando un po’ troppo?” lo stuzzicai, e lui rispose, allargando le narici in modo buffo: “È così che mi guadagno da vivere”.

Mentre scendevamo in ascensore si fece serio.

“Come ti ho già detto, per un po’ di tempo le cose tra noi non potranno andare diversamente. Al lavoro sono l’ultimo arrivato e voglio metterci tutto l’impegno. Ecco perché, almeno per adesso, non posso prometterti niente. Va bene comunque per te?”

Gli dissi ciò che gli avevo già detto: “Per me va bene”.

“Che fai a casa tutto il giorno?” mi domandò, e io fui sul punto di rispondere “Aspetto una tua telefonata”, ma lui avrebbe ribattuto: “Hai un cellulare, no? Puoi anche uscire”, ma se gli avessi detto “Non voglio andare da nessuna parte” lui si sarebbe sentito in colpa, quindi mentii. “Ricordi la mia coinquilina? Ti ho detto che fa l’illustratrice, no? La aiuto.”

“E come paghi le bollette?”

“Ho ancora dei risparmi dal mio vecchio lavoro.”

“Non dureranno in eterno.”

“Quando finiranno, mi cercherò qualcosa da fare.”

Lasciammo l’hotel e fortunatamente trovammo due taxi liberi proprio di fronte all’ingresso. Fingemmo di non essere insieme e ne prendemmo uno a testa. Il tassista del mio lo osservò attentamente mentre saliva sull’auto davanti alla nostra e disse: “Non è quel tipo della tv?”.

Feci spallucce e risposi: “Non saprei”.

“Ne sono sicuro. Nell’ultima puntata Egura Ryō lo ha scaricato.”

Quindi, finalmente, mise in moto. Adesso non erano soltanto le ragazzine a riconoscerlo, ci si mettevano anche i tassisti! Ripensai per qualche istante al pene di Maruyama, che era più duro del solito. Mi preoccupava un poco.

Rimuginai sulle sue parole: “Non dureranno in eterno”. In effetti avevo già dato fondo ai miei risparmi. Ciò che non sarebbe durato in eterno era la somma che mi passavano i miei genitori. Ero la tipica figlia che elemosina sempre qualcosina in più, quella che li supplica di darle fiducia perché ha qualcosa in mente. Mia madre sapeva che ero andata via di casa per correre dietro a un ex fidanzato, e a volte, quando parlavamo al telefono, mi dava consigli del tipo “Più una gli corre dietro, a un uomo, più quello se la dà a gambe”. Ciononostante, alla fine di ogni mese riusciva a convincere mio padre a mandarmi dei soldi, di certo convinta che, se tutto fosse andato bene, magari sarei riuscita a sposarmi. Per nessun motivo al mondo mi sarei fatta scappare che il ragazzo a cui correvo dietro era un attore emergente. Se i miei genitori fossero venuti a saperlo, non solo avrebbero smesso di mandarmi denaro, ma il giorno seguente mi sarei trovata sul pianerottolo un emissario della mia città pronto a riportarmi indietro.

A dire la verità, non so che cosa voglio. Quando Maruyama mi chiamava lo raggiungevo in un hotel, ma sapevo che vivere insieme era fuori discussione, figuriamoci sposarci. Ciò che mi terrorizzava di più era la domanda "Allora, che vuoi fare?". Mi sarei finta morta se qualcuno me l'avesse rivolta. "Questa storia non ha futuro," mi aveva avvertito Naoki. "Sprechi il tuo tempo," aveva detto Mirai. Ryōsuke era stato l'unico a dirmi: "So perfettamente come ti senti". Peccato però che le sue parole non mi fecero sentire meglio. Uno studente sfigato non era certo il confidente ideale.

Erano già passate le otto quando rientrai all'appartamento di Chitose Karasuyama. Rimasi sorpresa nel vedere tutti riuniti in soggiorno. Si voltarono tutti a guardarmi, quindi Mirai mi domandò, con aria severa e senza giri di parole: "Sei stata tu a portare qui quel ragazzo?".

"Di quale ragazzo parli?" chiesi. Pensavo ancora a Maruyama, sentivo il calore del suo corpo nella parte bassa dell'addome. Non sapevo quando l'avrei rivisto, ma speravo che fino ad allora quella sensazione mi rimanesse addosso.

"È come dicevo io, Koto non lo ha visto," disse Mirai.

"Vuol dire che quando Koto-*chan* si è alzata lui era già andato via?" domandò Ryōsuke.

"Gli ho anche dato un po' della mia bevanda proteica alla banana."

Seri in volto, si guardavano a vicenda senza badare a me alle prese con i miei istinti vitali.

“Ero convinto che fosse un compagno di università di Ryōsuke”, disse Naoki.

“Io pure,” fece Mirai, e tutti e due guardarono in direzione di Ryōsuke.

“Vi ho detto che non ho la minima idea di chi possa essere. Non l’ho mai visto. Ero convinto che Mirai si fosse ubriacata e se lo fosse portato a casa.”

Ryōsuke era ansioso di scaricare la colpa su Mirai, ma lei e Naoki erano già passati alla seconda questione, ossia se il ragazzo si fosse portato via qualcosa.

Decisi che era giunto il momento di ritornare sul pianeta Terra. Fu solo allora che mi resi conto che stavano parlando di Satoru.

“Scusate, vi riferite forse a Satoru?” domandai, al che si voltarono tutti e tre a guardarmi. Le loro facce impazienti dicevano chiaramente: “Andiamo, sputà il rospo”.

“Parlate di Satoru, non è così?” ripetei con un po’ di esitazione.

Cominciarono a parlare all’unisono.

“Sei stata tu a portarlo qui?”

“Ecco, ora ho capito, è un amico di Koto-*chan*.”

“Chi l’avrebbe detto? Koto-*chan* con uno così giovane! Certo...”

Mi resi conto che non avevano capito niente.

“Fermi tutti, io non lo conosco,” dissi.

“Ma se l’hai appena chiamato per nome,” ribatté Mirai.

“Vi riferite al ragazzo che era qui stamattina, giusto?” domandai.

“Sì, proprio lui.”

“Ma non era amico tuo, Ryōsuke?”

Speravo che Ryōsuke accorresse in mio aiuto, ma non lo fece. “Ho detto che non lo conosco,” ripeté, quindi guardò da un’altra parte.

“Aspettate un momento. Che cosa sta succedendo? Chi

era quel ragazzo? Gli ho preparato la colazione e l'ho portato al *pachinko*."

"Al *pachinko*?" gridarono tutti e tre, increduli.

Dopodiché eravamo come impazziti: urlavamo, inveivamo l'uno contro l'altro, accusandoci a vicenda di essere lo stupido indolente che si era dimenticato di chiudere a chiave il portone. Continuavamo a dire che non potevamo essere così ingenui, che dovevamo stare più attenti, perché dopotutto vivevamo a Tōkyō, dove i reati erano all'ordine del giorno. Ogni tanto qualcuno domandava: "Siete sicuri che non manchi niente?", al che ciascuno di noi correva a controllare nella propria stanza. "No, non manca niente", diceva uno, e un altro: "Il mio maialino è ancora lì con dentro le monete da 500 yen". E poi tornavamo nel soggiorno. Dopo un po' decidemmo di fare un identikit del ragazzo da mostrare alla polizia nell'eventualità in cui ci fossimo resi conto che aveva rubato qualcosa. Poiché io ero quella che aveva trascorso più tempo insieme a lui, oltre al fatto che mi sentivo trattata un po' da criminale anch'io, lo descrissi dettagliatamente così che Mirai, che era del mestiere, potesse disegnarlo. Una volta terminato l'identikit, Naoki lo guardò e disse: "Mi ricorda qualcuno, e l'ho pensato anche vedendolo, stamattina". Quell'osservazione fu sufficiente ad avviare un lungo dibattito su chi fosse esattamente la persona a cui somigliava.

Cominciò Mirai. "Vi ricordate il tipo del film *Come sposare la compagna di banco e farla in barba alla maestra*? Non gli somiglia?" Ora che mi ci aveva fatto pensare in effetti un po' gli somigliava, nonostante lui e il personaggio del film non avessero la stessa età. Su quello eravamo tutti d'accordo. Ci chiedemmo allora quanti anni potesse avere. Dopo aver discusso a lungo, decidemmo che Satoru – posto che quello fosse davvero il suo nome – doveva avere all'incirca diciassette anni, quindi forse andava ancora al liceo.

Stabilita la sua età, ritornammo al motivo per cui era venuto a casa nostra. Naoki e Mirai andarono ad aprire una bottiglia di vino, ma Ryōsuke e io gliela strappammo di mano.

Naoki disse: "Logica vuole che mentre ero in bagno lui se la desse a gambe levate".

"Infatti, non ha alcun senso. Se era venuto a rubare, che motivo aveva di tornarsene a dormire e poi di starsene qui senza far niente fino a che Koto non si è svegliata?"

"Mirai, non è che ti sei ubriacata e ce lo hai portato tu, qui?" domandai. Non sarebbe stata la prima volta.

Lo ripetei più volte, ma Mirai negava categoricamente. Sollevò la testa con aria di sfida e ribatté: "Perché mai un ragazzo di diciassette anni dovrebbe venire con me fino a casa?".

"Dove sei andata a bere ieri sera?" chiesi. Mirai fece una smorfia, come se i ricordi della sera precedente fossero troppo lontani nel tempo perché potesse ricordarli, quindi iniziò a raccontare: "Avevo l'ultimo turno, quindi sono rimasta fino alla chiusura, non sono uscita dal negozio prima delle nove. Il mio capo ci ha proposto di mangiare un boccone tutti insieme e allora siamo andati in un ristorante di Akasaka che serve piatti tipici di Okinawa. Te lo ricordi, Naoki? Una volta ci sei venuto anche tu".

"Parli di quel posto dove il *goya* non era tanto amaro?"

"Come può il *goya* non essere amaro?"

"Ma su, che c'entra adesso?! Sei andata in questo ristorante, e quindi?..."

"Dunque... Mi ricordo che abbiamo bevuto un sacco. *Awamori*. Caspita se è forte quella roba! Poi io e il mio capo siamo andati in un bar a Shimokita, quello dove l'amico di Ryōsuke lavora part-time."

"Brodski?"

"Esatto. Lì ho bevuto vodka, parecchia. Poi è arrivata Mariné Mama e ha detto: 'Ehi, che ci fai qui? Non ci vediamo da secoli!', e quindi siamo andate al suo bar a Shinjuku."

"E poi?"

"E poi ho un po' di confusione... Voglio dire che non mi ricordo tutto nei dettagli..."

"Dev'essere stato allora che hai incontrato quel ragazzo e l'hai portato a casa."

"Vi ho detto che non è andata così. Ho chiamato Mama proprio poco fa per chiederglielo, e lei ha risposto: 'Non mi pare che ci fosse uno così ieri. Te ne sei andata dopo le due, con Laura e Silvana che ti portavano a spalla'."

"Laura è quella che sembra Oda Mudō?" chiese Ryōsuke.

"Smettila!" gli rispose Mirai. "È molto sensibile quando si parla del suo aspetto fisico."

"Volete dire che mi sono portata un ladro al *pachinko*?" mi domandai. Cominciavo a sentirmi spaventata. Gli avevo detto davvero di farsi vedere di tanto in tanto?

Continuammo a discuterne a lungo, e qualcuno nominò persino la storia degli *zashiki warashi*, fantasmi dalle sembianze infantili. Alla fine decidemmo che era ora di andare a dormire, visto che ci eravamo stancati di parlare di Satoru, ma non prima di aver fatto un bagno. Fu allora che qualcuno suonò il campanello.

Facemmo tutti per alzarci, quindi ci rimettemmo a sedere guardandoci con aria ansiosa.

"Che sia di nuovo lui? Possibile?"

"Ma no."

Per la prima volta fui felice di avere dei coinquilini maschi.

"È chiuso a chiave, giusto?" chiese qualcuno, e dopo aver appurato che era così, Naoki, il più coraggioso della cricca, si avvicinò alla porta seguito da Ryōsuke, e poi da Mirai e me, che avanzavamo strette l'una all'altra.

Naoki guardò fuori dallo spioncino.

"È-è qui. È lui," disse voltandosi.

Ryōsuke afferrò un ombrello mentre Mirai e io, non individuando altre possibili armi, restammo lì imbambolate con le mani in una goffa posa da karateka della domenica. Per qualche strano motivo, ci sembrò una buona idea.

"Cerco di agguantarlo?" sussurrò Naoki a Ryōsuke, che gli fece cenno di procedere, ma proprio in quel momento sentimmo, attraverso la porta, la voce di Satoru che chiamava Mirai.

"Eh? Io?" fece lei, mettendosi di nuovo in posizione da karate.

"C'è nessuno?" chiamò ancora Satoru. "Kotomi? Ryōsuke? Naoki?"

Naoki fu il primo a muoversi. Aprì la porta senza staccare la catenella. "Come diavolo sei entrato stamattina? La porta era chiusa?"

Un po' esitante, Satoru rispose: "Che vuol dire come sono entrato? È stata Mirai ad aprire". Ci voltammo tutti verso di lei. Fino ad allora ci eravamo tenute per mano, ma mi allontanai di scatto.

"È una bugia, è solo una bugia!"

Non ero mai stata a teatro, ma ebbi l'impressione che Mirai stesse recitando davvero molto bene. Non c'era nulla di cui sorprendersi, tuttavia. Le capitava spesso di ubriacarsi e di portarsi qualcuno a casa.

Ormai Naoki aveva staccato anche la catenella e aperto la porta. "Voglio le prove! Devi mostrarmele!" gridò Mirai, restando nella parte.

"Non so come posso provarlo..."

Satoru era fermo sulla porta. Il suo volto si illuminò come se si fosse improvvisamente ricordato qualcosa di importante.

"Certo! Con noi c'era una persona di nome Laura!"

"E com'è fatta questa Laura?" domandò Ryōsuke.

"Sembra Oda Mudō, ma truccato."

"E... E dove ci siamo incontrati?" ribatté Mirai, che proprio non voleva darsi per vinta.

“Come fai a non ricordare? Ero al parco e tu sei arrivata e hai detto ‘L’ho trovato!’ e mi hai abbracciato. Io ti ho chiesto ‘Ma chi sei?’, ti ho detto di lasciarmi andare, ma tu mi hai trascinato in un bar.”

“E con noi c’era anche Laura?”

“Fino a un certo punto sì.”

“E ti ho portato qui a casa?”

“Sì.”

“Sono stata io a farti venire fin qui?”

“Mi hai detto che se non fossi salito sul taxi ti saresti messa a urlare. Proprio in mezzo a Yasukuni-dōri.”

Noialtri, irritati, ci spostammo in soggiorno.

“Allora, chi fa il bagno per primo?” chiese Ryōsuke.

“Satoru,” rispose Naoki spingendolo, ma quello esitò. “È tutto a posto, vieni.”

Solo Mirai restò vicino alla porta, con un’espressione innocente stampata sul viso.

“Lasciamola da sola per un po’, deve provare la parte,” dissi a Satoru invitandolo a seguirmi nel soggiorno.

Sōma Mirai

Oggigiorno se hai due settimane libere non è impossibile fare il giro del mondo. Se sei un saccopelista che non ama andare troppo di fretta puoi girare il Vietnam in pullman, come fanno tanti, osservare i contadini che si guadagnano da vivere e intanto "cercare te stesso". Non ho la più pallida idea di chi sia questo "vero sé" che la gente si affanna tanto a cercare, né tantomeno potrebbe importarmene se poi quello che trovano è un "vero sé" che gli fa schifo e se tornano in Giappone con la coda tra le gambe.

Lo so, sono pessima. Ma se proprio volete saperlo, finché ci saranno saccopelisti che vanno a guardare i contadini in Vietnam, io sarò felice di essere come sono. E già che ci siamo, aggiungo che se fossi un contadino vietnamita a quelli gli direi: "Ma perché non ve ne andate da un'altra parte invece di venire in mezzo ai miei campi mentre sto lavorando?".

Nel Giappone di oggi, l'unico modo per conservare una dimensione etica è essere pessimi. È la verità.

In ogni caso, se hai due settimane libere puoi fare un sacco di cose. Nelle librerie ti puoi imbattere in titoli come *Cura la miopia in due settimane*, *La dieta danese dell'uovo in due settimane*, *Confeziona un maglione ai ferri per il tuo fidanzato in due settimane*, *Promossi allo English Language Proficiency Test in due settimane*. Ne ho trovato uno che nella quarta di copertina prometteva "attraverso il ricorso alla medicina comportamentale, di diminuire del 90% il tasso di dispersione scolastica, e in due settimane!".

È sorprendente, sì, ma in due settimane si può fare quasi tutto! Datemi due settimane e potrei anche trasformarmi in Niki de Saint Phalle.

Due settimane... Sono passate due settimane da quando Satoru, il ragazzo che mi sono portata a casa una notte dopo essermi ubriacata, è venuto ad abitare qui con noi.

Prima ancora che sorgesse il sole, mi ricordai all'improvviso che dovevo sbrinare il frigorifero, e proprio mentre ero alle prese con questa operazione, arrivò Ryōsuke e mi si piazzò alle spalle. Ero così concentrata che non lo sentii arrivare dalla stanza dei ragazzi. "Mi hai fatto prendere un colpo!" gli dissi. "Dì qualcosa almeno, così capisco che sei dietro di me!".

"Sei stata tu a spaventarmi per prima, sono rimasto senza parole!" ribatté Ryōsuke.

E non aveva tutti i torti. Una donna che sbrina il frigorifero in una cucina buia alle quattro e mezzo del mattino può fare un po' paura. Ma se ti impaurisci per questo, allora penso proprio che il matrimonio non faccia per te. Prendi mia madre: per trent'anni, non uno di meno, ha ripetuto ogni giorno la stessa frase: "Cosa vuoi per cena?". Se non fa paura questo!...

Ryōsuke prese una bottiglia di acqua Volvic dal frigo e cominciò a bere. Doveva rigirarsi parecchio nel letto se aveva bisogno di reidratarsi così tanto. Rimise la bottiglia al suo posto e mi domandò: "Che cosa stai facendo?".

"Non si vede?" feci io, tirando via un blocco di ghiaccio dal fondo del frigorifero.

"Sbrini il frigo?"

"Che altro ti sembra che stia facendo?" Cominciava a irritarmi. Ryōsuke era ancora in pigiama. Si avvicinò e mi fece un leggero massaggio. "Meno male," disse.

"Meno male cosa?" domandai, ma mi rispose con uno sbadiglio e se ne tornò in camera. Pensate quanto si sarebbe spaventato se gli avessi risposto "Ho sentito delle strane voci provenire dal congelatore".

In effetti, però, vedendo una donna intenta a sbrinare un frigorifero alle quattro e mezzo del mattino a chiunque verrebbe da chiedere cosa stia facendo, e magari sapere che sta sbrinando il frigorifero non sarebbe sufficiente a sentirsi sollevati. Ryōsuke è veramente un idiota patentato, e la vita è troppo corta per avere a che fare con tipi come lui. Ciononostante, per qualche strano motivo gli ero affezionata, anche se restava un idiota. Proprio in quel momento, un grosso pezzo di ghiaccio si staccò dalla parete interna del frigorifero.

Sul divano in soggiorno non c'era nessuno, segno che Satoru non era ancora rientrato. Ci aveva detto di chiamarsi Kokubo Satoru e di avere diciotto anni. E che lavorava di notte. Queste informazioni ci erano bastate per consentirgli di diventare nostro coinquilino; gli avevamo raccontato anche di noi.

Una volta, mentre lui non c'era, ci ritrovammo per caso in soggiorno e io chiesi agli altri: "Non vi preoccupa il fatto che non sappiamo quale sia di preciso il suo lavoro?".

Naoki rispose: "Lavora di notte".

"Ma che tipo di lavoro fa la notte?"

"Forse fa il barista o qualcosa del genere," disse Koto.

"Ma dove? In che genere di locale?" domandai.

"A Shinjuku," rispose Ryōsuke senza distogliere lo sguardo da Koto che si stendeva lo smalto sulle unghie. "Gli ho dato un passaggio con Momoko un paio di volte."

Poi Naoki andò a fare jogging e noi cambiammo argomento. Dal momento che Satoru non sembrava intenzionato a parlarci del suo lavoro, io non mi sarei dovuta impicciare più del necessario, ma il nostro primo incontro era stato a Shinjuku nichōme, una zona gay-friendly. E il parco dove l'avevo conosciuto è un noto punto di ritrovo per ragazzi che si prostituiscono, quelli di infima categoria, che quando il cliente è sotto la doccia se la filano con il suo portafoglio. Come dice Mariné Mama, non tutti quelli che frequentano il parco sono malintenzionati, anzi, ci sono pure dei bravi ragazzi tra loro, e in effetti ne conosco qualcuno anch'io e sono persone con cui potrei tranquillamente farmi un bicchiere o due. Ragazzini di diciassette o diciott'anni, dolci e spensierati.

Avendo trascorso due settimane con Satoru, posso dire che anche se si prostituisse non mi sembra un tipo pericoloso. In ogni caso abbiamo lasciato che occupasse il divano come se niente fosse, e Ryōsuke, senza farsi troppe domande, lo ha anche accompagnato sul "posto di lavoro". Ciononostante resto convinta che dovremmo tenerlo d'occhio.

Era quasi l'alba, le cinque del mattino, quando finii di sbrinare il frigorifero. Aprii la finestra per sentire la brezza sulle guance ed ero lì in piedi, soddisfatta per il lavoro che avevo appena finito, quando sentii un rumore dall'ingresso e vidi entrare Satoru con un sacchetto del *konbini* pieno di cose da mangiare.

"Ti ho svegliato io o eri già in piedi?" mi domandò mentre disponeva sul tavolo il contenuto del sacchetto: stuzzichini come alghe marinate, radice di bardana con carote, *tōfu* al sesamo.

"Com'è andata stanotte? Hai guadagnato bene?"

Mi lanciò una rapida occhiata e per un attimo sembrò incerto sulla risposta da dare. Alla fine fece un sorriso e il segno del "tre" con la mano.

"Tre persone o trentamila?"

Sorrise sornione. "Per questo ti ho fatto segno di tre."

Sembrerò presuntuosa, ma sono una che sa inquadrare le persone. Non credo che Satoru causerà alcun problema a me, Naoki, Koto o Ryōsuke.

La maggior parte dei miei disegni ritrae parti del corpo maschile. Un mento irsuto, un addome con i peli che arrivano fino all'ombelico, dei bicipiti, un bacino, la pianta di un piede. Prendo una di queste parti del corpo e ne faccio un collage insieme a immagini di frutta marcia, neve sporca e altra roba del genere.

Compongo queste illustrazioni su un Mac nella stanza che divido con Koto. Alcune volte resto sveglia tutta la notte per lavorarci, e se non mi vengono bene, me la prendo con il mouse e con la stampante, mi metto le mani tra i capelli, mi lamento. E Koto se la dorme per tutto il tempo. Nulla è in grado di svegliarla, neanche *Anarchy in the UK* dei Sex Pistols sparata a tutto volume o il coro della Nona di Beethoven. Forse è incosciente, ma non sa cosa sia la paura. Prendete la sua decisione improvvisa di mettersi sul camion di uno mai visto prima per venire a Tōkyō, o l'assoluta mancanza di esitazione nel trasferirsi in un appartamento dove abitavano due ragazzi che per lei erano perfetti sconosciuti: ha quell'ingenuità tipica delle ragazze che per tutta la vita si sono sentite ripetere quanto siano carine, quelle di cui si innamorano tutti i compagni di scuola.

Una notte Koto e io stavamo parlando di maschere alle alghe o qualcosa del genere. Io ero nel letto e lei nel suo *futon* sul pavimento. Si avvicinava l'ora di dormire e mi chiese di spegnere la luce. L'interruttore era più vicino a me che a lei, ma non avevo voglia di uscire dal letto.

"Sai quei cordoncini che si attaccano ai neon da soffitto? Dovremmo prenderne uno anche noi."

"Dici quelli che in fondo hanno un piccolo delfino?"

"Non li fanno solo con i delfini. Comunque ci sarebbe utile, non ti pare? Così potremmo spegnere la luce senza alzarci dal letto."

Normalmente Koto avrebbe risposto "Perché no?" per poi lasciar cadere, ma quella volta fece un'obiezione: "Però sai, le cose utili spesso sono sciatte".

Se qualcuno mi chiedesse una sola ragione per cui riuscivo a dividere quella stanza così angusta con Koto senza litigare, io gli ripeterei proprio quella frase.

Un'altra volta, non ricordo bene quando, Koto mi disse: "Vivere qui è come stare in una chat-room su internet". Sul momento la ignorai, ma in seguito riflettei su quanto mi aveva detto e capii che aveva ragione. Anch'io mi sentivo come in una chat-room quando ero in soggiorno, perché c'era sempre qualcuno con me: Koto e Ryōsuke che guardavano la tv, Ryōsuke e Naoki che si sfidavano a braccio di ferro. Capitava anche che non ci fosse nessuno e che avessi il divano tutto per me. Ma non appena mi sedevo ecco che arrivava qualcuno.

In una chat-room, però, tutti hanno il diritto di restare anonimi, mentre noi non lo eravamo. Non soltanto i nostri nomi ci erano noti, ma ognuno di noi conosceva persino quelli dei genitori di tutti gli altri. La magia dell'anonimato... La gente tende a pensare che l'anonimato ci permetta di rivelare la nostra vera natura, ma io non ne sarei così certa. Se potessi fare qualcosa restando anonima, non credo che riuscirei a rivelare la mia natura. Penso piuttosto che giocherei a fare l'impostore, divertendomi a esagerare. Di questi tempi "essere se stessi" è considerato virtuoso. Ma a me sembra che si tratti per lo più di essere pigri e sciatti.

E forse era proprio questo che Koto cercava di dirmi. Potevamo continuare a vivere lì soltanto a patto di recitare la parte di quelli che erano perfettamente in grado di sentirsi a proprio agio. E non ci si poteva aspettare una performance seria. Per quelle si deve andare nei grandi teatri come il Bungakuza o con le compagnie importanti come la En.

Ecco quello che voglio dire.

Quella che viveva lì con loro era la "me dell'appartamento" (e la "me dell'appartamento" non si esibiva in una performance seria). La vera me, in quell'appartamento, non esisteva. La me che andava d'accordo con gli altri coinquilini (Ryōsuke, Koto, Naoki e Satoru) era la "me dell'appartamento". Ma forse anche loro si erano inventati la loro versione "dell'appartamento". E quindi in realtà non esistevano neanche loro, e quindi nell'appartamento non c'era nessuno. Se l'appartamento era disabitato, non avevo nulla da temere. Non dovevo preoccuparmi di tirar fuori una "me dell'appartamento". Potevo essere forte, libera... Ma no, non è così. Perché potessi sentirmi forte e libera, quel posto doveva essere disabitato. E perché lo diventasse, tutti noi dovevamo essere provvisti di una nostra versione "dell'appartamento". Solo noi potevamo crearcela, il che significa che dovevamo esserci. Doveva esserci Ryōsuke, che passava le notti a rigirarsi nel letto, Koto che se ne stava incollata alla tv, Naoki e i suoi beveroni proteici al mattino, Satoru che, pur essendo così giovane, mangiava snack da vecchi come le alghe marinate, e anche io, tutti ammassati in quello spazio angusto e sovraffollato. Eravamo al completo, eppure non c'era nessuno. Ma anche se non c'era nessuno, però, eravamo al completo... Non ci capisco più niente.

Quel giorno avevo l'ultimo turno, quindi dormii fino a ora di pranzo. Feci una doccia, mi misi in bocca un *onigiri* avanzato la sera prima e mi avviai verso la porta quando per poco non inciampai in Koto, accovacciata in mezzo alle scarpe a guardare fuori dalla fessura per le lettere.

"Che fai?" le chiesi. Si voltò portando l'indice sulle labbra: "Sssst!".

"Che... Che ti prende? C'è qualcuno fuori?"

"Sssst!" ripeté, poi tornò a guardare fuori dalla fessura. La spostai con il bacino, mi accovacciai accanto a lei e guardai anch'io attraverso la fessura. Sul pianerottolo, Ryōsuke stava parlando con l'inquilino dell'appartamento 402.

"Che fa Ryōsuke?" le sussurrai.

"L'ho mandato in incognito," rispose. La sua espressione mi fece venire in mente Katahira Nagisa in uno di quei thriller che davano alla tv il martedì sera.

"Che significa in incognito?"

"Che entrerà nell'appartamento 402 fingendosi un cliente."

Koto mi spinse via e caddi seduta per terra, dritta dritta sui mocassini di Naoki.

"D'accordo, allora ci vediamo il quattro del mese prossimo," disse Ryōsuke. L'uomo rientrò nel suo appartamento. Koto si alzò, aprì piano la porta e fece entrare Ryōsuke. Anche lui ricordava un apprendista investigatore di qualche telefilm poliziesco.

"Com'è andata?" gli domandò.

"Alla grande."

"Quindi ha ammesso tutto?"

"All'inizio ho provato a incastrarlo dicendo che sapevo ciò che accadeva in casa sua, ma lui ha fatto finta di non capire e si è limitato a ribattere 'Di che sta parlando?'. Quando però gli ho detto che le cose per lui si sarebbero messe male se i proprietari fossero venuti a saperlo, ha risposto: 'A questo punto direi che non ho scelta... Ma di norma non accetto uomini così giovani. Inoltre apriamo solo per tre giorni prima e dopo un plenilunio. Per questo mese siamo già al completo. Se vuole possiamo accordarci per il quattro del mese prossimo'. Quindi ho preso un appuntamento per quel giorno. Così sapremo finalmente che vanno combinando lì dentro."

"Immagino di sì. Però..."

"Cosa?"

"Dal momento che ha già ammesso tutto, c'è ancora bisogno che tu ci vada in incognito?"

"Vuoi dire che non dovrei andare?"

Li ascoltavo già da un po', lì seduta per terra, quando Ryōsuke si accorse di me. "Che ci fai là?" domandò mentre mi aiutava ad alzarmi.

"Voi due siete fuori di testa, ve ne rendete conto?"

Ignorandomi completamente, si diressero verso il soggiorno. Continuarono a parlare: "Quanto ti ha chiesto?", "Dice che sarebbero trentamila yen, ma visto che siamo vicini ne bastano ventimila", "Caspita! Così tanto?".

Mi infilai le scarpe e salutai. Invece di ricambiare il saluto, continuavano a discutere a voce alta: "È un furto!", "Ma no, il prezzo è buono!".

Non so se facessero sul serio, ma a me non importava affatto se il nostro vicino di casa gestisse un bordello, un'attività di pirateria o chissà che altro. Piuttosto, non lo avrei mai perdonato se avesse usato la lavatrice di notte o gettato la plastica nel bidone dell'umido.

Il negozio dove lavoro vende per lo più merci d'importazione: batik, ikat e decorazioni e accessori dall'India e da Bali. È una piccola catena con due punti vendita a Harajuku, uno a Kawasaki e uno a Honmoku. Io lavoro in uno dei due negozi di Harajuku.

Quattro anni fa, quando Shinji, il proprietario, mi fissò un colloquio in un caffè di Omotesandō, per oltre un'ora e mezza non fece che parlare delle difficoltà che aveva dovuto affrontare nella vita, come se non stesse nella pelle all'idea di avere qualcuno a cui raccontare tutte quelle cose. Dopo l'università aveva iniziato a lavorare per una ditta di abbigliamento che, dopo poco, dichiarò bancarotta. Dovette ripartire da zero facendosi prestare il denaro dai genitori per fondare un'azienda che importava accessori in pelle dal Messico. Il suo socio, però, sparì con tutti i soldi. Erano amici dai tempi del liceo e Shinji pensava che lo sarebbero stati per sempre. Arrivò fino ad Asahikawa per cercarlo e un giorno, stanco di camminare, entrò in un ristorantino che serviva *rāmen*. Mentre mangiava il suo piatto caldo, lacrime di frustrazione cominciarono a rigargli il volto. A questo punto del suo racconto, senza accorgermene, mi commossi anch'io. "Non piangere," mi disse, ma piangeva anche lui. "Però se l'è cavata molto bene, non le sembra?" dissi, e giù a piangere ancora. "Adesso ha una splendida attività."

Credo che all'interno di quel caffè nessuno, vedendoci, avrebbe immaginato un colloquio di lavoro.

Shinji era in parte responsabile della mia abitudine di trascorrere le serate passando da un bar all'altro. Fu lui il primo a portarmi al Blue Note di Aoyama, nei club esclusivi di Ginza, nei bar del Golden Gai di Shinjuku e a Shinjuku nichōme, persino allo stabilimento termale Gōra kadan, a Hakone. Fu lui a insegnarmi, quando avevo poco più di vent'anni ed ero appena arrivata dalla provincia, tutti i modi per spassarsela. La gente tendeva a fraintendere il nostro rapporto, tutti erano convinti che andassimo a letto insieme, ma in realtà non è mai capitato. Se si fosse fatto avanti lo avrei rifiutato, e se si fosse comportato male mi sarei licenziata su due piedi.

So che sembrerà banale, ma la prima volta che Shinji mi ha accompagnato in un bar di Shinjuku nichōme mi sembrava di essere in paradiso. Ora che ci penso, il primo posto in cui mi portò fu il bar di Mariné Mama. Il bancone e i tavoli erano stipati di ragazzi come frutti pronti per essere mangiati, ma neanche uno di loro guardava verso di me. Il mio senso di libertà era paragonabile a quello che proverei se proprio adesso, nel negozio in cui lavoro, fossi completamente nuda e i clienti maschi mi ignorassero per continuare a parlare di un collega di lavoro che tiene in casa una bottiglietta d'acqua di colonia Ultramarine di Givenchy. Se ci fosse stata Koto forse avrebbe detto: "Non va bene, sei l'unica donna qui", ma io mi sentivo libera. Era uno strano paradiso in cui anche il peggiore dei malvagi era il benvenuto.

Sulla domanda per accedere a quel paradiso alla portata di tutti c'era una sezione che chiedeva di specificare il proprio genere. C'è una casella per "maschio", una per "femmina", e, subito dopo, una che dice semplicemente "persona".

Due o tre giorni fa Naoki e io siamo andati a mangiare *yakiniku* in un posto vicino alla stazione. Cosa rara, aveva qualche giorno di vacanza. Mentre mescolava l'uovo crudo con la carne dello *yukhoe* mi disse: "Quando in metropolitana vedo una ragazza che ascolta la musica dal walkman mi eccito".

"Come?"

"Non lo so, forse è una forma di feticismo, fatto sta che quando mi ritrovo alle spalle di una ragazza che è completamente indifferente ai suoni intorno a lei, mi viene voglia di leccarla piano piano, da dietro, partendo dall'orecchio per arrivare al collo." Durante questa confessione, aveva un'aria del tutto seria.

"Se è così, le postazioni con le cuffie di Tower Records o della Virgin per te potrebbero essere una specie di harem."

Naturalmente scherzavo, ma lui, infilando un pezzo di carne arrostita in una foglia di lattuga esclamò: "Già, è vero!", come se l'idea lo allettasse.

L'appartamento in cui abitavamo all'inizio era stato affittato da Naoki e Misaki. Loro due stavano insieme, ma dopo aver fatto gli sposini per qualche tempo, nel periodo in cui mi trasferii da loro, iniziarono a dormire in stanze separate. Era stato Shinji a presentarci, e Misaki e io eravamo presto diventate compagne di bevute.

Una sera eravamo da Mariné Mama e io mi stavo lamentando che avevo dei lavori da fare a casa ma ero al verde perché avevo avuto un incidente d'auto. Mariné Mama mi propose di trasferirmi da lei perché aveva una stanza in più, e Misaki aggiunse: "Puoi venire anche da noi, c'è spazio". Mariné Mama aveva un gattaccio che mi odiava. Da Misaki c'era solo Naoki, una persona educata che, come me, amava bere. Lo conoscevo già perché qualche volta era venuto al bar con Misaki.

Una volta Mariné Mama gli domandò: "Se dovessi stare con un uomo, chi sceglieresti?", e Naoki rispose: "Se fossi obbligato, penso che starei con un intellettuale, uno tipo Roland Barthes o Michel Foucault". La maggior parte degli etero, quando Mariné Mama rivolge loro questa domanda, non sceglie degli intellettuali, bensì dei lottatori.

"E se poi a letto ti fanno la predica?" ribatté ridendo.

Naoki, anche lui scherzando, disse: "Vedo che anteponi il corpo alla mente".

"Proprio così: vado a letto con la carne e mi sale il colesterolo."

"A quanto ne so, però, prediligi la carne giovane," dissi io.

"Vero. Ma la carne giovane si fa pagare," rise Mariné Mama.

"Ma se sei piena di soldi. In giro si dice che la carne non la compri a etti, ma a chili!" Naoki aveva bevuto solo un paio di bicchieri.

Comunque sia, quando presi la mia decisione non pensai a questo episodio, ma solo al gatto aggressivo da una parte, e al mite ed elegante Naoki dall'altra, così mi girai verso Misaki, invece che verso Mariné Mama, e le dissi con aria ruffiana:

"Approfitterò della tua gentilezza. Posso venire il mese prossimo?".

Non pensavo che sarebbe filato tutto liscio, ma la nostra convivenza – Misaki, che faceva la segretaria in una multinazionale di cosmetici, Naoki con la sua piccola casa di distribuzione cinematografica e io, una disegnatrice che sbarca il lunario facendo la commessa – si rivelò molto più semplice del previsto. Era come una cinepresa su un treppiede: con tre piedi sta in equilibrio, con due cade.

All'inizio Misaki e Naoki occupavano quella che oggi è la stanza delle donne e io quella che adesso usano i ragazzi. Poi Misaki prese a lamentarsi che Naoki parlava nel sonno, quindi lo fece spostare nella stanza dei ragazzi mentre io e lei dividevamo quella delle ragazze. Dopo circa sei mesi dall'inizio della nostra convivenza, Naoki portò Ryōsuke, il *kōhai* di un *kōhai* di Naoki all'università. Misaki e io avremmo potuto chiedergli perché volesse far trasferire Ryōsuke da noi, invece eravamo solo sorprese della sua decisione di portarci a casa uno studente. Aveva fatto tutto senza interpellarci, ma non ci opponemmo. Ripensandoci adesso, forse Misaki aveva già deciso di lasciare Naoki.

Dopo un po', Misaki iniziò a uscire con uno scapolo di mezza età che lavorava con lei, e a passare sempre più tempo a casa sua. Quando fu chiaro che passava più tempo con lui che a casa, mi decisi a parlarne con Naoki.

"Ti sta bene questa situazione?" gli domandai.

"Certo, e a te?"

"Che significa?"

"Se Misaki se ne va, ti ritroverai sola con due maschi."

"Ti ho detto che non è così che devi considerarci."

"E come dovrei considerarci?"

"Come persone. Siamo tre persone."

E così Misaki se ne andò per davvero. Naoki noleggiò un furgone per il trasloco e Ryōsuke le diede una mano. Lei però passa ancora di tanto in tanto. E quando ne ha voglia, rimane per un paio di giorni prendendo in prestito il divano. Persino Ryōsuke si domanda come stiano le cose. "Aspetta un attimo," mi fa, "Misaki e Naoki non si sono lasciati?" Non è facile spiegare la loro relazione. Forse una relazione che si può spiegare di per sé non è una gran cosa, ma in effetti è difficile interpretare la gioia di Naoki ogni volta che Misaki passa a trovarci. E la stessa Misaki è piuttosto stramba. Convive con quel tipo, ma viene lo stesso a casa del suo ex e fa: "Solo qui riesco a respirare", e sembra rilassata come non mai.

Ero collassata sul divano, abbracciata a una bottiglia di Volvic, dopo essermi presa una sbornia pazzesca. Sul tavolino c'era un foglio scritto da Koto: "Sono andata dal parrucchiere", e sul retro, invece: "Non avevo niente da fare e sono andato con lei. Satoru".

Poco dopo mezzogiorno, qualcuno suonò il campanello. Mi trascinai fino all'ingresso e, aperta la pesante porta, mi ritrovai davanti due poliziotti in uniforme.

Era pieno giorno ma io ero tutta spettinata, con il pigiama stropicciato, pallida in volto. Gli agenti mi guardarono e forse pensarono che fossi malata. Mi spiegarono brevemente il motivo della loro visita, fecero un inchino e se ne andarono. "Si riguardi," mi dissero.

Pareva che di recente, nel nostro quartiere, qualcuno avesse aggredito alle spalle e preso a pugni due donne mentre tornavano a casa. Gli attacchi si erano verificati a breve distanza l'uno dall'altro. La prima delle due donne non aveva riportato gravi ferite, invece l'altra aveva il naso rotto. Entrambe erano state aggredite vicino alla stazione, ma i poliziotti mi suggerirono di fare attenzione a girare da sola quand'era buio, e di farmi accompagnare sempre da un uomo.

Tornai sul divano e mi dissi che dovevo avvisare anche

Koto. Oh, cavolo! Quando i poliziotti mi chiesero se vivessi da sola, risposi che vivevo con un'amica. "Quindi in questo appartamento vivono due donne?" domandarono, e io: "No, due uomini e due donne, quattro in tutto".

Presi il foglietto sul tavolo e lessi di nuovo il messaggio sul retro, scritto nella grafia infantile di Satoru: "Non avevo niente da fare e sono andato con lei".

Pur sapendo che non avrei venduto niente, mi recai al parco di Inokashira, vicino al laghetto, per cercare di piazzare alcuni miei disegni. Portai con me anche Koto. Stesi un telo nero per terra e vi disposi le mie ultime creazioni (il soggetto era quello degli ombelichi maschili) in attesa di potenziali clienti, quando si avvicinò un uomo anziano con l'aria da gentiluomo e i capelli brizzolati che ispezionò con cura ogni singolo disegno. È incredibile quanti uomini si fermino quando Koto è seduta accanto a me. Fingono di guardare i disegni e invece sbirciano lei, ma lui era diverso. Non la degnò di uno sguardo e si concentrò esclusivamente sui miei disegni.

"Gliene piace qualcuno in particolare?" gli domandai. Di solito lascio che guardino quanto vogliono, ma quell'uomo era così concentrato che non riuscii a trattenermi. Senza nemmeno alzare la testa, continuò a guardare i disegni. Alla fine se ne andò senza dire nulla.

"Ma che voleva quello?" chiese Koto.

"Non gli saranno piaciuti," risposi io, delusa.

In quel momento mi resi conto di quanto desiderassi un riconoscimento. Seduta sul marciapiede freddo del parco avevo sperato che quell'uomo fosse un gallerista di Ginza o Aoyama, o un curatore che viveva a New York e che per primo avrebbe riconosciuto il mio talento. Provai quasi vergogna per l'intensità di quel mio desiderio.

Nel parco, sul marciapiede, non ho mai venduto niente. Mi era capitato qualche vecchio ubriacone che diceva di voler comprare i miei disegni, ma in quei casi avevo sempre declinato. In quei momenti capivo quanta strada dovessi ancora fare per diventare un'artista. Mi sarebbe piaciuto, un giorno, dipingere qualcosa che gli ubriaconi non potessero permettersi, che non potessero neanche guardare.

Circa un'ora dopo, l'anziano riapparve. Si avvicinò di nuovo e, sempre senza dire una parola, passò in rassegna i miei disegni. Dopo un po' alzò gli occhi e domandò: "Sono ombelichi?".

Confusa, risposi: "S-sì, esatto".

"Ah, quindi sono ombelichi. Ora che me lo dice mi è chiaro."

Così dicendo, se ne andò via.

"'Ah, quindi sono ombelichi!', ha detto!" rise Koto, e anch'io risi insieme a lei.

C'è forse un altro modo, oltre alle risate, per spazzare via la frustrazione?

Una sera Ryōsuke chiese di vederci e ci riunimmo in soggiorno. Naoki e io eravamo come al solito un po' brilli, mentre Koto, che era fissata con Biohazard 2, giocava con Satoru prima che lui andasse a lavorare. Ci sedemmo ad ascoltare Ryōsuke che stava in piedi davanti a noi, con le gambe allargate.

Ci disse di aver invitato a cena, quel fine settimana, la ragazza di un suo *senpai*, tale Umesaki, cioè quello che gli aveva regalato la lavatrice, e che dovevamo cancellare tutti i nostri impegni perché voleva che stessimo tutti insieme.

Gli rispondemmo che andava bene e ci avviammo ciascuno verso la propria stanza quando ci fermò.

"In realtà c'è un altro favore che dovrei chiedervi."

"Di che si tratta?" gli domandai, un po' irritata.

E Naoki: "Spero tu non voglia chiederci di aiutarti a rubare la fidanzata a Umesaki".

Quindi Koto: "Vuoi che le diciamo qualcosa?".

E Satoru, ridendo: "Tipo quanto sei bravo a fare questo o quello, così lei si fa una buona opinione di te?".

Ryōsuke ebbe un attimo di esitazione e capimmo che Satoru aveva colto nel segno.

"Su, dicci cosa vuoi che le diciamo," ripresi io ridendo, e Koto aggiunse: "Una cosa tipo: 'A vederlo non si direbbe, ma in realtà è un maschione'?".

Satoru disse: "Una che si lascia abbindolare da una frase del genere non vale granché", e noialtri abbiamo annuito con convinzione. Per avere solo diciotto anni, sapeva giudicare le donne.

Naoki stava per andarsene dopo avergli consigliato: "Se vuoi che le diciamo qualcosa in particolare, scrivicelo", ma Ryōsuke tirò subito fuori dei fogli di carta dicendo: "In effetti qualcosa ce l'ho già".

Aveva preparato un vero e proprio copione da recitare a cena: cinque lunghe pagine, una copia per ciascuno di noi. Iniziava con Ryōsuke che ci presentava Kiwako, la ragazza del suo amico. Davanti a ciascuna battuta aveva scritto i nostri nomi.

Ovviamente io e Naoki gli dicemmo "Ma che idiozia" e ce ne andammo, invece Koto e Satoru, che di tempo da perdere ne avevano a volontà, si appassionarono subito, e in un modo quasi inquietante. Ognuno di loro recitava due parti diverse, con Ryōsuke che dava istruzioni ben precise – "Non così, è troppo sgamato!", "Forza, ripeti!" – e andarono avanti fino a sera inoltrata.

Chiusa nella mia stanza, provavo a concentrarmi sui disegni cercando di non lasciarmi distrarre dalle prove dello spettacolino che andava avanti nel soggiorno, ma per qualche motivo la voce di Koto che ripeteva la battuta "Ryōsuke è un camaleonte: quando qualcuno gli piace si innamora di tutto ciò che piace a quella persona" mi si era ficcata in testa e non mi faceva lavorare. Il "qualcuno" che "gli piace" doveva essere l'amico Umesaki. Pensando alla povera Kiwako, seduta a tavola in mezzo a gente che recitava battute del genere, non riuscii a non provare un po' di pena.

Quando finalmente ero riuscita a riprendere la concentrazione, sentii Satoru pronunciare con la teatralità di un'interprete del Takarazuka la seguente frase: "Ogni tanto penso che è questa la persona che voglio diventare: una persona in grado di vivere senza dare conto a nessuno". Evidentemente aveva svegliato Naoki, che infatti gridò: "Sta' zitto! È perché la pensi così che fai tutto questo baccano!". Mi ricordai che Naoki la mattina seguente doveva svegliarsi presto per andare a prendere un regista in arrivo dalla Francia all'aeroporto di Narita.

Pensando a Naoki che si rigirava nel letto, allineai sulla scrivania le foto della schiena di Ryōsuke e di Satoru che avevo scattato loro qualche giorno prima.

Fino a due anni prima, al bar di Mariné Mama lavorava un travestito dal nome piuttosto virile: Ken'ya*. Eravamo molto amici, io e Ken-*chan*, tanto più che ai tempi in cui ancora vivevo da sola a Yūtenji lo avevo ospitato a casa mia dopo che il tipo con cui stava, uno che aveva anche una moglie, lo aveva scaricato. Erano passati due anni esatti dalla morte di Ken-*chan*. Una sera si ubriacò, corse fuori dal bar, fu investito da un taxi e morì. Come spesso gli accadeva, si era pre-

* Il primo dei due caratteri che compongono il nome Ken'ya, cioè "*ken*", significa "spada". [*N.d.T.*]

so una sbandata per un uomo sposato, era stato abbandonato crudelmente ed era fuori di sé. Mariné Mama e i suoi clienti sentirono un rumore sordo, si precipitarono fuori e videro il taxi e poi Ken-*chan*, vestito come al solito da donna, sdraiato in mezzo alla strada. Corsero tutti urlando verso di lui, e Ken-*chan* aprì gli occhi, sorrise, disse: "Sto bene, sto bene", poi perse conoscenza. Mariné Mama ricorda ancora che "Una delle sue scarpe rosse col tacco alto era finita vicino al palo della luce".

Naturalmente partecipai alla cerimonia funebre, che si tenne nella sua città d'origine, Sendai. Vennero anche Mariné Mama e gli altri amici del bar, ma mi chiesero di andare da sola al funerale. Dissero che Ken-*chan* aveva raccontato alla sua famiglia che lavorava nella pubblicità e, preoccupati di ciò che avrebbero potuto pensare gli altri, restarono sul lato opposto della strada a guardare da lontano la sua bara che lasciava la camera ardente. In attesa che Ken-*chan* venisse cremato, uscii dall'edificio per fumare una sigaretta, e proprio allora sua sorella, la maggiore, mi chiamò. Ero l'unica donna venuta da Tōkyō per il funerale e stavo ancora pensando a come mi sarei dovuta presentare, quando lei mi disse: "So tutto di lui. Nostro padre è all'oscuro, ma la mamma e io abbiamo intuito quale fosse il suo lavoro... Tutte quelle persone che guardavano in lontananza la bara erano i suoi amici, non è vero? Ho pensato che forse li avrei dovuti raggiungere, salutare... Poco fa mia madre ha detto che Ken'ya doveva essere molto felice con tutti quegli amici".

Non dissi niente, ma pensai che Mariné Mama avrebbe dovuto sentirla. Dopo sei mesi, ricevetti una telefonata dalla sorella di Ken-*chan*: "Vorrei che mi portassi nel bar dove lavorava". Venne fuori che lei e sua madre si trovavano già a Tōkyō. Chiamai subito Mariné Mama.

La sorella e la madre di Ken-*chan* furono piuttosto turbate quando videro, appese alle pareti del bar, fotografie che lo ritraevano vestito da infermiera, ma erano due buone bevitrici e dopo aver fatto fuori una bottiglia intera di Four Roses Black Label, il whisky preferito di Ken-*chan*, l'atmosfera si fece molto rilassata. Senza troppi giri di parole, Mariné Mama disse: "La poveretta si innamorava sempre di uomini sposati che poi la scaricavano. Non ha mai imparato la lezione. Secondo me aveva subìto un danno all'ippocampo".

"Dev'essere una cosa di famiglia", disse la madre biascicando. "Io ho sposato suo padre dopo averlo portato via a un'altra donna."

Continuammo a scambiarci ricordi di Ken-*chan* fino alle prime ore del mattino, e quando la madre e la sorella ripartirono per Sendai si erano ormai affezionate al bar di Mariné Mama.

La sera in cui nel bar si tenne la cerimonia per il secondo anniversario della sua morte c'erano anche loro. Vedendole in quell'occasione, nessuno avrebbe creduto che la prima volta che ce le avevamo portate fossero così nervose: ora la madre stava dietro al bancone e versava da bere ai clienti insieme a Mariné Mama, mentre la sorella si esibiva in una versione integrale, coreografia compresa, della canzone che Ken-*chan* e io cantavamo insieme, cioè *Boys Don't Cry* delle Wink.

La notte successiva al funerale di Ken-*chan* ero talmente prostrata dal dolore da non sapere che fare, così chiesi a Ryōsuke, che si era appena trasferito da noi, di portarmi a fare un giro con Momoko. Non gli dissi che un mio caro amico era morto. Gli chiesi soltanto di portarmi in giro per tutta la notte, pazienza se dovevamo fermarci ogni nove chilometri. Mi sedetti al posto del passeggero, singhiozzai tutto il tempo, ma Ryōsuke non mi chiese nulla e seguitò a guidare. A un certo punto, però, mentre eravamo fermi a un distributore di benzina vicino a Harumi, mi disse in tono scherzoso: "I grandi bevitori hanno un modo di piangere tutto loro, mi pare". Sono grata a Ryōsuke per quella notte. Sono stata felice di averlo al mio fianco.

Ora che ci penso, mesi fa Ryōsuke mi chiese, un po' a sorpresa, di uscire in auto insieme a lui, e restammo in giro fino all'alba. "Che ti è successo?" gli chiesi più e più volte, ma lui rispondeva "Niente" e continuava a guardare la strada. Poi mi domandò: "Sai per caso quando apriranno Disney Sea?", al che io feci a mia volta: "Hai intenzione di andarci?", e lui: "No, una mia ex compagna di scuola mi ha detto che verrà apposta". Non mi interessava il negozio e risposi che non ne sapevo nulla. "Ho capito", disse lui, poi restò in silenzio.

Rientrai a casa dopo aver comprato un Karasu *bentō* e trovai Koto e Satoru in soggiorno che discutevano animatamente sulla proposta da inviare al concorso per il nuovo nome da assegnare alla strada con i negozi vicino alla stazione. Il primo premio era un milione di yen.

"Visto che il quartiere di chiama Chitose Karasuyama, e che 'karasu' vuol dire 'corvo', che ne pensi di 'Viale cra-cra'?"

"Penso che quest'idea sia venuta già ad almeno cento altre persone."

Koto e Satoru erano sempre insieme durante la giornata e andavano molto d'accordo.

Mi resi conto all'improvviso che per tutta la settimana mia madre non mi aveva chiamato. Non che la cosa mi dispiacesse, anzi, ma per qualche motivo tendevo a diventare ansiosa quando non mi telefonava. Dovevano essere passati dieci giorni dall'ultima volta che ci eravamo sentite. Ero appena rientrata dal negozio e Koto mi aveva detto: "Ha chiamato tua madre".

"E che ha detto?"

"Niente, ma penso fosse ubriaca. Rideva in modo sguaiato, sembrava allegra," aveva risposto impassibile.

Mia madre mi telefona, ubriaca in pieno giorno, ridendo in modo sguaiato, e Koto si limita a dire che è allegra.

A volte vorrei che fosse tutto uno scherzo, tutte le scene che non riesco a togliermi dalla mente, mio padre che sbatte la porta e mia madre che si accovaccia in preda al terrore, l'odore di alcolici che si portava addosso, mio padre che l'afferrava per un braccio, io che correvo su per le scale e piangendo mi chiudevo nella mia stanza. A volte vorrei poter aggiungere una stupida melodia di sottofondo, come quella che accompagna l'entrata in scena di Shimura Ken quando fa la parte del samurai pasticcione.

Fu al liceo, se non ricordo male. Ero scesa in cucina per prendere un succo, quando sentii mia madre nella stanza accanto che gemeva mentre mio padre le saliva su contro la sua volontà, e le diceva, a bassa voce e con tono minaccioso: "Servono a questo le mogli, no?".

Avevo la giornata libera, e quel mattino, al risveglio, mi sentii così di buon umore – era la prima volta da non so più quanto tempo – che decisi di mettere via tutti gli indumenti invernali. Koto è un portento con l'aspirapolvere e i pavimenti della nostra stanza e del soggiorno sono così puliti che ci si potrebbe mangiare sopra.

Aprii l'armadio e stavo infilando un cappotto pesante e un golfino dentro a un cartone quando notai un vecchio sacchetto di plastica di un *konbini* della catena Lawson. Non c'era bisogno di aprirlo, perché sapevo già cosa conteneva: una videocassetta Sony da 120 minuti buttata lì come fosse spazzatura.

Sulla videocassetta erano registrate tutte le sequenze di stupro dei film che conoscevo. Come nell'ultima scena di *Nuovo*

Cinema Paradiso, dove il protagonista guarda un montaggio fatto di baci, la mia videocassetta conteneva decine di stupri. Come quella di *Sotto accusa* in cui Jodie Foster viene violentata su un flipper, o quella di *Arancia meccanica* in cui una ragazza viene stuprata sulle note di *Singin' in the rain*. Ragazze che in *Ultima fermata a Brooklyn*, *Velluto blu* e *Thelma e Louise* piangono e supplicano gli uomini di smettere. In *Cane di paglia* e *Classe 1984* gli uomini stuprano le donne perché sono degli eroi vendicatori. *Il bambino di Mâcon* di Greenaway, *La fontana della vergine* di Bergman. Stupri a ripetizione, fino alla nausea. Nessun'altra scena. Solo scene di stupro, una dopo l'altra. Da sole, non dicono nulla sulla provenienza delle donne, su dove vivano, che lavoro facciano, quali siano i loro fiori preferiti, cosa sognino, se siano mogli o madri. Nessuna informazione. Sono solo donne che cercano di liberarsi di un uomo.

Non guardavo più quella videocassetta da quando mi ero trasferita nell'appartamento insieme a Naoki e Misaki. Ai tempi di Yūtenji, se qualche volta mi capitava di non riuscire a dormire, la guardavo.

Per qualche strano motivo, guardare quelle scene mi tranquillizzava. La mia sensazione della crudeltà, la miseria e la meschinità del mondo a poco a poco si attenuava, e le espressioni delle vittime di stupro cominciavano ad apparirmi compiaciute, come se se la stessero spassando a una festa di paese. Le mie paure, l'ansia che non mi faceva dormire, sembravano dissiparsi, e mi divertivo a guardare quelle donne, le bocche premute dalle mani degli uomini, braccia e gambe bloccate, le cosce aperte a forza, quelle donne che non riuscivano nemmeno a gridare e che a me sembrava danzassero.

Ryōsuke stava assillando Naoki, che era rincasato brillo, perché gli prestasse trentamila yen. "Ti prometto che te li restituisco a fine mese, quando mi pagheranno," diceva. Koto e io stavamo mangiando un gelato sedute sul divano e intanto ci godevamo la scena.

"A che ti servono?" domandò Naoki.

Adesso li sentivamo mentre continuavano a parlare nella loro stanza, dove Naoki si toglieva giacca e pantaloni e Ryōsuke glieli riponeva nell'armadio.

"Che devo fare per farmeli prestare?"

"Te li presto se mi dici per cosa ti servono."

Naoki ora era in mutande. Si spostò in soggiorno, sempre seguito da Ryōsuke, che portava un asciugamano da bagno.

"Se te lo dico me li presti?"

"Sì. Purché non si tratti di qualcosa di strano."

"Niente di strano. Mi servono perché devo uscire con una ragazza."

"Una ragazza? Kiwako?"

"Certo. Chi se no?"

Leccando il suo gelato al *matcha*, Koto mi disse: "Ci ha già provato con Satoru," il che mi fece sbottare: "Sei andato a elemosinare soldi da un diciottenne? Ma non ce l'hai un po' di orgoglio?".

"Ho capito, ma lui ha un sacco di soldi."

"Questo è vero," annuì Koto. "Quando siamo andati a giocare a *pachinko*, tirava fuori una banconota da diecimila yen dopo l'altra."

Mi chiesi se facendo marchette si guadagnasse davvero così bene, ma risposi soltanto "Hmm" e lasciai cadere. Naoki strappò l'asciugamano a Ryōsuke e disse: "E sia, te li presto", quindi entrò in bagno. Ryōsuke, in piedi davanti alla porta chiusa, strinse il pugno in segno di vittoria.

"Dove hai intenzione di portarla con trentamila yen?" gli domandai.

"Segreto," rispose con aria misteriosa prima di ritirarsi nella stanza dei maschi.

"Ha una specie di talento," bisbigliò Koto.

"In cosa?"

"Nel portare le persone a fare ciò che vuole."

Ryōsuke ce l'aveva davvero quella capacità. Il fatto stesso che non se ne rendesse conto, dimostra che è un talento naturale, fatto sta che ci sono momenti in cui non riesci a non preoccuparti per lui, e quando lo vedi così perso ti dà sui nervi. Possedere quel tipo di talento, saper spingere la gente a fare ciò che si vuole, dovrebbe bastargli a cavarsela.

Qualche giorno prima aveva finalmente portato a casa la famosa Kiwako. Rientrando trovai Koto e Satoru già impegnati a recitare nel teatrino messo su da Ryōsuke, ripetendo le loro battute a pappagallo. Kiwako aveva già capito tutto, e quando entrai nel soggiorno mi passò accanto e disse: "Non fanno che ripetere le stesse storielle, non ne posso più".

Prima di incontrarla ero convinta che Kiwako, che tradiva il suo ragazzo con uno più giovane, fosse una donna della peggior specie. Invece si rivelò piuttosto simpatica. Capivo perché Ryōsuke se ne fosse invaghito, e io stessa mi ritrovai a sperare che scegliesse quel bamboccio del mio coinquilino e lo raddrizzasse un po'. Anche se gli uomini che ritengo accettabili raramente lo sono per il resto delle persone.

Dopo la cena, che fu abbastanza divertente, Ryōsuke uscì per andare a prendere Momoko, parcheggiata a una ventina di minuti a piedi, mentre Kiwako e io restammo a parlare fuori dal palazzo.

Mi stava raccontando del fratello che viveva con lei, un aspirante musicista, quando all'improvviso mi domandò: "Sai, era un po' che volevo chiedertelo: Ryōsuke è un tipo... Come dire... Fragile? Per esempio, capita mai che scoppi a piangere?".

"Che scoppi a piangere?"

"Sì. Gli succede?"

"Mah, non gliel'ho mai visto fare. Lo fa quando è con te?"

"No."

La cosa finì lì e proprio in quel momento Ryōsuke ci affiancò a bordo di Momoko. "Scusa l'attesa!" disse, e vedendolo così allegro non riuscii a immaginarmelo che scoppiava a piangere.

Mentre mi spostavo tra un bar e l'altro di Shinjuku nichōme insieme a Laura, che aveva appena dichiarato che il suo sogno sarebbe stato aprire un dormitorio per giocatori di baseball liceali, vidi Satoru e un suo collega seduti su una panchina del parco – evidentemente non si vedevano molti clienti quella sera.

Pensai di spaventarlo, e con passo felpato passai dietro il recinto del parco e mi avvicinai alle sue spalle, quando sentii che parlava con un tono nervoso. Fermai Laura che stava per saltare fuori dai cespugli e per un po' restammo ad ascoltare.

"Mi ha legato mani e piedi, ero sdraiato sul pavimento come un involtino quando sono arrivati altri tre uomini, tutti palestrati come lui. Penso che fossero nascosti nella stanza accanto."

"Dici sul serio? E ti hanno scopato tutti?"

"Non solo, mi hanno preso a calci e pugni, e la mattina dopo sono dovuto andare all'ospedale."

"Soldi ne hai visti almeno?"

"Sì, ma l'ano mi ha sanguinato per una settimana e avevo la faccia così piena di ferite che per un po' con me non ci è venuto nessuno. È stato terribile."

"Un giorno o l'altro ci ammazzano, ne sono sicuro."

"O magari non saremo più vendibili. Delle due l'una."

Nei cespugli, Laura era impegnata in una lotta con le zanzare e ne colpì una con la mano. Satoru e il suo amico si voltarono e scapparono via all'istante.

"Non è la polizia, sono io!" gridai.

Poi portai Satoru e l'amico, che si faceva chiamare Makoto, con noi a bere. Diversi bar dopo facemmo amicizia con un tipo, un ricco imprenditore che aveva un'azienda dolciaria a Kōbe, che affittò l'intero locale per il resto della serata così che potessimo avere il karaoke tutto per noi. Satoru cacciò via tutti gli altri avventori e si esibì in uno spogliarello sul bancone, mentre io cantai una delle mie grandi hit nostalgiche, *Smile for me* di Kawai Naoko.

Satoru e il suo amico dovevano essersi presi qualcosa prima che li abbordassimo, perché erano parecchio su di giri. In men che non si dica si spogliarono da capo a piedi, corsero fuori dal bar e improvvisarono un esercizio di ginnastica acrobatica salendo l'uno sull'altro in mezzo alla strada.

Non saprei dire per quanto tempo restammo lì. Ricordo solo Satoru che mi portava a spalla nel bar successivo.

Poi mi ritrovai in un taxi. Satoru era seduto accanto a me e quando gli domandai dove fossimo lui rispose "Siamo saliti su un taxi, per la precisione ci troviamo davanti al centro commerciale Isetan".

"Ma no, io voglio ancora bere! Conducente, si fermi, torni indietro!"

Ma Satoru smorzò i miei entusiasmi e, quando fummo all'altezza della Kyū-kōshū kaidō, disse: "Stanotte non fa freddo, voglio portarti in un posticino che conosco".

"Spero che in questo posticino servano da bere," feci io, ma non mi rispose.

Vivevo a Tōkyō da sette anni ma quella fu la prima volta che misi piede nel parco di Hibiya. Satoru aveva ragione: era una tranquilla notte di primavera, e all'interno del parco sentivi l'odore dell'erba ancora tiepida che ti si attaccava alla pelle. Attraversammo un piazzale circondato da alberi e arrivammo a uno stagno con una fontana in cui si specchiava, silenziosa, la luna. La superficie dell'acqua rifletteva le figure mia e di Satoru. Lo imitai mentre si bagnava le dita e vidi la luna tremare nelle piccole onde che si formarono. Mi aveva portato in un anfiteatro all'aperto.

"Siamo arrivati?"

"Sì. È lì," rispose indicando oltre una cancellata.

"Dobbiamo scavalcare?"

"Esatto."

Satoru mi aiutò e saltai dall'altra parte della cancellata.

C'era un palco rotondo circondato da panchine. Era uno spazio per concerti all'aperto, quindi senza tetto, sopra di noi c'era solo il cielo livido della città. C'era posto per almeno cinquecento persone. Restai lì da sola per un po'. Finalmente Satoru mi raggiunse e domandò: "Allora? Che te ne pare?".

"Tu che dici?" replicai con un sorriso sarcastico.

Mi prese per mano e mi portò fino al palcoscenico, poi disse: "Di tanto in tanto trascorrevo la notte in questo posto".

"Non fa freddo d'inverno?"

"D'inverno non ci si può stare. Sarei morto assiderato."

"Dove dormivi prima di venire a stare da noi?"

"In posti diversi. Nei centri benessere, a casa di amici, per esempio."

"Nelle case dei tuoi clienti?"

"Anche."

Mi sdraiai sul palcoscenico. Erano anni che non guardavo il cielo. Satoru si sedette accanto a me cingendosi le ginocchia. Estrasse un bel po' di roba dalle tasche dei jeans e le dispose accanto a sé. Una banconota da diecimila yen tutta spiegazzata, una gomma masticata e avvolta in un pezzetto di carta, un coltello a serramanico, un cavetto di acciaio, un preservativo. In un pacchetto sgualcito di Mild Seven c'erano una o due canne mischiate alle sigarette. Me ne accese una e feci un tiro con gli occhi fissi al cielo.

"Fumi nel nostro appartamento?" gli domandai. Il fumo violaceo si sollevò lento nel cielo notturno.

"No. Una volta l'ho fatto e Naoki mi ha sgridato, ha detto 'Esci sul balcone!'."

"È proprio da lui. Non beve neanche caffè perché dice che non è salutare."

Restammo a guardare il cielo per un po'. "In momenti come questo," disse Satoru, "la gente tende a parlare dei ricordi dell'infanzia."

"Vuoi parlarmi della tua infanzia?" dissi in tono canzonatorio. In certe situazioni io ero del tutto priva di tatto.

"No, a dire il vero no."

"Perché no? È perfetto, vai, racconta," e gli diedi un colpetto sulla spalla.

Si mise a ridere e rispose: "Posso anche farlo, ma tanto mi inventerei tutto".

Quindi esistono anche bugie annunciate, pensai.

Per la prima volta dopo tanto tempo, rincasai dal lavoro senza bere un goccio d'alcol. Una volta arrivata, sentii le voci di Ryōsuke e Satoru nella stanza dei maschi. Koto era uscita con Maruyama dopo diverse settimane che non si vedevano. Aveva lasciato tutti i suoi accessori per il trucco sul tavolo del soggiorno. Naoki era ancora al lavoro. Feci dei gargarismi in bagno e mi misi comoda in soggiorno, che per una volta era libero, raccolsi il telecomando da terra e accesi la tv. Stavo mangiando il mio secondo Karasu *bentō* in pochi giorni quando la tv iniziò a perdere il segnale. Mi alzai con le bacchette usa e getta in bocca e colpii il lato destro dell'apparecchio per tre volte: prima forte, poi di nuovo forte e poi piano, come mi aveva insegnato Koto. Di solito quando partiva lo *zapping* si sentiva comunque l'audio, ma da un po' di tempo cominciava a non funzionare neanche quello. La colpii ancora, forte, forte e piano. L'immagine tremò parecchio ma poi tornò a posto, come se nulla fosse accaduto. Sentii la voce di Ryōsuke dalla sua stanza.

"Mi vergogno un po' a dirlo, ma ho molto rispetto per mio padre."

Ryōsuke rispettava il padre? Suonava del tutto nuovo, non gli avevo mai sentito dire nulla del genere.

"Ti ho mai detto che mio padre ha un ristorante di *sushi*? Non c'entra niente, ma quando era giovane ha girato parecchio. Forse è una cosa strana da dire per un figlio, ma lui era un tipo paterno, si prendeva cura di quelli della sua combriccola. Infatti quelli della sua combriccola lo seguono e lo chiamano 'Capo' ancora adesso. Guardandolo sotto questa luce, non so, non penso che potrò mai essere migliore di lui, e quando sono con lui mi sento piccolo piccolo. Mi chiedo spesso cosa dovrei fare per renderlo felice, per avere la sua approvazione. Quando sono con lui, anche adesso, non riesco a pensare ad altro."

Non so se Satoru lo stesse ascoltando, ma dal soggiorno non sentivo la sua voce.

"Vedi, in un certo senso è come se fossi venuto a Tōkyō per tentare di superarlo in qualcosa. Ma eccomi qua, nessuno che mi veda come un modello da imitare, e ho seri dubbi di essere il tipo di persona che qualcuno potrebbe considerare tale."

Mentre ascoltavo la confessione di Ryōsuke dovetti sforzarmi di non scoppiare a ridere. Non si faceva alcun problema a mendicare denaro da un ragazzino, eppure desiderava disperatamente che qualcuno lo ammirasse. Da ridere.

"Sai, una volta, ma soltanto una, c'era un ragazzo che, ne sono sicuro, dipendeva da me. Un compagno delle medie. Si chiamava Shin'ya. Faceva affidamento su di me. O perlomeno io penso che fosse così."

"E che è successo quando c'era questo Shin'ya che faceva affidamento su di te?"

"Eh? Ecco..." Ryōsuke s'interruppe. Ci fu un po' di silenzio e poi sentii la voce di Satoru che cercava di non ridere: "Quindi alla fine non ci ha potuto fare affidamento su di te?".

"Piantala! Penso che quando uno fa affidamento su un altro, quando conta sul serio su qualcun altro, quello non se ne rende conto. Forse intuisce qualcosa, ma non capisce quanto sia seria, persino disperata, quella dipendenza."

Finii il mio *bentō* e gettai il contenitore nel cestino. Mi venne voglia di fare una doccia, quindi andai nella mia stanza per prendere della biancheria pulita. "Quando uno fa affidamento su un altro, quando conta sul serio su qualcun altro, quello non se ne rende conto." Per qualche ragione non riuscivo a togliermi dalla testa le parole di Ryōsuke.

Stavo andando in bagno con la biancheria pulita in mano, quando sentii la voce di Satoru. Mi fermai fuori dalla stanza dei ragazzi e ascoltai.

"Sono figlio unico e mia madre mi ha cresciuto da sola. Ho sempre desiderato un fratello maggiore, qualcuno con cui potessi parlare, che mi potesse consigliare. Non mi sarebbe importato se avessimo litigato tutto il tempo, se l'avessi trovato insopportabile. Mi sarei accontentato. Sarebbe stato bello avere qualcuno con cui parlare quando mi succedeva qualcosa, anche se fossimo stati lontani. Se avessi avuto un fratello, forse sarei riuscito a sopportare qualsiasi situazione."

Era un discorso così assurdo che mi allontanai. Mi è chiaro, fin troppo chiaro, perché ai ragazzi piacciano le *Memorie storiche* di Sima Qian o quei filmetti d'azione della Tōei. Ma Satoru era veramente un contaballe. Ricordavo benissimo di avergli sentito dire a Koto: "I miei genitori si amano ancora", il che aveva catturato subito l'attenzione di Koto, alle prese con la propria storia d'amore, che gli aveva chiesto di raccontarle tutto sin nei minimi dettagli. Mentre a Naoki aveva detto di aver frequentato le elementari e le medie nella sua stessa scuola, e giù tutti e due a parlare dei vecchi tempi e di un ospedale abbandonato che si trovava nei pressi dell'istituto. Chi può dire cosa era vero e cosa, no?

Mi tornò in mente l'espressione di Satoru, il suo sorriso nell'anfiteatro del parco Hibiya, quando mi aveva detto: "Posso anche raccontare, ma tanto mi inventerei tutto". Non penso che volesse fare nulla di male. Semplicemente non aveva alcun rispetto per il passato. Da quel punto di vista mi somigliava molto. Tuttavia stava esagerando. Le sue storielle inventate avevano troppa presa su chi le ascoltava.

Reintrai dal lavoro con i piedi gonfi dopo una giornata in piedi ed ero seduta sul pavimento intenta a massaggiarli, quando Koto uscì dalla nostra stanza stranamente agitata e cominciò a camminare avanti e indietro tra il soggiorno e la cucina.

"Mi dai fastidio."

Sentendomi protestare, si fermò per un attimo, mi domandò "Come fai a startene seduta?" e ricominciò a camminare.

"Si può sapere che vuoi dire?"

"Ryōsuke è in incognito in questo momento."

Mi ricordai che la mattina, uscendo dalla propria stanza, Ryōsuke aveva gli occhi rossi ed era molto teso, si vedeva che non aveva dormito affatto, e si lamentava: "Volete troppo da me". Il loro piano era che sarebbe arrivato a farsi assegnare una ragazza, dopodiché avrebbe potuto farla finita. Non doveva toccare nessuna di loro, ma da quanto era agitato si sarebbe detto che avesse altre idee per la testa.

Proprio in quel momento suonarono alla porta e Koto si affacciò. "Allora? Come è andata? Lo hai smascherato?" Mi avvicinai anch'io, curiosa di vedere che faccia avesse Ryōsuke dopo essere stato con una ragazza.

Ci guardò, prima una poi l'altra, e gridò: "Non c'è proprio nessun bordello!".

"Come sarebbe non c'è?"

"Non c'è. È un indovino!"

"Stai scherzando?"

"Il tipo è un indovino! È famoso nel giro, e pare che ci azzecchi sempre. Predice il futuro solo tre giorni prima e dopo un plenilunio, e ci prende soprattutto con le adolescenti e con gli uomini sulla sessantina."

Sentendo Ryōsuke in parte arrabbiato e in parte sollevato per essersi perso l'occasione di fare sesso a spese di Koto, scoppiai a ridere.

Stando al suo racconto, l'appartamento 402 era scarsamente illuminato, con una lampada o qualcosa del genere che emetteva una luce rossa. Lo avevano fatto accomodare in una stanzetta, una specie di reception dove era seduta una giovane. Era sicuro che si trattasse di quella con cui sarebbe andato a letto e aveva cercato di frenare l'entusiasmo. Poi però era arrivato l'uomo e gli aveva passato un foglio di carta chiedendogli di scrivere il proprio nome e la data di nascita. "Perché hanno bisogno del mio nome e della data di nascita per farmi fare sesso con una donna?" si era chiesto, concludendo che fosse più saggio scrivere informazioni false. Forse perché è onesto per natura, o perché ha scarso spirito di iniziativa, davanti all'uomo non era riuscito a inventarsi un nome e una data di nascita. Preso dal panico, aveva scritto il nome e la data di nascita di Naoki. A questo punto l'uomo lo condusse verso una stanza appartata. C'era un tavolo con sopra un cristallo e cinque o sei gatti ai suoi piedi.

"Quindi? Vuoi dirmi che hai pagato ventimila yen per farti fare l'oroscopo di Naoki?" domandai trattenendo a stento le risa.

"Proprio così! Non ho potuto dire di no. Cosa gli avrei potuto dire? 'Tira fuori la ragazza!'?"

Dal pallore di Koto intuii che si era pentita di aver sborsato di tasca propria ventimila yen per un indovino. "Non ci pensare, ormai non li recuperi più," la consolai. Ma non erano i soldi, bensì qualcosa di diverso, a indignarla.

"Quindi il fatto che quel vecchiaccio laido giri qui intorno significa che la politica giapponese si decide nell'appartamento qui accanto?"

"Potrebbe... anche essere così. Il che farebbe del nostro vicino una specie di Rasputin."

Ryōsuke era visibilmente dispiaciuto di aver sprecato parte delle misere finanze di Koto e non si lasciò sfuggire l'occasione di cambiare discorso, spostando l'attenzione di Koto dai ventimila yen alla politica giapponese. A me tutta quella storia sembrava ridicola e me ne andai. In soggiorno, Ryōsuke aveva cominciato a parlare della caduta dell'Impero russo.

Tornando dal lavoro mi fermai in una tipografia per ritirare le stampe di alcuni miei disegni e, come al solito, uscii lamentandomi della carta e dei colori, che non erano quelli che avevo richiesto. Perché i ragazzi che lavoravano part-time in quella tipografia facevano sempre, e dico sempre, l'opposto di quello che chiedevo?

Arrivai a casa con l'umore sotto i piedi e ci trovai, per la prima volta dopo parecchio tempo, Misaki. Si era fermata dopo il lavoro, infatti aveva ancora indosso il tailleur, e si stava intrattenendo con Koto e Satoru in soggiorno.

Erano tutti presi dal solito concorso per il nome della strada. La scadenza era fissata per il giorno successivo.

"Sei già tornata? Ero sicura che saresti prima andata a bere," mi disse Misaki.

Mi lasciai cadere sul divano. Satoru era seduto accanto a me. Mi mostrò due fogli di carta, uno con su scritto "K-Road" e l'altro con "Fernando Boulevard", e io diedi un colpetto al secondo con il dito e domandai: "Perché Fernando?".

"È il nome di un poeta portoghese che piace a Misaki," spiegò Satoru.

"Ma perché uno dovrebbe dare il nome di un poeta che ti piace a una strada di Karasuyama?" chiesi un po' seccata, al che Misaki borbottò: "Satoru ha detto che andava bene qualsiasi nome".

Ero sicura che fosse la prima volta che si incontravano, ma tra loro c'era una tale sintonia da farli sembrare fratello e sorella.

Presi la lista di nomi improbabili che si erano inventati e domandai: "Naoki sa che sei qui?".

"L'ho chiamato poco fa al lavoro. Dovrebbe essere qui a momenti."

"Ti fermi per la notte?"

"Pensavo di fermarmi, ma ho visto che il divano è occupato da Satoru." Non sembrava che le desse fastidio.

"Non preoccuparti per me, se si tratta di una notte posso andare da qualche altra parte," disse Satoru.

"Perché non dormi nella stanza di Ryōsuke?" gli suggerì Koto.

"Non se ne parla, in quella stanza proprio no," disse Satoru in modo categorico.

"E perché?"

"Ryōsuke si rigira nel letto in continuazione e Naoki parla nel sonno. È troppo rumorosa."

"Più che rumorosa la definirei inquietante," disse Misaki ridendo.

Koto, di fronte a me, inclinava la testa cercando di leggere quanto era scritto sul retro del foglio che tenevo in mano, così lo girai e vidi che era un comunicato ufficiale relativo agli episodi di aggressione a giovani donne che si erano verificati nel quartiere. Diceva: "Fate attenzione quando camminate da sole di notte!".

C'era disegnata una mappa dei dintorni della stazione, con delle X a indicare i luoghi delle aggressioni. Quando i poliziotti erano passati, pochi giorni prima, le vittime erano solo due, mentre sul foglio erano segnate tre X.

Misaki me lo prese di mano e disse: "Li distribuivano fuori dalla stazione. È una brutta storia, tu e Koto dovete fare attenzione".

"La cosa più inquietante è che dell'aggressore non si sa nulla. In effetti se ti prende alle spalle all'improvviso non hai il tempo di guardarlo in volto."

Strappai il foglio dalle mani di Misaki e dissi: "Ah, sì! Ho sentito che la terza vittima lavora in quel karaoke, avete presente quello di fronte al supermercato Seiyū?".

Mi venne in mente che Koto e io una volta ci eravamo andate. "Te lo ricordi? La ragazza alla cassa che doveva darci duemila yen di resto ma per sbaglio ce ne stava dando ventimila?"

Koto non sembrava granché interessata. "Ah sì? Non me lo ricordo."

"Come lo sai?" chiese Satoru.

"È stato il ragazzo che lavora al negozio di *bentō* a raccontarmelo."

Da quanto diceva, la vittima della terza aggressione aveva riportato le ferite più gravi. Fu trovata priva di sensi e con il volto sfigurato, come se qualcuno avesse preso gli occhi, il naso e la bocca e glieli avesse spostati da una parte all'altra. Nelle vicinanze fu rinvenuto anche un sasso sporco di sangue.

Nel bel mezzo del mio racconto, Satoru annunciò all'improvviso che doveva farsi una doccia prima di andare a lavorare e sparì in bagno.

"Quindi lavora?" chiese Misaki.

"Sì," le risposi.

"E che lavoro può mai fare a quest'ora?"

"Penso che lavori in un bar o qualcosa del genere," rispose Koto.

"In un bar? Alla sua età?" ribatté Misaki strabuzzando gli occhi.

"A diciotto anni puoi lavorare nei bar, no?" fece Koto.

"Eh? Ha già diciott'anni?"

"Quanti anni pensavi che avesse?" chiesi io.

Misaki lanciò un'occhiata verso il bagno. "Ero sicura che non avesse più di quindici anni."

"Se pensavi che avesse davvero quindici anni, ti saresti dovuta chiedere innanzitutto perché vivesse qui, non perché lavorasse in un bar."

"Non hai tutti i torti," concluse Misaki con un sorriso.

Mi svegliai nel cuore della notte con un brutto presentimento. Tirai su le coperte e chiusi gli occhi, ma non riuscii a riprendere sonno. Ai piedi del letto sentivo il respiro regolare di Koto.

Mi alzai e aprii piano la porta. Le tende del soggiorno lasciavano filtrare la luce dei lampioni, che illuminava il volto pallido di Misaki addormentata sul divano. "Non rientro stanotte," le aveva detto Satoru. "Il divano è tutto tuo." E in effetti lui non c'era.

Dopo che Satoru era uscito, avevamo aspettato che Naoki tornasse dal lavoro per andare tutti a mangiare *yakiniku*. Ci rifocillammo di cibo e alcol, poi tornammo a casa e trovammo Ryōsuke, che nel frattempo era rientrato. Mangiammo le fragole che avevamo comprato sulla via del ritorno, bevemmo vino fino all'una, facemmo la doccia a turno e alla fine andammo a letto.

Nella penombra del soggiorno mi sedetti accanto a Misaki, che dormiva profondamente, e presi il foglio con i nomi di strade pensati da Koto e Satoru. Il pensiero che mi aveva attraversato la mente poco prima non era campato in aria. La prima aggressione, verificatasi vicino ai binari della linea Keiō, quando una donna di ventidue anni era stata sorpresa alle spalle da un uomo che l'aveva colpita con un pugno al volto, risaliva a due mesi prima.

Con il foglio stretto tra le mani uscii dal soggiorno per non svegliare Misaki e aprii la porta della camera dei ragazzi. Ryōsuke, a furia di rigirarsi nel sonno, come suo solito, questa volta non si era solo ritrovato fuori dal *futon*, ma era rotolato fino alla porta ed era proprio davanti ai miei piedi. Lo scavalcai ed entrai. Naoki, rannicchiato nel suo letto, aveva il respiro profondo, quasi russava. Lo guardai in viso e gli diedi un leggero buffetto.

"Oh," disse con la voce assonnata, poi mi guardò sorpreso. "Che... Che vuoi?"

"Guarda qui," gli dissi, tirando il cordoncino della lampada al neon. Una luce così debole non avrebbe certo svegliato Ryōsuke. Naoki sbatté le ciglia e prese il foglio.

"Che cos'è?"

"Guarda le date. Non noti niente?"

Il volto di Naoki si irrigidì.

"Le date?"

"Guarda, la prima aggressione si è verificata quasi due mesi fa."

"Due mesi fa?"

"Esatto. Proprio quando Satoru è venuto ad abitare qui da noi."

"Satoru? Aspetta un attimo. Non è arrivato dopo?"

"Sei sicuro?"

"Certo. Diamine, ma che ti prende? Nel cuore della notte poi." Così dicendo tirò su le coperte e chiuse gli occhi.

Pensandoci bene, la sera del terzo attacco, cinque giorni prima, ero stata sempre con Satoru. Il negozio era chiuso e, dopo aver visitato una mostra di arte buddhista tibetana a Shibuya, lo avevo portato a bere nonostante non avesse voglia, non solo fino alle tre, l'ora dell'aggressione, ma addirittura alle quattro. Ero certa che si trattasse di quella sera.

Un po' imbarazzata spensi la luce senza dire niente e uscii dalla camera dei ragazzi. Stavo attraversando il soggiorno quando Misaki, che credevo immersa nel sonno, si mise a ridere. "Cos'è? L'effetto dei romanzi di Yamamura Misa?"

Colta di sorpresa, mi bloccai. Poi dissi: "Mai letto niente".

"La vita reale non è come i thriller del martedì sera, dove la gente si ritrova sempre coinvolta in qualche delitto. O vuoi accusare Satoru di essere il colpevole per sbatterlo fuori di qui?"

Così dicendo, Misaki si girò dall'altra parte e tornò a dormire.

La mattina successiva Misaki, visibilmente su di giri, disse che voleva fare un picnic, tirò giù dal letto Ryōsuke e Naoki e decidemmo di andare al parco di Kinuta. Era da molto tempo che non stavamo tutti insieme e speravo che Koto si unisse a noi, ma lei preferì restare a casa ad aspettare che rientrasse Satoru. La scusa fu: "Non voglio prendere troppo sole". Le chiedemmo di dire a Satoru di raggiungerci se fosse rientrato prima di mezzogiorno e salimmo a bordo di Momoko. Erano secoli che non mi prendevo una domenica libera al lavoro.

Al parco, sotto un bel cielo azzurro, le famiglie sedevano su teli stesi sul prato verde brillante, i bambini ci correvano intorno. Prima ancora dell'ora di pranzo, Ryōsuke e Naoki fecero fuori in men che non si dica metà dei panini che Koto aveva preparato per noi.

Ci stendemmo per un po' su un tappetino, poi Misaki e Ryōsuke cominciarono a giocare a palla con una coppia di gemellini che per sbaglio l'aveva lanciata vicino a noi. I gemelli, vestiti nello stesso modo, correvano avanti e indietro tra Misaki e Ryōsuke, ridendo di gusto. Naoki, steso accanto a me sul tappetino, li guardava.

"Non hai raccontato a nessuno quello che ti ho detto la scorsa notte, vero?" gli domandai.

"La scorsa notte?"

"Sì, di Satoru che poteva essere il colpevole..."

Naoki si voltò a guardarmi, poi disse con tono derisorio: "E perché dovrei?".

"Non lo so, ho uno strano presentimento. So che non è colpevole, ma c'è qualcosa che non mi torna in questa storia."

"Che cosa?"

Naoki si alzò sui gomiti e si versò dal thermos un bicchiere di tè jasmine che aveva preparato lui stesso.

"Non lo so, ma c'è ancora qualcosa che non mi spiego."

"Cosa?"

"Te l'ho detto, non lo so!"

"Ti rendi conto però che sei stata tu a portarci in casa Satoru per prima?"

"Sì, questo è vero."

Se qualcuno ci avesse chiesto che tipo fosse Satoru, Koto probabilmente avrebbe risposto così: "Non è uno che ama imporsi. In lui c'è un che di remissivo, che mi fa pensare che possa venire da una famiglia benestante. Qualsiasi cosa gli proponga, che sia il *pachinko*, il karaoke, il bowling, davvero qualsiasi cosa, non dice mai di no. Ma niente sembra mai divertirlo. Sta lì, in attesa, con l'aria annoiata, finché non gli propongo di tornarcene a casa. Poi gli chiedo se si è annoiato e lui risponde 'No', ma quando gli chiedo se si è divertito mi dà la stessa risposta: 'No'. A quanto ne so, i suoi genitori sono molto innamorati e lui ha sempre ricevuto parecchie attenzioni, quindi forse non ha mai desiderato veramente qualcosa. Forse le persone che hanno avuto sempre ciò di cui avevano bisogno vengono su così, remissivi come Satoru".

Poi c'era Ryōsuke, che secondo me avrebbe dato questa risposta: "È giovane ma non ha nessuna ambizione. Guardate me: vado all'università, ho un lavoro part-time, esco con gli amici, ci provo con la ragazza del mio *senpai*, lavo Momoko, non ho mai un minuto libero. Satoru invece spreca venti ore al giorno. Ma penso che il motivo per cui non ha alcuna ambizione è che i tipi con cui se la fa lo influenzano negativamente. La maggior parte di loro non ha un lavoro fisso, nessuno di loro sa bene che direzione prendere, e anche lui è diventato così. C'è chi dice che se ti dai da fare te la puoi cavare in qualsiasi circostanza, ma io non me la bevo. Uno può darsi da fare, ma se sta in mezzo al fango non riuscirà a rimettersi in piedi. Satoru ha bisogno di qualcuno che lo tiri fuori dal fango".

Koto e Ryōsuke si erano fatti la loro idea di Satoru, che corrispondeva al Satoru che *loro* desideravano avere accanto. E io penso che Satoru, che era molto più navigato di entrambi, lo avesse capito e, con discrezione, facesse credere loro di essere proprio come se lo immaginavano. Naturalmente anche Koto e Ryōsuke recitavano una parte. E lo stesso valeva per me e per Naoki. Era così e basta, come dire? Satoru era un grande attore in una compagnia di attori di media caratura, un grande spettatore in una platea di spettatori medi. Uno che non potevi capire fino in fondo, che cercavi di sfiorare senza riuscirci... Come il riflesso di una pozzanghera in mezzo all'acqua, per me lui era così.

Misaki e Ryōsuke continuavano a giocare a palla con i gemelli sul prato davanti a me.

"Naoki, che pensi di Satoru?"

"Che vuoi dire?" Naoki si rigirò sul tappetino, aveva dei fili d'erba attaccati sul viso.

"Che tipo di ragazzo è secondo te?"

"Un ragazzo normale."

"Davvero?"

"Dove vuoi arrivare?"

"Ecco... Ho la sensazione che Satoru non sia il tipo di persona che credono Ryōsuke e Koto. Non è come lo immagini tu né come lo immagino io."

Prima ancora che finissi la frase, Naoki si era girato dall'altra parte, con aria annoiata, e con gli occhi socchiusi guardava il sole che filtrava attraverso le nuvole.

"Mi sembra una cosa abbastanza naturale."

"Come?"

Gli diedi un calcetto sul fianco e lui lentamente si mise a sedere, strofinandoselo. "Il solo Satoru che conosci è quello che conosci tu."

"Che vuoi dire?"

"Voglio dire che conosci solo il Satoru che conosci. Vale anche per me, conosco solo il Satoru che conosco io. E Ryōsuke e Koto-*chan* conoscono solo il Satoru che conoscono loro."

"Non sto capendo un bel niente."

"Nessuno conosce il Satoru che conoscono tutti gli altri. Quel Satoru non esiste."

Naoki tirò fuori un sandwich BLT dal cestino e lo addentò con gusto, sporcandosi le labbra di ketchup.

"Aspetta un attimo, era quella la tua conclusione? È incomprensibile."

"Sai cos'è il multiverso?

"Mai sentito. Cos'è?"

"Sai cos'è l'universo, giusto?"

"Certo."

"Il multiverso è un insieme di universi."

"D'accordo..."

Ero lì lì per chiedergli "Quindi?", ma mi trattenni, perché ebbi l'impressione di aver capito dove volesse arrivare.

Alcune volte mi capita di sentire quello slogan simil-umanitaristico che dice "In questo mondo ognuno è una stella". Se così fosse, allora ognuno di noi sarebbe la stella di questo mondo, che sarebbe come dire che nessuno lo è per davvero. Così il mondo sarebbe davvero un posto egualitario, simile al nostro appartamento. Ma perché nessuno sia la stella avremmo bisogno di un mondo in cui chiunque possa esserlo. No… Niente, non ci arrivo.

Steso sul tappeto, con la bocca spalancata, Naoki disse: "I denti del giudizio mi premono fortissimo contro le gengive in questi giorni".

Avevo la lingua rossa, come seccata dal sole. Misaki, Ryōsuke e io gli dicemmo: "Fammi vedere", e a turno gli guardammo in bocca. Si vedeva qualcosa di bianco che spuntava in mezzo alle gengive.

"Ti fa male?"

"Ogni tanto."

Misaki gli infilò un dito in bocca e premette la guancia dall'interno. Improvvisamente mi ricordai che quei due erano stati insieme.

Ora che ci penso, quando Ryōsuke andò in incognito nell'appartamento 402 e si fece fare l'oroscopo di Naoki, l'indovino gli disse: "Nutri un forte desiderio di cambiamento… Cerchi di cambiare e lotti contro il mondo". Guardandolo lì, disteso sull'erba del parco di Kinuta, con la bocca spalancata come un babbeo, il pomo di Adamo in bella vista, non riuscivo a immaginare quale fosse il mondo contro cui stava lottando, ma di sicuro era impegnato in una battaglia: quella con i denti del giudizio.

Dopo il consulto, il nostro vicino Rasputin disse: "Se distruggi questo mondo ne troverai un altro uguale, ma più grande. Nella tua lotta contro il mondo, il mondo è un passo avanti a te".

Accompagnandolo alla porta, disse poi a Ryōsuke: "Se ti interessa, la prossima volta posso predirti il tuo, di futuro". La predizione era un po' troppo fumosa perché potessimo capirci qualcosa, ma a giudicare da come aveva inquadrato Ryōsuke, forse in fondo quell'indovino non era un impostore.

Kokubo Satoru

La stanza era in ordine. La posizione del cuscino era insolita, ma il letto era fatto e i mazzetti di lavanda essiccata attaccati alle pareti emanavano un buon profumo. Un paio di collant color carne, forse smagliati, erano abbandonati sul letto e una gamba era scivolata sul pavimento in legno. Si sentiva profumo di pane tostato e burro, forse la colazione che aveva consumato prima di uscire. Un monolocale come tanti, con le pareti bianche e il pavimento in legno.

Mi guardai intorno, attraversai il corto corridoio che portava all'ingresso, girai la chiave e posai le mie scarpe da ginnastica accanto alle décolleté nere.

La sera precedente si era presentata a casa Misaki, l'ex ragazza di Naoki. Un nuovo membro del gruppo di persone che giocano a fare gli amici. Una matta che se ne esce con "Fernando Boulevard" come nome per una strada e che, a quanto mi dicono, all'inizio viveva in quell'appartamento insieme a Naoki. Uno studente smidollato. Una disegnatrice freelance a cui piace uscire con ragazzi gay. Un salutista fissato con il jogging. Se non li avessi incontrati lì, non avrei mai avuto niente a che fare con personaggi del genere. Anche se stare con loro si rivelò più divertente di quanto potessi immaginare.

E così quella sera cedetti il divano a Misaki. Dopo le dieci andai a Shinjuku e, come sempre, presi dello speed in un bagno pubblico insieme a Makoto e poi, ormai fatti, ci recammo nel parco. Non trascorsero neanche cinque minuti che un tipo, uno che tirava fuori la lingua come una lucertola, si prese Makoto, e io pensai che quella sera mi sarebbe andata male, invece poi arrivò Silvia, una cliente abituale. Per qualche strana ragione, da quando abitavo in quell'appartamento non avevo più grande fortuna con i clienti.

Silvia, che in quel periodo prendeva parecchi ormoni ed emotivamente era piuttosto instabile, mi portò nel suo appartamento dove feci ciò che mi chiedeva e poi, poco prima dell'alba, mi addormentai. Mi svegliai alle undici, pranzai con un pacchetto delle sue barrette Calorie Mate e uscii. Ero vicino alla stazione di Hatagaya quando vidi una ragazza uscire da un condominio di lusso, uno di quelli con il portone di ingresso automatizzato. Di profilo somigliava a Koto-*chan*. Controllò il contenuto della cassetta della posta, su cui era scritto il numero del suo appartamento, gettò un sacchetto di spazzatura e si incamminò verso la stazione.

Comprai un hot dog e del latte al *konbini*, poi mi sedetti su un guardrail a osservare il condominio. Quando un ragazzo, forse uno studente, uscì, mi infilai all'interno un istante prima che il portone si chiudesse. Salii al settimo piano e, con il cavetto d'acciaio che mi porto sempre dietro, in meno di due minuti forzai la serratura dell'appartamento della ragazza ed entrai.

Nel bel mezzo della stanza c'era un tavolo basso. La ragazza somigliante a Koto doveva aver preso del tè prima di uscire, perché sul tavolo c'era una tazza con qualche goccia della bevanda sul fondo. La sollevai con cura e la portai nel cucinino. Aprii il rubinetto facendo in modo di non far schizzare l'acqua fuori dal lavello, lavai la tazza e ci versai dell'acqua calda da un bollitore. Era quasi vuoto, infatti mi arrivarono degli schizzi bollenti sulle dita e feci un gridolino che mi ricordò quelli di Silvia la notte precedente, lasciandomi interdetto.

Trovai delle bustine di tè Lipton sopra il frigorifero. Ne immersi una nell'acqua calda muovendola avanti e indietro. Da trasparente si tinse di un rosso torbido e poi cominciò a emanare un profumo dolce.

Pensandoci bene, nel nostro appartamento nessuno beveva tè. Koto-*chan*, Mirai e Ryōsuke preferivano il caffè, mentre quel fanatico salutista di Naoki beveva alcolici ma disdegnava caffè e sigarette definendoli "i piaceri del demonio".

Lasciai la tazza di tè nel lavello e andai nella zona notte. Guardai fuori attraverso le tende rosa pallido e vidi i grattacieli di Shinjuku in lontananza e, proprio di fronte a me, la tangenziale. Ryōsuke una volta mi aveva detto che la distanza tra Chitose Karasuyama e Shinjuku era di circa dieci chilometri. Sapevamo che nel suo giorno libero, Naoki andava in treno fino a Shinjuku e ritornava correndo.

Da quell'appartamento al settimo piano si vedeva chiaramente la tangenziale intasata dal traffico. I doppi vetri, però, isolavano dai rumori esterni. Era come se il suono fosse stato cancellato dalla città.

Sulle parti in legno degli infissi c'erano delle figurine dei sette nani di Biancaneve. Contandole, però, mi accorsi che erano soltanto sei. Pensai che forse ero stato io a far cadere il settimo e controllai di non averlo sotto i piedi, poi sotto il letto, ma niente: il nano scomparso non si trovava.

Presi uno dei nani, con il suo berretto arancione, e lo guardai con la città alle spalle. Sovrastava i grattacieli e le torri in acciaio, proprio come Godzilla. Le facciate di mattoni dei palazzi, le insegne di Takefuji: il nano li dominava tutti, li schiacciava sotto i piedi.

Vicino al letto c'era una sveglia. La sollevai e vidi che era stata regolata perché suonasse alle dieci. La feci suonare spostando l'orario alle due e una vocina ripeté "Sveglia! Sveglia!" finché non la sostituii con il "Bau! Bau!" di un cane. Mi scappò un sorriso, quindi riportai l'orario alle dieci e la misi dov'era prima.

Appoggiai sul tavolo l'hot dog e il latte che avevo comprato al *konbini*. Il commesso doveva averlo riscaldato più del dovuto perché il latte era rappreso. Diedi un morso e il grasso dolciastro della carne mi scivolò in gola.

Su un televisore da quattordici pollici era appoggiata una macchina Polaroid. Presi l'hot dog con una mano sola, presi la Polaroid con l'altra e guardai la stanza intorno a me nel mirino. Sembrava più grande che a occhio nudo. D'improvviso ebbi la sensazione che ci fosse qualcuno fuori dalla visuale dell'obiettivo e mi affrettai ad allontanare l'occhio dal mirino. Naturalmente non c'era nessuno lì con me. Quel qualcuno l'avrei trovato sulla venticinquesima foto di un rullino da ventiquattro, sulla trentasettesima di un rullino da trentasei.

Vicino al televisore c'era il sacchetto di un videonoleggio, la stessa catena che aveva un negozio a Chitose Karasuyama. Sbirciai e vidi che conteneva *La Pantera Rosa 2*. Ne avevo sentito parlare ma non l'avevo mai visto.

Inserii la cassetta nel videoregistratore, accesi la tv e abbassai subito il volume. Mi misi a sedere sul letto, allungai le gambe e mi preparai a godermi il film. In una specie di museo c'era una guida araba con dei baffoni posticci che parlava a un gruppo di visitatori di un diamante tutto luccicante dai riflessi azzurri. Alzai il volume giusto un po'.

"Fino dalla dinastia di Akbar il Magnifico è da oltre mille anni simbolo religioso della nostra nazione: la Pantera Rosa, il più grosso e più famoso diamante del mondo. Insostituibile, il suo prezzo non può essere valutato in termini monetari."

"Il museo non ha paura che qualcuno lo rubi?" chiede una signora del gruppo. La guida avvicina lentamente la mano alla teca dove è contenuto il diamante. Un allarme assordante suona immediatamente e pesanti cortine di acciaio chiudono le finestre del museo.

"Perché si chiama Pantera Rosa?" chiede ancora la donna.

La guida, con aria superba, risponde: "Se la si guarda alla luce sotto una certa angolazione si vede chiaramente l'immagine di una pantera rampante".

Mentre la guida pronuncia questa frase, la telecamera zooma sul diamante e parte la famosa colonna sonora, che avevo già sentito prima, con il cartone animato di una pantera rosa che comincia a ballare.

Proprio in quel momento squillò il telefono. Mi affrettai a spegnere la tv. Il telefono squillò cinque volte, poi entrò in funzione la segreteria. Mentre partiva il messaggio registrato mi resi conto che non avevo nulla da temere e mi rilassai sul letto. Una vocina femminile lasciò il suo messaggio.

"Ciao, sono Maki. Scusa se sabato scorso ti ho dato buca alla festa con Takahashi e gli altri. Sicuramente sei in pausa pranzo, quindi ti volevo chiamare al lavoro o sul cellulare, ma sai quanto sono vigliacca, avevo paura che ti arrabbiassi e quindi ti ho chiamata a casa. Se ascolti questo messaggio e pensi di potermi perdonare, chiamami stasera, mi trovi a casa. Ma se invece ti arrabbi ancora di più, allora no, ho troppa paura: non mi chiamare, ti prego. Fai veramente paura quando ti arrabbi..."

Senza neanche rendermene conto, mi ero accovacciato come un gatto, con la faccia attaccata al telefono. La lucetta rossa che indicava la presenza di messaggi lampeggiava.

"Ah, e poi vorrei vedere il video di Hong Kong, me lo puoi prestare? Cerca di non registrarci sopra uno spettacolo degli SMAP, come hai fatto con quello delle Hawaii. Devi sempre impostare il dispositivo di sicurezza per bloccare la sovrascrittura."

A questo punto suonò il segnale e la chiamata terminò.

Pensando che avrebbe richiamato, rimasi lì con il sedere in su come un gatto, ma il telefono non squillò più.

Guardai lo scaffale con le videocassette e ne vidi una con l'etichetta *Hong Kong 2001* proprio accanto al VHS di un concerto dei Dragon Ash. Estrassi la *Pantera Rosa* e infilai l'altra nel videoregistratore. Dopo un po' di sfarfallio, sullo schermo comparve la stanza in cui mi trovavo. Per un attimo fui tentato di correre fuori. Era come se qualcuno avesse nascosto da qualche parte una telecamera che all'improvviso si era messa a riprendere la stanza. Ma quella del filmato non era la stanza nel momento in cui c'ero io. Nel punto in cui ero accovacciato c'era una grande valigia.

La ripresa si spostò sulla veduta fuori dalla finestra, quindi verso il cucinino. La ragazza che poco prima era uscita dall'appartamento, quella che somigliava a Koto-*chan*, stava lavando i piatti. Aveva i capelli raccolti in un asciugamano, segno che forse si era appena fatta la doccia, e lo spazzolino in bocca.

Per essere sicuro, guardai in direzione del cucinino ma non c'era nessuna ragazza con i capelli raccolti in un asciugamano.

Alzai il volume perché mi sembrava che la ragazza dietro la cinepresa stesse parlando. Arrivato a sedici, sentii finalmente cosa stava dicendo.

"Non c'è tempo, lascia stare i piatti e asciugati i capelli, piuttosto."

La ragazza che somigliava a Koto-*chan* continuava a lavare i piatti, guardò verso la telecamera e borbottò, sempre con lo spazzolino in bocca: "Mi passeresti quel bicchiere sporco?". Con un dito insaponato indicò il tavolo e istintivamente lo seguii con lo sguardo. Inutile a dirsi, sul tavolo non c'era alcun bicchiere sporco.

Continuando a guardare il filmato capii che la ragazza che somigliava a Koto-*chan*, quella che lavava i piatti, si chiamava Yūko, mentre dietro la cinepresa c'era Maki, cioè l'amica che aveva telefonato poco prima. Dopo aver portato il bicchiere nel cucinino, Maki continuò a riprendere le mani di Yūko che insaponavano le stoviglie.

Più guardavo e più mi sembrava che Yūko e Maki fossero davvero lì con me. Voltandomi avrei potuto vedere Yūko vicino al lavello e Maki che la filmava. Invece vedevo soltanto la tazza piena di tè che non avevo ancora bevuto.

Cinque minuti dopo la scena cambiò e di punto in bianco non erano più nell'appartamento, ma nel mezzo di una scena notturna a Hong Kong. Poiché mi ero stancato di guardare il filmato da solo, presi i nani e li disposi uno accanto all'altro sul tavolo in direzione della tv. La ripresa era stata fatta dalla finestra ai piani alti di un albergo, ed era il tipico panorama notturno di Hong Kong che si vede alla tv o sulle cartoline, con l'acqua del porto increspata dalle onde.

La cinepresa girò su se stessa ed ecco la ragazza che somigliava a Koto-*chan* sdraiata sul divano in una stanza d'albergo. Aspettai per un po', pensando che avrebbe detto qualcosa, invece la scena si interruppe. "Ha pure il coperchio!" fu l'audio della scena successiva, girata in un mercato pieno di cartelli appariscenti, ma anche quella era tagliata. Le altre scene erano tutte molto brevi e in nessuna di esse Yūko e Maki sembravano particolarmente entusiaste. Al contrario, a un certo punto si sentì una delle loro voci dire, con tono apatico, e con una veduta di Hong Kong sullo sfondo: "Sono esausta. Che ne dici di fare una sosta in albergo?". E così anche quella scena si interruppe.

Mi stavo annoiando e feci andare avanti il video. Le vedute di Hong Kong si rincorrevano veloci sullo schermo e quando arrivai al ventiquattresimo minuto tutto era diventato nero. Poi cominciò una nuova scena, con Yūko in biancheria intima. Mi affrettai a premere Play. Si trovavano nella stessa stanza che avevo visto all'inizio del filmato. Riavvolsi fino a un certo punto e ripresi a guardare: Yūko, in biancheria nera, uscì dal bagno dicendo "Ehi, non mi riprendere!", poi si coprì con un abito rosso brillante che si trovava sul divano.

"Ti sta benissimo, quant'è che l'hai pagato?" disse la voce di Maki.

Yūko mormorò qualcosa che non riuscii a sentire. Coperta dall'abito, Yūko si avvicinò all'obiettivo come se volesse uscire dallo schermo e mettersi davanti a me. L'intera scena si tinse di rosso e poi, quando si avvicinò ancora, di nero. Yūko si girò lentamente, piazzò il sedere davanti alla telecamera e andò verso il letto. Non riuscivo a staccare gli occhi dallo schermo. Senza accorgermene, avevo fatto cadere due nani dal tavolo.

Il video di Hong Kong terminò così. Continuai a mandarlo avanti, ma non c'era altro. Riavvolsi fino alla scena di Yūko in biancheria intima. Misi in pausa nel punto in cui l'obiettivo era puntato sul suo didietro. Le mutandine nere le stringevano la carne. Forse perché il video era in pausa, i glutei mi sembrarono tremolanti.

Mi stesi sul letto di Yūko facendo attenzione a non spiegazzare le lenzuola. Durante la notte Silvia aveva mi aveva spremuto fino all'ultima goccia, ciononostante stavo avendo una nuova erezione. Lo sentivo pulsare, premere contro i jeans come a volerli strappare. L'appartamento era sempre silenzioso. Non un suono, neanche dall'esterno. Soltanto il ticchettio della sveglia.

Tirai giù la zip e il pene saltò fuori. Presi la Polaroid dal tavolo e fotografai l'erezione. Il flash illuminò la stanza per un istante.

Una volta avevo chiesto a Ryōsuke come si regolasse con quelle operazioni. Divideva la stanza con Naoki, e nel soggiorno c'era sempre Koto-*chan*. Mi rispose: "Non devi dirlo a nessuno, è chiaro?", quindi spiegò: "Hai presente il parco dietro il palazzo? Vado lì e faccio tutto nei bagni". A suo dire, il fatto che non potesse nemmeno masturbarsi liberamente non costituiva un grosso problema per lui.

La sagoma del mio pene cominciò a delinearsi sullo sfondo nero della Polaroid. Si vedeva il cucinino in secondo piano. A differenza della foto, il pene si era afflosciato e lo rimisi negli slip. Guardai l'orologio: mi trovavo lì ormai da due ore.

Mi alzai dal letto e lisciai le grinze delle lenzuola. Spensi televisore e videoregistratore e rimisi al loro posto i VHS di *Hong Kong 2001* e della *Pantera Rosa*. Riattaccai i nani alla finestra, riposi ciò che restava del latte e dell'hot dog nel sacchetto del *konbini* e rimisi la Polaroid sulla televisione.

Il tè, che non avevo bevuto, si era raffreddato. Lo versai nel lavandino lasciandone qualche goccia sul fondo della tazza, che riposi sul tavolo.

Mi guardai intorno. Era tutto identico a quando ero entrato. La sola cosa diversa era la luce rossa della segreteria.

Avvicinatomi alla porta diedi un'altra rapida occhiata, ma non vidi nulla fuori posto. Al mio arrivo l'appartamento mi era piaciuto molto, ma dopo due ore mi aveva stufato. Non mi capita spesso di trovare posti dove resto volentieri per periodi lunghi.

Uscii dal palazzo cercando di non dare nell'occhio. Lungo la strada che portava alla stazione di Hatagaya mi venne voglia di chiamare il nostro appartamento, così mi fermai a un telefono pubblico e lo feci. Come prevedevo, fu Koto-*chan* a rispondere.

"Ah, sei tu," disse, con un malcelato tono di delusione.

"Dove sono gli altri?" domandai.

"Sono andati a fare un picnic al parco di Kinuta," rispose lei come se la cosa le sembrasse incredibilmente noiosa.

"Anche Misaki?"

"Sì. Misaki, Naoki e Mirai sono saliti a bordo di Momoko e Ryōsuke li ha portati tutti al picnic."

"E tu perché non ci sei andata?"
"Non voglio rischiare di prendere troppo sole."
"Che stai facendo adesso?"
"Niente di particolare. E tu? Dove sei?"
"A Hatagaya. Misaki resta a dormire da noi anche stanotte?"
"Ha detto che torna a casa sua. Ryōsuke doveva darle un passaggio prima di andare al lavoro."
"Allora mi sa che torno lì."
"Sì, vieni. Ci guardiamo qualche videocasetta."
"Qualche videocassetta? Che tipo di videocassetta?"
"Quella che vuoi, prendine una mentre torni."
"Non c'è niente che mi vada di vedere in particolare. Ah, senti, hai mai visto *La Pantera Rosa*?"
"*La Pantera Rosa*? No, non l'ho visto. Per me va bene. Stanotte lavori?"
"Stanotte? Quasi quasi mi concedo una pausa. Ieri forse ho esagerato con il lavoro."
"Allora prendine due di videocassette, ok?"
Ero sul punto di riagganciare quando Koto-*chan* urlò: "E prendi anche dei donuts al negozio vicino alla stazione!".

Ero stravaccato sul divano, con un plaid addosso, intento a spalmare marmellata alla fragola su un waffle scaldatomi da Koto-*chan*, quando Naoki entrò e disse: "Satoru, hai voglia di lavorare da me oggi?".

Ovviamente non avevo voglia, quindi risposi di no e diedi un morso al waffle. Koto-*chan* ne stava già sfornando altri.

"Dovresti andare," disse, così domandai a Naoki che cosa volesse farmi fare di preciso. La sua piccola casa di distribuzione cinematografica cercava semplicemente qualcuno che attaccasse etichette su alcune buste contenenti il volantino che annunciava l'anteprima del loro prossimo film. Un lavoro piuttosto semplice, ma poiché si trattava di diverse centinaia di buste, sicuramente non se la sarebbero cavata in un paio d'ore. Gli altri impiegati erano tutti alle prese con i preparativi per il Festival di Cannes e la compravendita dei diritti di nuovi film da distribuire, per cui non c'era nessuno che potesse dare una mano.

"In fondo oggi sei libero, no?" chiese Naoki addentando anche lui un waffle.

"Non lo so," risposi, ma in ogni caso non ero convinto che la fiacchezza degli ultimi giorni sarebbe svanita prima di sera.

Alla fine, incoraggiato da Koto-*chan*, feci una doccia e uscii con Naoki. Il treno era affollatissimo e all'arrivo a Yotsuya, dove si trovava il suo ufficio, ero esausto. Mentre eravamo a bordo, Naoki mi chiese: "Pensi che prima o poi lascerai il lavoro che hai adesso?". Non risposi e lui aggiunse: "Secondo me puoi lasciarlo tranquillamente, quello che non devi fare invece è restare in questa posizione ambigua. Dovresti sederti a un tavolo con il tuo capo e dirgli chiaramente come stanno le cose".

"E cosa dovrei dire al mio capo?"

"Che hai intenzione di smettere. Così avrà il tempo di trovare un sostituto, non ti pare?"

Evidentemente Mirai non aveva detto a nessuno che tipo di lavoro facessi. Afferrai una maniglia per evitare di cadere sotto il peso di un vecchio che mi stava appiccicato, e nel farlo mi tornarono in mente le facce di Silvia e di altri clienti.

"È il mio ultimo mese con voi, amici. La prossima settimana ci sarà una liquidazione, l'intero catalogo è a metà prezzo."

La casa di distribuzione di Naoki si trovava al sesto piano di un edificio che ospitava uffici. All'interno c'erano scaffali interi di contenitori metallici per pellicole, scatole piene di dépliant e volantini accatastate – davano l'impressione che, tirandone fuori una, sarebbero cadute tutte.

Naoki entrò in ufficio e il suo "Buongiorno!" filtrò fra gli scaffali. Oltre un divisorio su cui erano incollati vari fogli una voce chiamò "Sei tu, Ihara?". Era la voce di una donna matura e suonava piuttosto agitata.

"Buongiorno," ripeté Naoki affacciandosi dietro il divisorio. "Che ti prende?" Fino ad allora non avevo mai sentito il cognome di Naoki, Ihara.

"No, niente. Pare che riusciremo a intervistare Woody Allen," disse la voce nascosta quasi gridando.

"Mi prendi in giro? E dove?" Naoki mi fece cenno di avvicinarmi.

"A Monaco."

"A Monaco? Quando?"

"La settimana prossima. Sei libero? Momochi non può e Satoko e Micchan saranno a San Francisco... Che facciamo?"

Naoki l'ascoltò, quindi mi prese la mano e mi spinse dall'altra parte del divisorio. C'erano quattro scrivanie, tutte ricoperte di carte. Quella più in fondo era occupata da una signora di mezza età con degli occhiali dalla montatura vistosa. Era il capo della casa di distribuzione.

"Questo è mio cugino," disse Naoki. "L'ho portato così ci aiuta ad attaccare le etichette sulle buste degli inviti all'anteprima."

Poiché stava facendo le presentazioni, feci un leggero inchino in segno di saluto. A dispetto delle apparenze, la signora aveva un bel sorriso amichevole. "Ah, sì?" replicò. "Ottimo. Come ti chiami?"

"Satoru," risposi, affrettandomi poi ad aggiungere "Kokubo".

La signora e Naoki ripresero la loro conversazione. Nel piccolo ufficio non c'era nessun altro.

Sorseggiando il caffè che mi aveva preparato, mi sedetti a una scrivania vicina all'entrata e, sotto la direzione di Naoki, cominciai ad attaccare le etichette con gli indirizzi. Il film era

Ama, onora e obbedisci, con Jude Law, un attore molto apprezzato dai miei clienti in quel periodo. Oltre il divisorio l'accesa conversazione tra i due proseguiva, ripetutamente interrotta da squilli di telefono.

"Tocca a Momochi, no? Anche se mi pare che gli abbiano negato un'intervista esclusiva a New York..."

"Si è sentito più volte con il suo agente, ma in ogni caso hanno già cominciato a girare il nuovo film."

"Questo sì... Però vorrei comunque cercare di intervistare il regista," disse la signora.

"Capisco dove vuoi arrivare. Momochi mi ha chiesto di fare in modo che "Cut" ci pubblichi un pezzo nel prossimo numero, uno speciale su New York. Quindi sarebbe un colpaccio se riuscissimo a intervistare il regista. Ma perché a Monaco?"

"Questo mese il film viene proiettato in Europa, per questo è andato a Monaco e ci è rimasto in vacanza."

"Quanto credi che ci costerà il tutto?"

"Ci serviranno un autore e un fotografo, ma se possibile preferirei fare a meno dell'interprete."

"Una persona ci sarebbe. Hai presente Hanawa? Quello che ci siamo portati al Mifed? Parla un buon inglese."

Mentre parlava con il suo capo, Naoki sbrigò rapidamente le telefonate che ricevevano, alcune volte rispondendo in un inglese perfetto. Volevo vedere la sua espressione quando parlava in inglese e così sbirciai oltre il divisorio. Era seduto sulla sedia, appoggiato allo schienale e apparentemente rilassato, e quando mi notò fece un gesto con la mano per dire "Torna al lavoro!".

In tutta onestà, Naoki faceva un'ottima impressione. Per la prima volta in vita mia pensai che mi sarebbe piaciuto portare la cravatta. Mi chiesi se Mirai, Koto-*chan* e Ryōsuke lo avessero mai visto così. Mi tornò in mente il racconto di Ryōsuke che si fa fare l'oroscopo per lui. Era una storia insensata che aveva a che fare con una "battaglia con il mondo", una cosa che sul momento mi aveva fatto ridere, ma vedendolo lavorare ebbi davvero la sensazione che, diversamente da me, stesse lottando con un mondo enorme.

In ufficio c'erano un sacco di cose da fare. Dovetti spostarmi perché gli serviva spazio per aprire alcuni documenti, poi mi mandarono all'ufficio postale a spedire un po' di roba, e non riuscii a finire di attaccare le etichette prima delle due e mezzo.

Naoki disse che mi avrebbe offerto il pranzo e mi portò a mangiare *rāmen* in un posto lì vicino. Quando gli confessai che mi aveva fatto una buona impressione ne fu evidentemente lusingato e rispose: "Amo il cinema da quand'ero bambino e sono fortunato a potermi guadagnare da vivere con un lavoro che mi piace così tanto". Poi aggiunse: "Piuttosto, dimmi, tu che pensi di fare nella vita?".

La sua domanda, così improvvisa, mi colse di sorpresa e il boccone di riso fritto con pesce mi si fermò in gola. Era la prima volta dai tempi delle medie che qualcuno mi chiedeva cosa volessi fare nella vita. E non potevo certo gridare a gran voce cose del tipo: "Voglio fare il pilota! Oppure il medico!".

"Io?"

"Ti sarai fatto un'idea, no? Lavori in un bar, quindi magari pensi di aprirne uno tutto tuo prima o poi?"

"Uno tutto mio?"

Restai in silenzio e mi sembrò che Naoki stesse cercando di capire se fosse il caso di aggiungere qualcosa. Mi fissava.

"Che c'è?" gli domandai.

"Ecco... Niente." Era strano. Per un attimo ebbi la sensazione che non riuscisse a decidere se chiedermi come mi guadagnavo da vivere. Mirai probabilmente non gliel'aveva detto perché pensava che non l'avrebbero approvato.

La situazione iniziava a infastidirmi e tornai a chiedere a Naoki, che intanto mangiava i suoi spaghetti piccanti, che cosa volesse. "Niente," ripeté, ma sollevò subito gli occhi e guardò dritto nei miei.

"Non è che per caso tu..."

"Che stai cercando di chiedermi?"

"Sei scappato di casa?"

"Che cosa?"

"L'ho capito che sei scappato di casa, per questo passi la notte in posti diversi. Non so perché tu l'abbia fatto, ma penso che dovresti fare un colpo di telefono ai tuoi genitori. I genitori si preoccupano, sai? Se... Se non ci riesci, posso chiamarli io al posto tuo."

Guardai Naoki che mangiava i suoi *rāmen* e pensai che, nonostante quando eravamo insieme ci comportassimo da amici, lui restava uno stronzo di ventott'anni. Ma se da una parte lo trovavo ridicolo, dall'altra gli ero grato perché si preoccupava per me. Era una strana sensazione. Era come se, senza nemmeno rendermene conto, fossi diventato anch'io un membro di quel gruppo di amici per gioco.

In ogni caso gli dissi che non ero scappato di casa e lui replicò soltanto: "Sei sicuro?", per poi scolarsi la zuppa densa rimasta nella ciotola.

Però non dovevo ancora averlo convinto, perché mentre tornavamo in ufficio cominciò a raccontarmi di essere scappato anche lui di casa quando aveva quindici anni.

"Quindi anche quelli come te scappano di casa?"

"Che intendi?" ribatté ridendo.

Era stato d'inverno, poco dopo il suo quindicesimo compleanno. Il piano era di fare l'autostop, ma la sua pedanteria, unita al vento freddo, lo aveva fatto rinunciare al proposito di mettersi a bordo strada. Prese invece un treno diretto a Yatsugatake.

"E perché sei scappato?"

"Perché? Ma su, avevo quindici anni."

"Ti sembra un motivo valido? Non è mica una spiegazione."

"Dici? Pensavo che lo fosse."

Mi disse che se avevo finito di incollare le etichette potevo anche andarmene, ma per qualche motivo mi sembrò più giusto seguirlo in ufficio. Lo aiutai ad archiviare documenti e fare fotocopie fino alle sei circa, quando Momochi, un collega di Naoki più anziano di lui, ritornò.

Quella sera rientrai a casa sentendomi come pieno di energie, e incontrai Ryōsuke che proprio allora stava uscendo per andare a lavorare al ristorante.

"Stasera lavori?" mi domandò. "Posso darti un passaggio fino a Shinjuku." Gli chiesi di aspettare e telefonai a casa di Makoto, che però mi disse di non avere speed. "Stasera me la prendo di vacanza," dissi a Ryōsuke che stava infilandosi le scarpe all'entrata.

Dopo il lavoro sarebbe passato da Kiwako.

Accompagnandolo alla porta gli domandai: "Come vanno le cose con lei?", e lui rispose, tranquillo: "Non male".

"Non male? Allora non sei ancora sicuro di ciò che provi per lei," dissi ridendo.

"Basta sarcasmo."

"Ma è la verità."

"Odio quella parola."

"Quale parola?"

"Verità. Non c'è alcuna verità in tutta questa storia."

Così dicendo, Ryōsuke si avviò allegro verso il ristorante. Giorni prima, a Koto-*chan* che gli aveva domandato: "Quando tu e Kiwako siete insieme parlate mai di Umesaki?", lui aveva risposto con tono calmo: "Sì. In realtà quando siamo insieme non parliamo d'altro che di lui". Non so perché ma mi tornò in mente quel dialogo.

Koto-*chan* doveva essere uscita con Maruyama e Mirai non era ancora tornata. Mi sedetti sul divano del soggiorno e mi resi conto che era la prima volta che ero completamente solo in casa.

Non volevo ficcare il naso ma, come faccio sempre, andai nella stanza delle ragazze e cominciai ad aprire l'armadio e i cassetti della scrivania. Come sapevo già, le cose di Koto-*chan* erano tutte conservate all'interno di tre scatole di cartone allineate vicino al letto. Sulle pareti c'erano vari disegni di Mirai incorniciati. Giorni prima mi aveva fotografato per aiutarsi con i disegni, erano scatti del mio mento e delle orecchie, della schiena e dei fianchi, persino del mio sedere.

Aprii l'armadio e tirai fuori alcune scatole. In una c'erano maglioni invernali che Mirai aveva indossato fino a poco tempo prima, e quando ne presi uno bianco per guardarlo da vicino sentii qualcosa cadere. Sembrava una videocassetta. Era in sacchetto del *konbini* chiuso accuratamente con del nastro adesivo. Dovevo vedere di che si trattasse, quindi staccai delicatamente il nastro adesivo e ci trovai un normale VHS della Sony della durata di 120 minuti. Mi chiesi se fosse un porno. Tornai subito nel soggiorno e l'infilai nel videoregistratore.

Fui sorpreso nel vedere che l'immagine all'inizio era confusa. Non era un porno, ma un film normale. Restai per un po' a guardare senza riuscire a capire di quale film si trattasse, dopodiché la scena cambiò bruscamente e mi trovai di fronte un nuovo film. Poi un'altra scena ancora, e un altro stupro. Mandai avanti e vidi un'altra scena di stupro. Doveva aver fatto un montaggio di varie scene di stupro prese da diversi film.

"Ma che roba guarda?" borbottai, quindi spensi il videoregistratore. Forse anche quello le serviva per i suoi disegni. Guardando lo schermo bianco sentii un brivido corrermi lungo la schiena. Ebbi la sensazione che i disegni di Mirai appesi alle pareti della stanza emanassero un cattivo odore che arrivava fino in soggiorno. E si trattava, ne ero certo, di odore di sperma. Quell'odore forte che ti si attacca ai fianchi, allo stomaco, al torace, e tu ti lavi e ti lavi, ma non se ne va mai via.

Quando cominciai a stazionare al parco e ancora non avevo esattamente il polso della situazione, avevo l'abitudine di restare sdraiato accanto ai clienti dopo aver finito. Mi sembra incredibile che lo facessi. Parlavano delle cose più assurde. Il più delle volte si vantavano di essere stati molto popolari quando erano giovani. Uno di loro, invece, mi raccontò di un omicidio che aveva avuto luogo molti anni prima in un villaggio della campagna francese. Non riesco a ricordare che faccia avesse, ma per qualche strano motivo mi ricordo il suo racconto fin nei minimi dettagli.

Tanto tempo fa, in un villaggio ai margini della campagna francese, c'era un ragazzo di nome Pierre. La sua famiglia era composta da cinque persone: suo padre, che era un pusillanime, la madre e la sorella, diaboliche, e un fratello ancora in fasce. Pierre aveva l'abitudine di parlare con i cavoli nei campi, qualche volta ci discuteva anche, e capitava che li picchiasse con un bastone o con un ombrello. Amava profondamente quel suo padre così codardo. Sua madre, invece, disprezzava il marito. Sei un buono a nulla, uno smidollato, gli diceva, trattandolo quasi alla stregua di un asino. La malvagia sorella di Pierre prendeva le parti della madre. Pierre non sopportava il modo in cui madre e sorella trattavano suo padre.

Era un uomo che lavorava duramente e Pierre cercava di aiutarlo come meglio poteva. Il padre amava molto il fratellino di Pierre. La moglie e la figlia lo maltrattavano ma lui sopportava senza mai lamentarsi, lo faceva per il suo bambino. E anche Pierre, naturalmente, amava con tutto il cuore il suo fratellino.

La tragedia avvenne un giorno in cui il padre di Pierre era fuori per lavoro. Volendo liberare il padre da quell'inferno, Pierre uccise la madre mentre stava preparando la zuppa. L'accoltellò al collo e alla testa. La sorella cercò di scappare ma lui la uccise in giardino. L'accoltellò al volto e al collo mentre ancora stringeva tra le mani il filo del lavoro a maglia. Poi tornò in casa e accoltellò anche il bambino, alla schiena, nella sua culla.

Si diede alla fuga ma dopo un po' fu catturato. Quando il giudice gli domandò perché avesse ucciso quel fratellino che amava così tanto, Pierre, privo ormai di qualsiasi parvenza di emozione, rispose: "Temevo che se avessi ucciso solo mia madre e mia sorella, risparmiando il mio fratellino, il papà, se pure le mie azioni lo avessero spaventato, dopo la mia condanna a morte avrebbe provato rimorso nei miei confronti, dal momento che l'avevo fatto per lui. E così ho ucciso anche il bambino. In questo modo mio padre sarà felice di vedermi morire, la mia morte non gli procurerà tristezza, e la sua vita sarà più felice".

Per qualche motivo, dopo aver guardato la videocassetta di Mirai, ripensai a questa storia. E non riuscii a togliermi dalla mente l'immagine di Pierre che mi ero creato.

Accanto al letto di Mirai c'era una foto che la ritraeva abbracciata a Mariné Mama, tutte e due sorridenti e circondate da cinque o sei travestiti. Una notte io e Mirai bevemmo così tanto che lei non riusciva a stare in piedi. Mi feci aiutare da un travestito per prenderla in spalla, brontolando "Sei il peggio che mi potesse capitare", ma lei si limitò a urlare ancora, sovraeccitata, "Andiamo in un altro bar!".

Mi sedetti vicino al suo letto, con lo sguardo verso la fotografia, e mi domandai se potessi fare qualcosa per lei. Ma capii subito che non era possibile. Forse non potevo fare proprio niente per nessuno.

Tornai in soggiorno e proprio mentre cercavo di estrarre il VHS dal videoregistratore premetti per sbaglio il pulsante dell'altro alloggiamento. Ce n'erano due uno accanto l'altro, quello di Mirai e quello di Naoki. Quella che uscì fu la videocassetta della *Pantera Rosa* che avevo guardato con Koto-*chan* pochi giorni prima.

Non saprei dire come mi venne l'idea, fatto sta che, senza nemmeno rendermene conto, mi ritrovai a registrare la scena della danza della pantera sulle scene di stupro di Mirai.

Mandai indietro e premetti Play. Al posto degli stupri c'era la Pantera Rosa che danzava, la stessa scena a ripetizione. Qualche volta, però, subito dopo che aveva finito di danzare, compariva sullo schermo il volto contratto di una donna.

Quella notte andai al parco per la prima volta dopo molto tempo. La sera aveva piovuto e l'aria era calda e umida, quindi si lavorava bene. Al mattino avrei voluto prendere il primo treno, ma non avevo voglia di tornare a Chitose Karasuyama, quindi decisi di rimanere in una sauna a Kabukichō. Entrai nella sauna tre volte, ogni volta per sette minuti, mi strofinai bene con un panno, feci un bagno caldo, poi mi spostai nella sala relax per dormire.

Un ragazzo addormentato in un angolo mi svegliò russando e lasciai la sauna prima di mezzogiorno, entrai in un Lotteria e ordinai un burger ai gamberi. Le sale cinematografiche della zona stavano per iniziare le proiezioni e il locale era pieno di gente che cercava di rifocillarsi prima dei film. C'era un posto libero al bancone, quindi presi il mio vassoio e mi ci andai a sedere. Accanto a me c'erano due uomini di mezza età che masticavano i loro *teriyaki burger* e intanto si lamentavano: "Quando mangio questa roba poi mi viene il reflusso per il resto della giornata".

C'era musica ad alto volume e la loro conversazione mi arrivava a frammenti, ma chissà perché sentii chiaramente quello con il berretto da cacciatore dire: "Sai, mia moglie è morta due anni fa. Ora che sono solo, la casa mi sembra enorme. E siccome sto a casa tutto il giorno, mi sembra ancora più grande". Lo disse come se provasse pena per se stesso.

"Non so, Takashina, a me sembra che tu te la cavi bene dopotutto. Guarda me, tutto il giorno insieme a mia moglie. Se di tanto in tanto non esco a fare due passi qui a Shinjuku mi sembra di soffocare."

Spinto dalla curiosità, mi voltai a guardare Takashina, quello con il berretto da cacciatore, che era seduto accanto a me. Aveva sopracciglia lunghissime. Il berretto era liso. Basette brizzolate. Macchie livide sulle guance.

"Dalla fine dell'anno scorso ho cominciato a consegnare giornali," disse Takashina. Facendo molta attenzione, riuscivo a intuire cosa si stessero dicendo.

"A consegnare giornali?"

"Sì. Tanto mi sveglio presto comunque, e poi l'edicola è proprio accanto a casa, quindi ne ho parlato al proprietario e lui ogni mattina mi dà i giornali da consegnare in trenta appartamenti."

"Trenta?"

"Non ci metto mai più di venti o trenta minuti, ma poi sto bene per il resto della giornata."

"E d'inverno non fa freddo?"

"Quando nevica gli dico che ho paura di cadere e mi prendo la giornata libera."

Ascoltando a intermittenza la conversazione tra i due, finii il mio burger di gamberi e le patatine. Mi alzai per uscire ma loro si alzarono nello stesso momento, così mi rimisi a sedere su uno sgabello vicino e aspettai che se ne andassero.

Scambiarono ancora qualche parola fuori dal locale e poi se ne andarono ognuno per la propria strada. Uscii anch'io e, senza starci troppo a pensare, mi misi a seguire Takashina, quello che consegnava giornali. Guardando le insegne dei cinema di Kabukichō, fece un giro intorno alla piazza. Mi misi al centro e lo guardai effettuare un giro completo. Mi accorsi che c'era una concentrazione di persone della sua età che camminavano da sole in attesa di guardare un film allo spettacolo della mattina.

Alla fine Takashina scelse *Hannibal*. Mi misi in fila dietro di lui al botteghino e lo seguii all'interno della sala. Era ancora illuminata, lui andò verso le prime file, poi tornò indietro, poi di nuovo davanti, senza riuscire a decidere dove prendere posto. Io mi fermai sulla porta e lo osservai mentre rifletteva. Alla fine scelse una poltrona in primissima fila, così vicino allo schermo che se stendeva le gambe quasi lo toccava.

Mi sedetti due file dietro di lui e guardai il film. Non avevo dormito bene alla sauna e infatti mi appisolai durante la proiezione, comunque il film era come lo pubblicizzavano: grottesco e interessante. Nel finale, quando Lecter aprì a metà il cranio di un uomo, lo svuotò e si mangiò il cervello, per poco non mi misi a gridare. Guardai Takashina seduto due file davanti a me, anche lui si stava sporgendo, incollato allo schermo.

Uscì dal cinema e si diresse verso la stazione di Shinjuku. Attraversò l'affollato sottopassaggio all'interno della stazione e arrivò ai tornelli della linea Odakyū.

Salì su un treno locale che sarebbe partito due minuti dopo. Non era pieno, ma non c'erano neanche posti liberi. Vicino alla porta c'era un posto riservato agli anziani, e un ragazzo, si sarebbe detto uno studente universitario, lo cedette a Takashina. Il treno partì quando Takashina era già immerso nella lettura di un opuscolo.

Stavo in piedi di fronte a lui, aggrappato alla maniglia, e riuscivo a vedere cosa stesse leggendo. Alzò la testa e mi guardò, ma non sembrò ricordare che ero la persona che poche ore prima era seduta accanto a lui da Lotteria.

La prima volta che mi sono intrufolato in casa di qualcun altro avevo cinque anni. All'epoca mio padre era disoccupato e vivevo insieme a lui in una casa popolare nella New Town di

Tama. Era domenica, e mio padre stava guardando un torneo di golf alla tv. Si addormentò e quando riaprì gli occhi era buio e si accorse che il suo bambino non era più accanto a lui. Non si preoccupò più di tanto, pensò che stessi giocando nel corridoio esterno o sulle scale e uscì a cercarmi. Andavo spesso a giocare sul ballatoio, ma quella volta non mi trovò.

Preso dal panico, girò intorno al caseggiato nell'ora della sera in cui da ogni appartamento provenivano odori deliziosi, e intanto mi chiamava. Le donne delle case popolari costituivano un gruppo piuttosto unito, e sentendolo chiamare il mio nome si riunirono immediatamente e si divisero in gruppi per cercarmi. Un gruppo presidiava il parco, un altro il lungofiume, un altro teneva a portata di mano gli estintori presenti in ogni caseggiato. Ignorarono mio padre e organizzarono in quattro e quattr'otto un gruppo di ricerca che, torce alla mano, passò in rassegna l'intera zona, su cui ormai era calata la sera.

Nel mentre io mi trovavo al piano di sotto, nell'appartamento di una coppia di sposini. Erano usciti dimenticandosi di chiudere a chiave. Mi ero intrufolato e, dopo aver guardato la tv, mi ero addormentato.

Mi ritrovarono dopo le dieci di sera. Successivamente seppi che le ricerche all'esterno si erano molto allargate, fino a coinvolgere numerosi agenti di polizia. Ovviamente a trovarmi fu la giovane coppia, rientrata carica di buste dallo shopping in un centro commerciale di Ginza. Parcheggiarono l'auto e videro che tutti erano in fibrillazione, alla ricerca di un bambino scomparso. La moglie disse di conoscermi perché mi aveva visto giocare sulle scale e sul ballatoio, e nonostante fosse molto stanca promise alle rappresentanti dell'associazione delle donne del quartiere che si sarebbe unita alle ricerche subito dopo aver portato le buste in casa. Corse su per le scale e trovò il marito in piedi sulla porta. "Non abbiamo chiuso a chiave," le disse. "Impossibile," rispose lei. “Invece è così.” “Sei stato tu l’ultimo a uscire.” “No, sei stata tu.” Entrarono litigando. La stanza buia era rischiarata dallo schermo della tv, e per un attimo sobbalzarono. Poi videro, sul pavimento, illuminato dalla luce pallida, un bambino che dormiva a pancia in su.

Takashina scese alla stazione di Soshigaya Ōkura, proprio a sud di quella di Chitose Karasuyama, che però era servita dai treni della linea Keiō.

Superati i tornelli della stazione, si avviò verso una strada con tanti negozi ed entrò in un supermercato davanti al quale erano sistemate una gran quantità di cassette di arance della Florida. Volevo seguirlo, ma poi cambiai idea e decisi di restare fuori a fumare una sigaretta. Uscì circa venti minuti dopo, trasportando sacchetti della spesa con entrambe le braccia. Mi lanciò un’occhiata e per un attimo parve interdetto. Ma poi, apparentemente indisturbato, continuò a camminare tra i negozi.

Arrivato in fondo alla strada, passò davanti al dipartimento di Economia dell’Università Nihon e attraversò Setagaya dōri, dove c’era un ingorgo. Pochi giorni prima, Ryōsuke e io, a bordo di Momoko, eravamo stati in un fast food della catena KFC proprio in quella zona. Eravamo andati a prendere il sole sulle sponde del fiume Tama.

Dopo aver attraversato Setagaya dōri, Takashina entrò nel cortile di un caseggiato. Pensai che vivesse lì, invece si fermò un paio di volte passandosi i sacchetti da una mano all’altra, camminò lungo il perimetro del cortile e uscì dalla parte opposta. La strada sbucò sotto una scarpata. Al di sopra c’era una recinzione, segno che ci trovavamo proprio sotto il Complesso sportivo polivalente di Setagaya.

La casa di Takashina si trovava esattamente sotto la scarpata. Era una vecchia abitazione indipendente a due piani e circondata da una recinzione in cemento armato. Aprì un cancello di ferro arrugginito e, senza voltarsi, entrò.

Attraverso la recinzione riuscivo a vedere Takashina che infilava la chiave nella serratura del portone. Nessuno sembrava essere in casa. Tutte le finestre avevano le tende e nei vasi del giardino c'erano dei tulipani secchi.

Takashina entrò in casa e io, approfittando del fatto che il cancello in ferro era socchiuso, mi intrufolai all'interno e avanzai verso l'ingresso con passo felpato. Sul campanello c'era scritto "Takashina Tadayoshi e Haruko", la targa era un po' storta. Haruko quindi era il nome della moglie, morta due anni prima. Raddrizzai la targa. Poi, sempre senza farmi sentire, tornai fuori. Aveva l'aria di una casa in cui mi sarei potuto introdurre in qualsiasi momento.

Guardai l'orologio che avevo al polso e vidi che erano quasi le quattro. Decisi di tornare a Karasuyama camminando lungo il fiume Sen e tagliando per Seijō. Da un po' di tempo mi sembrava sempre di incamminarmi. Dal parco dove stazionavo, dagli hotel in cui mi portavano i clienti, dalle loro case, dalla sauna quando non riuscivo a prendere sonno, dall'appartamento in cui Makoto aveva pisciato nel letto dopo un'overdose di speed... C'era sempre un posto da quale mi incamminavo, ma niente di più, perché cammina cammina un posto dove arrivare io non ce l'avevo.

Mi tornò in mente la storia di Naoki che a quindici anni era scappato da casa. Me ne aveva parlato il giorno in cui ero andato da lui in ufficio, mentre mangiavamo *rāmen* in quel ristorante, credendo che anch'io fossi in fuga da casa.

Mi disse che l'idea iniziale era quella di fare l'autostop, poi era andato con un treno della linea Chūō fino alla stazione di Kobuchisawa, e lì aveva cambiato per un'altra linea di cui non si ricordava il nome. Non si ricordava neanche più in quale stazione fosse sceso. Fatto sta che, uscito da questa stazioncina deserta, si era ritrovato davanti al monte Yatsugatake, poi aveva visto un cartello che pubblicizzava una pensione a Kiyosato, quindi, aveva concluso ridendo: "Dovevo trovarmi suppergiù da quelle parti".

Naoki era stato l'unico a scendere a quella fermata. Superò i tornelli e trovò un sentiero in discesa, tra i boschi, che sembrava inutilizzato da anni, e senza avere alcuna destinazione precisa in mente, il quindicenne Naoki aveva cominciato a scendere. Sentiva, tra gli alberi, il canto degli uccelli.

"A un certo punto ha cominciato a cadere il nevischio. All'inizio piano, ma in poco tempo diventò piuttosto fitto, e avevo il fiato così denso che avrei potuto prenderlo tra le mani. Ero ormai parecchio lontano dalla stazione, e nei boschi, quando nevica, fa buio molto presto. In tutta onestà, ero preoccupato."

Naoki aveva lasciato una lettera ai genitori per spiegare i motivi della sua immotivata fuga da casa.

"Ci ho fatto una figura miserabile, sai? Speravo di riuscire a tornare a casa prima che la leggessero."

A quel punto scorse un rifugio proprio in fondo al sentiero. Naoki lo raggiunse affondando i piedi nell'erba, attraversandola come un animale selvatico.

"Più che un rifugio sembrava una casa di vacanza. Bussai più volte ma non rispose nessuno. Yatsugatake è una zona di villeggiatura in estate, ora che ci penso. Stavo per gettare la spugna e incamminarmi verso la stazione quando all'improvviso, veramente all'improvviso, e non so esattamente come spiegarlo, sentii una voce che mi diceva: 'Rompi il vetro di quella finestra!'. Non è che avessi tutta questa voglia di entrare, ma sentivo quella voce nella testa e fu come se ci dovessi entrare, se fossi obbligato a farlo. La parte razionale di me naturalmente sapeva che quella casa apparteneva a qualcuno e che rompere il vetro e introdurmi all'interno era un crimine. Ma sai, non so bene come dire, ero sovraeccitato per tutta la storia della fuga e volevo entrare in quel rifugio, anzi, in quel preciso rifugio che era di proprietà di chissà chi... Irrompere con il mio corpo, come se volessi spostarlo, quel rifugio... Fui colto da questo strano impulso."

Naoki prese un sasso da terra. Era molto freddo. La neve aveva imbiancato i rami degli alberi intorno a lui.

"Quel rumore. Ricordo ancora il rumore del sasso che spacca il vetro. La finestra che avevo rotto era solo una minima parte del rifugio, ma nell'istante in cui quel foro si aprì nel vetro fu come se il posto per me non avesse più segreti, né io per lui."

Naoki mi guardò con aria preoccupata: "Capisci?".

Gli risposi onestamente: "Non capisco".

Nel rifugio c'era una montagna di cibo in scatola non ancora scaduto, salumi affumicati e altre provviste. Naoki provò un po' di soggezione durante la prima notte passata lì dentro, ma dal giorno successivo acquisì fiducia. Raccolse della legna e la seconda sera accese il fuoco nel camino. Seduto davanti al fuoco, avvolto in una coperta calda, per la prima volta in vita sua bevve del whisky. Quando fuori fece giorno, uscì a passeggiare nel bosco candido, illuminato dal sole invernale.

"Ho trascorso un periodo meraviglioso in quel rifugio. Oggi non useremmo la parola 'meraviglioso', ma i miei giorni lì lo sono stati per davvero... meravigliosi, sì, davvero meravigliosi."

Impiegai quasi due ore per tornare all'appartamento di Karasuyama, camminando lungo il fiume Sen e tagliando per Seijō. Aprii la porta e mi accovacciai tra le scarpe disseminate nell'ingresso per slacciarmi le sneaker, quando Koto-*chan* gridò dal soggiorno: "Ehi, è tornato Satoru!".

"Sono tornato!"

Koto-*chan* disse: "Vieni qui, presto!". Nello stesso momento arrivò anche Ryōsuke con il suo passo pesante. "Dove sei stato?" mi chiese bruscamente.

"Perché lo vuoi sapere?" replicai, un po' spaventato.

"È da ieri che ti aspetto."

"E perché?"

Ryōsuke teneva in mano un paio di grossi eserciziari per gli esami di ammissione all'università. Mi tolsi le scarpe ed entrai.

"Guarda un po'," disse Ryōsuke tutto orgoglioso spingendo quei grossi volumi contro il mio petto.

"Cosa sono?"

"Non vedi? Sono eserciziari."

"Eserciziari?"

Lo spinsi da parte ed entrai in soggiorno. Dopo una camminata di due ore non aspettavo altro che di lasciarmi cadere sul morbido divano. Non appena entrai nella stanza, Koto-*chan*, con indosso la solita tuta, disse: "Grazie al cielo! Per poco non faceva iscrivere me agli esami di ammissione al posto tuo, Satoru".

"Esami di ammissione?"

Quando mi sedetti sul divano, le gambe di colpo si rilassarono dopo la lunga camminata della notte precedente.

"Non ricordi cosa mi hai detto mentre eravamo in macchina verso il fiume Tama?" Ryōsuke, in piedi di fronte a me, stringeva ancora gli eserciziari. Mi ero distratto un attimo, e dovette dare un calcio al divano perché capissi che ce l'aveva con me.

"Uh? Fiume Tama? Siamo andati lì?"

"Non ti ricordi? Mi hai detto che ti volevi abbronzare e così ti ci ho portato con Momoko."

"Ah, quella volta che al ritorno ci siamo fermati al KFC?"

"Esatto, quella volta, non me l'hai detto allora?"

"Detto cosa?"

"Che volevi andare all'università." Ryōsuke cominciò ad allineare gli eserciziari sul tavolo.

"Non puoi tirarti indietro. Ryōsuke non vede l'ora di cominciare," disse Koto-*chan*, allungandomi un eserciziario dal titolo *Matematica I*.

"Stai scherzando? Vuoi che lo legga?"

"E se non lo leggi tu, chi lo dovrebbe leggere, scusa? Sei tu quello che deve fare il test, no?"

"A-aspetta un secondo."

Ritrassi frettolosamente la mano dal libro.

In effetti, mentre i nostri pallidi corpi prendevano il sole sulle rive del fiume Tama, cominciammo non so perché a parlare di università.

"Che hai intenzione di fare dopo la laurea?" gli avevo chiesto senza starci troppo a pensare.

"Me ne torno al paese," rispose calmo.

"Ma come? Sei venuto fin qui per poi tornartene al paese? Dovresti cercarti un lavoro a Tōkyō."

"Non voglio. Dopo tre anni l'ho capito. Io non sono nato per stare a Tōkyō. Anche adesso, trascorro dai miei tutte le vacanze estive e i capodanni."

"Gli altri lo sanno?"

"Gli altri chi?"

"Naoki e gli altri."

"Non vedo perché dovrei dirglielo."

"Quindi dopo la laurea lascerai l'appartamento?"

A quella domanda così scontata, Ryōsuke annuì in silenzio. Poco dopo, credo, mormorai: "Forse se andassi anch'io all'università vedrei le cose diversamente". L'avevo mormorato, punto e basta, doveva finire lì, non avevo la benché minima intenzione di frequentare un posto come l'università.

Ma ora che ci penso, quando pronunciai quella frase ebbi la sensazione che a Ryōsuke, intento a spalmarsi l'olio solare, brillassero gli occhi. Come brillano al predatore che ha individuato la preda.

"Tranquillo, ti insegnerò tutto quello che c'è da sapere, fosse l'ultima cosa che faccio."

"Ma no! Non è necessario arrivare a tanto."

Spostai di nascosto con il piede gli eserciziari che erano sul tavolo perché gli altri non li vedessero. Ryōsuke però se ne accorse e disse: "Non devi vergognarti!".

"Non mi vergogno affatto! Ma io ho solo il diploma delle medie!"

"Lo so. È per questo che esistono gli esami di ammissione, no?"

"No, è un discorso assurdo, è impossibile. Impossibile, impossibile."

"Ma se non provi non lo puoi sapere, no?"

Il tono di Ryōsuke era così esaltato che per un attimo mi spaventò. Koto-*chan*, evidentemente divertita da tutta quella storia, rincarò la dose: "Ormai non puoi più tirarti indietro. Il tuo maestro non vede l'ora di cominciare".

"No, è una cosa impossibile."

Così dicendo cercai di scappare da quei due, ma Ryōsuke mi afferrò per un braccio.

"Ormai è tardi, ho deciso che lo faccio."

"Puoi decidere quello che ti pare, ma se io dico che è impossibile non se ne fa nulla."

"E allora che ci faccio con quegli eserciziari? Te li ho comprati apposta."

"Che diavolo vuoi che ne sappia!"

Cercai di liberare il braccio ma lui strinse più forte, praticamente mi stava bloccando con una presa "sleeper hold". Koto-*chan* lo guardò stringermi il collo, io per poco non soffocavo ma lei, senza curarsene, disse: "Si deve sempre provare, perché non ci fai un pensierino?".

"È impossibile, vi dico. Non so fare nemmeno le frazioni!"

"Appunto, te le insegno io!"

Il braccio di Ryōsuke mi stringeva forte intorno al collo.

"Guarda che non respiro!"

"Ci provi?"

"No, ho detto!"

"E allora non ti lascio."

Ryōsuke stringeva sempre più forte. Mi sentivo soffocare, la lingua mi si stava ingrossando. Koto-*chan* sfogliò un eserciziario e scoppiò a ridere: "Ti aiuto anch'io. Non con lo studio, certo, però posso prepararti la cena, cucirti amuleti sui vestiti, fare attenzione a non usare verbi tipo 'bocciare' o 'silurare', starti addosso come una vera mamma".

"Ci provi? Ci provi, va bene?"

Come in risposta alle minacce di Ryōsuke, lo schermo del televisore ricominciò a sfarfallare. Oggigiorno i televisori non sono più così cari, ma questi qui non ci pensano proprio a comprarne uno nuovo. Anzi, da un po', fanno a gara a chi è più bravo a sistemarlo.

Mi avvicinai all'apparecchio trascinandomi dietro Ryōsuke che continuava a stringermi il collo e lo colpii su un lato come mi avevano insegnato loro: "Forte, forte, piano".

"Chi se ne frega della tv adesso? Ci provi? Ci provi allora?"

Con il solo scopo di liberarmi dalla stretta di Ryōsuke risposi: "Va bene. Ci provo. Lo faccio".

Quando mi lasciò andare ebbi un forte attacco di tosse e Koto-*chan* disse con tono allegro: "Che emozione sapere che in casa c'è uno studente che si prepara agli esami di ammissione".

A essere onesti, credo di essermi fermato un po' troppo a lungo qui. Se asseconda il loro giochetto, altro che esami di ammissione, finirò a lavorare per qualche azienda di prim'ordine.

Ihara Naoki

Mi avevano estratto il dente del giudizio. O forse dovevano ancora estrarlo. Non mi sentivo la lingua, quindi non ne ero sicuro. Il dentista mi aveva detto: "Poiché l'anestesia faticava a fare effetto, le ho iniettato una dose doppia". Forse dipendeva dal fatto che mi ero presentato quasi senza aver dormito.

La clinica si trovava di fronte alla stazione. Dopo l'estrazione andai al banco dell'accettazione, dove mi consegnarono degli antidolorifici, e mentre pagavo, premendomi il mento intorpidito, notai che sul divano in similpelle della sala d'attesa c'era un ragazzino che mi guardava con un'espressione terrorizzata. Pensai di doverlo tranquillizzare e gli feci un sorriso, ma lui sobbalzò e si affrettò a guardare da un'altra parte. Forse il mio sorriso non era un granché, dopo la doppia dose di anestetico.

Uscii dalla clinica e mi incamminai lungo la strada con i negozi vicino alla stazione. Mentre aspettavo che si alzasse l'asta del passaggio a livello, sentivo solo in lontananza lo stesso suono della campanella che, in condizioni normali, mi innervosiva sempre molto.

Tornai all'appartamento e, non appena ebbi aperto la porta di casa, Koto-*chan* corse verso di me. Dietro di lei c'era

Mirai, reduce dalla sbronza dalla sera prima, con il volto pallido e l'aria di chi non ha chiuso occhio.

"Pare che Koto sia finita nelle grinfie di un truffatore, che facciamo?"

"Un fuffatore?"

A causa dell'anestesia, non riuscivo a muovere bene la bocca. Ripetei la parola per cercare di correggermi, ma un po' di saliva mi scivolò sul mento. Le spinsi entrambe nel soggiorno chiedendo che mi spiegassero tutto nei dettagli. Era sabato mattina, nel soggiorno c'era Ryōsuke che dava ripetizioni di matematica a Satoru.

Koto-*chan* cominciò a raccontare tutta la storia a Ryōsuke e Satoru, che ormai avevano interrotto la lezione, a Mirai, che stava bevendo un Hythiol-C, e a me che mi premevo il mento con la mano.

La sera prima si era vista con Maruyama per la prima volta dopo undici giorni. Una volta uscita dall'hotel, che si trovava a Ebisu, stava passeggiando nei dintorni di Dōgenzaka quando un giovane l'aveva chiamata e lei, che non aveva niente da fare, l'aveva seguito in un centro estetico dove era stata costretta ad acquistare dei cosmetici molto costosi. Intorno a lei c'erano molte altre clienti che firmavano contratti, quindi non era riuscita a rifiutare e si era ritrovata con un totale di quattrocentomila yen in trattamenti estetici e in cosmetici da pagare a rate. Fino a quella mattina era stata convinta che "si era trattato di un buon acquisto, sicuramente non mi avevano fregato", ma quattrocentomila yen non sono esattamente una cifra che si possa spendere senza batter ciglio. Aveva dunque svegliato Mirai, che combatteva con i postumi della sbornia, e le aveva chiesto un consiglio sul da farsi. In quel momento io ero ritornato dal dentista.

"Se il contratto l'hai firmato ieri allora non ci sono problemi," dissi io senza riuscire a muovere bene la bocca. "Telefona all'associazione dei consumatori, così loro inoltrano la richiesta all'altra parte e tu sei a posto. Non c'è nulla di cui preoccuparsi."

Il volto pallido di Koto-*chan* riprese colore.

"Davvero?"

"Sì, davvero. Su, sbrigati a telefonare."

Così dicendo, mi alzai dal divano. Volevo guardarmi il prima possibile nello specchio del bagno per capire che ne era di me.

Mentre ero in piedi davanti al lavandino, mi tornò in mente il rumore che aveva fatto il dente appena estratto quando il dentista lo appoggiò sul piattino di acciaio. Anche se non l'avevo visto per davvero, mi immaginai quel dente sporco di sangue e saliva cadere nel lavandino su cui ora appoggiavo le mani. Naturalmente nel lavandino non c'era alcun dente sporco di sangue e saliva, bensì un lungo capello nero, forse di Koto-*chan*, che aveva preso la forma di un punto interrogativo.

Proprio mentre spalancavo la bocca per guardarne l'interno allo specchio, la porta dietro di me si aprì.

"È vero che è sufficiente telefonare. Adesso vado a recuperare il modulo per la richiesta," disse Koto-*chan*, riflessa nello specchio. Annuii, sempre con la bocca spalancata.

Feci diversi sciacqui e guardai l'acqua, mista a sangue e saliva, scorrere attraverso lo scarico. Quando uscii non vidi né Ryōsuke né Satoru, che credevo stessero studiando, mentre c'era Mirai che si lamentava con la testa tra le mani. "Te l'hanno estratto?" mi domandò, e io aprii la bocca e gliela feci vedere: "Ecco".

"Ti fa male?"

"No. Non sento niente."

"Ma non ti farà male una volta passato l'effetto dell'anestetico?"

"Penso di sì."

"Vuoi che usciamo stasera?"

"A fare cosa?"

"Se non bevi alcolici rischi di non poter dormire dal dolore."

L'ammirai per il coraggio di dire certe cose mentre soffriva per i postumi di una sbornia. Era solo gentile oppure aveva ancora voglia di bere?

"Ryōsuke e Satoru?"

Mirai piegò il capo come a dire "E che ne so?", poi si alzò dal divano chiedendomi: "Non sono andati insieme a Koto?" e grattandosi il sedere sparì nella stanza delle ragazze.

Koto-*chan* non ricordava esattamente una sorella maggiore, ma per qualche motivo Satoru e Ryōsuke le erano affezionati.

Mi spostai dal soggiorno alla cucina e bevvi un po' di Volvic. Aveva un leggero sentore di sangue. Entrai in camera per raccogliere il bucato da lavare e vidi Ryōsuke, di schiena, sul balcone. A quanto pare, solo Satoru era andato con Koto-*chan*. Probabilmente era stata una scusa per sottrarsi al rigido addestramento di Ryōsuke.

Uscendo sul balcone con la cesta del bucato, gli domandai: "Che stai facendo?".

Ryōsuke, che appoggiato alla ringhiera stava guardando la Kyū-kōshū kaidō, si voltò e rispose: "Eh? Ah, niente. Pensavo che è strano".

"Cosa?"

Mi affacciai anch'io e guardai giù in strada. Non mi sembrò di vedere nulla di strano. Come al solito le auto procedevano in fila sull'asfalto in un'unica direzione e si fermavano quando il semaforo proprio sotto di noi diventava rosso.

"Cosa?" domandai di nuovo.

"Ma scusa, non hai notato che non vanno mai a sbattere l'una contro l'altra?"

Non capivo che cosa stesse cercando di dirmi. Guardai il suo profilo, ma non trovai alcuna risposta.

"Guardale, corrono una dietro l'altra e quando il semaforo diventa rosso si fermano a distanza di sicurezza. In un giorno ne passano a migliaia, se ne fermano a migliaia, eppure non si tamponano mai: non è strano?"

Ryōsuke continuava a guardare giù, ora con il mento appoggiato sulla ringhiera. Ripeté: "Non c'è dubbio, è veramente strano". In effetti era così, ma non mi sembrava una cosa così speciale. Mi allontanai dalla ringhiera senza dire nulla e cominciai a fare il bucato. Nel cestello della lavatrice trovai un calzino spaiato di chissà chi.

Per un po' rimasi a guardare l'acqua che riempiva il cestello, poi andai in bagno. Per perdere tempo, raccolsi da terra il contenitore con il deodorante per ambienti in gel e lo premetti, ma quando il gel cominciò a fuoriuscire mi fermai. Mi ricordai una cosa che non c'entrava nulla con il deodorante, ossia che avevo promesso a Momochi di prestargli la mia valigia. La mattina successiva il capo e Momochi sarebbero partiti per partecipare al Festival di Cannes.

Contando anche gli anni dell'università, quando facevo solo un part-time, erano otto anni tondi tondi che lavoravo in quella compagnia. A Cannes non ci ero ancora mai andato, in compenso avevo fatto due esperienze a Berlino e due a Venezia. Il mese prima gli organizzatori ci avevano inviato il dépliant di Cannes e avevo avuto l'impressione che i film promettenti fossero molto più numerosi dell'anno precedente. Il capo e Momochi avevano pronosticato David Lynch per la Palma d'oro, mentre io, che facevo il tifo per il Giappone, speravo l'assegnassero per la terza volta, cosa mai accaduta nel mondo dei registi, al nostro maestro Imamura Shōhei, anche se i suoi ultimi film, *L'anguilla* e *Dr. Akagi*, non mi erano piaciuti. Naturalmente ai festival si va anche per comprare film. Quell'anno, però, avevamo deciso all'unanimità che a Cannes non avremmo comprato niente, a meno che non ci fosse qualche film a condizioni per noi veramente vantaggiose.

Uscii dal bagno e aprii l'armadio della stanza dei maschi per tirare fuori la valigia. Sul balcone vedevo ancora Ryōsuke, sempre di spalle, che continuava a guardare la strada. Accanto a lui la lavatrice se ne andava a spasso facendo un rumore esagerato.

Afferrai la valigia, che era in fondo all'armadio, e la tirai fuori facendola strusciare contro la racchetta da tennis e lo skateboard di Ryōsuke. Se non erro, l'avevo usata l'ultima volta l'anno prima, in occasione del viaggio a Los Angeles per l'America Film Market. La piazzai in mezzo alla stanza, la aprii, e all'interno trovai una camicia di Banana Republic con il cartellino del prezzo ancora attaccato. Era una camicia da donna, forse l'avevo comprata per regalarla a Misaki.

Oltre alla camicia, c'erano alcuni campioncini che avevo trovato in albergo e i libri che avevo letto durante i voli di andata e ritorno. Tutti e tre avevano la data di fine lettura scritta a penna sulla quarta di copertina. In ordine di data c'erano *Crash* di J.G. Ballard, *Le undicimila verghe* di Guillaume Apollinaire e *La caduta di Matías Guili* di Ikezawa Natsuki.

Mi accovacciai e li sfogliai rapidamente, finché non sentii il segnale acustico della lavatrice. Il mio *kōhai* Umesaki l'aveva regalata al suo *kōhai* Ryōsuke, ed era una di quelle a doppio cestello, che non centrifuga in modo automatico.

Mentre spostavo il bucato nel cestello della centrifuga, si udì il rumore di due macchine che si scontravano, giù in strada. Ryōsuke, sempre col mento appoggiato alla ringhiera, emise un gridolino e accorsi anch'io a guardare. Oltre la sua schiena vidi una Sedan bianca che era andata a sbattere contro un furgone. Il cofano della Sedan era leggermente schiacciato e fuoriusciva un filo di fumo grigio. Il lunotto posteriore del furgone, che era stato tamponato, si era riempito di crepe.

Ryōsuke era davanti a me. Il suo volto aveva la stessa espressione di quello del bambino che avevo visto nella sala d'attesa del dentista.

"O-oh... Si sono sco-scontrati!"

Naturalmente non era stato il discorso che Ryōsuke mi aveva fatto poco prima a causare l'incidente.

Il primo a scendere fu il conducente del furgone, che non sembrava essersi fatto male, infatti si avvicinò con passo sicuro alla Sedan bianca e picchiettò contro il finestrino, facendo riavere dallo choc una signora di mezza età visibilmente frastornata. La donna appoggiò il mento sul volante e fissò per qualche istante il cofano schiacciato, poi si accorse dei colpi al finestrino e cominciò a scusarsi chinando ripetutamente il capo. Purtroppo non riuscivamo a sentire le loro voci.

"Tu... Tu l'hai visto?"

Detti un colpetto sulla spalla di Ryōsuke che, tutto eccitato, rispose: "L'ho... L'ho visto. Ho visto tutto. Andavano... Andavano come sempre e pensavo che come sempre si sarebbero fermati, invece 'Bam!'... Non è la prima volta che assisto a un incidente, ma non mi era mai capitato di vederne uno dall'alto. Io... Senza volerlo ho allungato un braccio".

"E che volevi fare allungando un braccio da quassù?"

"Sul serio, mi sembrava quasi che la potessi fermare!"

Le auto ferme dietro alla Sedan ripartirono e, superando le due vetture coinvolte nell'incidente, formarono una nuova fila. Il traffico dalla direzione opposta ricominciò "come sempre", per dirla con Ryōsuke, e nonostante l'incidente le auto si fermavano quando il semaforo diventava rosso e ripartivano al verde.

Non sarebbe finito mai, quindi smisi di guardare e tornai alla lavatrice. Mentre chiudevo l'oblò, sentii di nuovo Ryōsuke gridare e con un balzo gli arrivai alle spalle. Guardai verso il punto che mi indicava e vidi, in mezzo ai perditempo che si erano assiepati nei pressi del luogo dell'incidente, Koto-*chan* e Satoru.

"Heeeei!" gridò Ryōsuke. I perditempo guardarono tutti in su nello stesso momento, e istintivamente mi nascosi dietro di lui. Sentimmo chiaramente la voce di Koto-*chan* che gridava: "Avete vistooo?". Ryōsuke, noncurante degli sguardi delle altre persone, salutò con la mano e, fiero di se stesso, rispose: "Abbiamo visto, sì!".

La centrifuga terminò nel momento in cui i tre poliziotti accorsi sul luogo dell'incidente avevano cominciato a redigere il verbale.

In soggiorno c'era Koto-*chan* che riempiva con attenzione il modulo per il reclamo seguendo le istruzioni ricevute all'associazione dei consumatori, mentre accanto a lei Satoru aveva un libro aperto davanti, e Ryōsuke lo aiutava a risolvere un problema di trigonometria. All'inizio Satoru si era inventato delle scuse per non studiare, ma ultimamente restava in soggiorno a esercitarsi anche quando Ryōsuke era già uscito per andare al lavoro.

Finii di stendere il bucato e tornai in soggiorno. Koto-*chan* era andata all'ufficio postale e Ryōsuke e Satoru, uno di fronte all'altro, bisticciavano e si lanciavano occhiatacce dicendo "L'abbiamo fatto anche ieri questo!", "No che non l'abbiamo fatto!". Mi toccai i molari. Non mi sentivo ancora le gengive e in bocca avevo un sapore di detersivo.

"Va bene, allora vatti a guardare le soluzioni!" disse Ryōsuke esasperato, e si alzò per andare in bagno. Satoru andò subito a cercare la soluzione e io, per incoraggiarlo, gli dissi: "È dura, eh?!", ma lui se la prese con me: "È molto più che dura! Mi tocca farlo tutti i giorni!".

"Ma dimmi, vuoi davvero andare all'università?" gli domandai sfogliando uno degli eserciziari sul tavolo.

"È escluso che ci possa andare. Dove li prendo tutti quei soldi secondo te?"

"E allora perché stai studiando?"

"Ma l'hai visto? Non posso rifiutare," rispose Satoru indicando il bagno con il mento.

"Vuoi dirmi che studi per Ryōsuke?"

"Non è proprio così, però..."

Ryōsuke uscì dal bagno e, passando davanti alla nostra stanza, notò la valigia. "Eh? Naoki, vai da qualche parte?" Doveva essergli sfuggita quando era rientrato dal balcone, forse perché era ancora infervorato per via dell'incidente.

"No, devo prestarla a un collega."

Satoru, intento a leggere le soluzioni, domandò a sua volta: "Cos'è che devi prestare a un collega?".

"La prossima settimana Momochi va a Cannes e quindi gli devo prestare la valigia."

"A Cannes? Momochi da solo?"

"No, con il capo."

"Quindi avrete di nuovo bisogno di una mano mentre loro sono via, non è così? Posso venire io a lavorarci part-time?"

"Vuoi venire di nuovo a lavorare da noi? Quindi hai davvero intenzione di cambiare lavoro?"

A questa domanda Satoru distolse lentamente lo sguardo e mi diede una risposta non del tutto chiara: "Non è che mi sia proprio deciso...". Buttai sul tavolo l'eserciziario che stavo sfogliando e gli diedi una pacca sulla spalla dicendo: "Chiedo al capo e ti faccio sapere".

In quel momento dalla stanza delle ragazze uscì Mirai, ancora con i postumi della sbornia, e andando in cucina guardò anche lei nella nostra stanza e mi fece la stessa domanda di Ryōsuke: "Ah, Naoki, vai da qualche parte?". Stavo per darle la stessa risposta di prima quando Satoru mi precedette: "Un suo collega va a Cannes e lui gliela presta".

"Quale collega?" chiese Mirai. "Uno che si chiama Momochi," rispose sempre Satoru.

Anche se era domenica, al mattino mi recai in ufficio. La settimana successiva ci saremmo dovuti occupare della promozione di un film coreano e la protagonista sarebbe venuta in Giappone. Avremmo avuto interviste per periodici come "Esquire" e "Elle Japan" al Capitol Hotel Tōkyū, quindi bisognava rivedere la scaletta degli impegni.

La notte precedente l'effetto dell'anestesia era svanito e, com'era prevedibile, le gengive avevano iniziato a farmi male. Presi un paio di aspirine, ma Mirai ci aveva visto giusto: senza bere non sarei riuscito a dormire. Aspettai che rientrasse dal lavoro e andammo a bere in un ristorante di *tōfu* vicino alla stazione. Ovviamente non avrei dovuto bere alcolici, ma fu grazie a loro se riuscii a farmi una bella dormita. Il mattino successivo, tuttavia, nonostante avessi preso altre aspirine, mentre ero seduto al computer le gengive ricominciarono a farmi male.

Poco prima delle sei del pomeriggio, Misaki mi telefonò in ufficio. Avevo finito di lavorare e, approfittando del fatto che per una volta non c'era nessuno, avevo preso da un videonoleggio lì vicino un film taiwanese consigliatomi proprio da lei, *Dust in the Wind*; l'avevo guardato sul maxischermo ed ero quasi pronto per tornare a casa.

"Ieri sera è arrivata mia madre," disse Misaki. Mi aveva portato un pensierino, quindi Misaki mi chiese se volessi cenare insieme a lei. Nominammo diversi ristoranti e alla fine optammo per uno italiano a Yotsuya. Misaki era venuta nel nostro appartamento la settimana precedente. Il motivo per cui voleva vedermi così spesso era soltanto uno. Ascoltarla mentre si lagna del suo fidanzato non è esattamente piacevole.

Lasciai l'ufficio dopo le sette. Spensi il computer, aggiunsi la carta nel cassetto della fotocopiatrice ed ero sul punto di uscire quando arrivò un fax. Mi sentivo in colpa a far finta di niente, quindi tornai indietro e aspettai che uscisse il foglio. Era la bozza di un annuncio di lavoro part-time che sarebbe comparso nel numero successivo di una rivista destinata a chi cerca un impiego. Cercavamo qualcuno che facesse lavoro d'ufficio (compreso rispondere al telefono) per almeno tre giorni a settimana, a 800 yen l'ora, con una preferenza per gli studenti universitari. Mi ricordai che il capo aveva parlato della possibilità di assumere qualcuno part-time perché rispondesse al telefono, dal momento che noi eravamo spesso fuori ufficio. Sul retro del foglio arrivato via fax scrissi "Ho in mente qualcuno, teniamolo in sospeso", lo lasciai sulla scrivania del capo e me ne andai.

Quando arrivai al ristorante italiano, Misaki mi stava già aspettando. Sulla tovaglia a quadretti bianchi e rossi era appoggiato un sacchetto di Ralph Lauren. Sembrava di buon umore e prima ancora che mi mettessi a sedere cominciò a parlarmi della madre, che per due o tre giorni si sarebbe fermata in un hotel di Shinjuku. Nel sacchetto di Ralph Lauren c'era un golfino estivo blu.

"Tua madre ha detto qualcosa?" le domandai mentre sollevavo il golfino per controllare che la misura fosse quella giusta.

Misaki mi lanciò uno sguardo eloquente e si mise a ridere: "Certo che ha detto qualcosa. 'Perché non passa a prenderti?' ha detto. Quel buono a nulla, ha aggiunto".

"Che ne pensi? Mi sta bene?"

"Ho già ordinato anche per te, ti dispiace?"

Di tanto in tanto la madre di Misaki mi telefonava. Naturalmente sapeva che la figlia non viveva più nell'appartamento. Continuava a lamentarsi, tutte le volte, per almeno quindici minuti ininterrottamente, poi diceva "Ah, adesso mi sento meglio!" e riagganciava. Non prima di avermi domandato: “Naoki, avrai un’altra ragazza ormai, vero?”. Le lamentele della madre di Misaki erano di tre tipi. Contro il marito, che gestiva una compagnia di assicurazioni. Contro la sua unica figlia, che conviveva con un vecchio stronzo. E poi contro di me, il buono a nulla che non aveva fatto niente per trattenerla.

Dopo esserci lasciati, continuavamo a vederci due o tre volte al mese, quindi a cena non avevamo granché di nuovo da dirci. Eravamo stati insieme solo due anni, ma sentivo che avremmo continuato a vederci ancora a lungo. E penso che avesse anche lei questa sensazione. A volte diceva: “Abbiamo una certa efficienza noi due: stiamo facendo durare una vita intera i ricordi di due anni insieme”.

Misaki aveva ordinato un pasticcio di carne. Ero intento a tagliare quella polpa succosa quando mi domandò: “C’è qualcosa che non va?”. Mi facevano un po’ male le gengive mentre masticavo, e sarebbe stato sufficiente dirle che il giorno prima mi avevano estratto un dente del giudizio perché si tranquillizzasse, ma per qualche strano motivo non riuscii a dirglielo e risposi soltanto: “No, va tutto bene”. Non saprei spiegarlo bene, forse non volevo giustificare il mio comportamento in modo così banale, per un’estrazione dentale.

Ci concedemmo un buon dessert e alle nove e mezzo uscimmo dal ristorante. Avevamo già deciso che ci saremmo spostati in un altro locale per bere qualcosa, ma dopo aver tagliato per un vicolo ed essere sbucati sulla strada principale ci ritrovammo proprio di fronte a un’entrata della metropolitana. Ci era un po’ passata la voglia, così decidemmo di ritornarcene a casa e scendemmo le scale verso la metro.

Misaki doveva prendere la linea Yūrakuchō, quindi ci salutammo vicino alla biglietteria automatica. Viveva in un bel condominio adesso, in un appartamento che il suo compagno di mezza età aveva comprato a Harumi. Naturalmente io non c’ero mai stato, ma non riuscivo a immaginare che tipo di appartamento potesse comprare un single di quasi cinquant'anni. Mirai però ci era andata un paio di volte e mi aveva detto: "Quell'appartamento e il nostro sono come il giorno e la notte. Se quello è Elizabeth Taylor il nostro è Divine". Non sono del tutto certo di aver capito che intendesse dire.

Scesi alla stazione di Chidori Karasuyama e percorsi la strada con i negozi mentre la brezza della sera mi portava il profumo dell'estate, ogni giorno più intenso. Anche se ero andato a lavorare era comunque il fine settimana, quindi non portavo giacca e cravatta, e la brezza si insinuava nel colletto della mia polo per carezzarmi il torace.

Sulla via di casa mi fermai a un videonoleggio. Un negozietto di fronte alla stazione che non aveva *Dust in the Wind*. Feci un giretto senza cercare niente in particolare, e quando arrivai agli scaffali sistemati in ordine alfabetico per regista vidi una coppia dell'età di Satoru che discuteva davanti alla cassetta di *2001: Odissea nello spazio* di Kubrik, chiedendosi a voce alta se tra i personaggi vi fossero degli alieni. La cosa mi divertì e probabilmente li stavo fissando senza accorgermene, perché a un certo punto il ragazzo mi guardò con una faccia infastidita che chiaramente voleva dire "Ma che vuoi?".

Andandomene risposi alla loro domanda, ma in silenzio e rivolto a me stesso: "Non ci sono alieni in quel film, ma qualcosa di molto più spaventoso".

Avevo visto *2001: Odissea nello spazio* al cinema, quando ero alle elementari, naturalmente in occasione di una rassegna. Prima di allora ero andato al cinema tantissime volte con mio padre, e rispetto ai miei amici guardavo anche molti più film alla tv. Nonostante fossi soltanto un bambino, piansi davanti alla scena del film italiano *I girasoli* in cui Sophia Loren fugge dall'uomo che ama saltando sul treno in movimento, e credetti di vedere ciò che sarei diventato in *Lawrence d'Arabia*, che mi fece provare un implacabile senso di oppressione. Ma non fu nulla paragonato a ciò che provai quando vidi al cinema *2001: Odissea nello spazio*. Non mi aveva spaventato neanche *L'esorcista*, mentre quella fu un'esperienza più che opprimente: fu terrificante. Quando vidi la famosa sequenza della corsa verso l'infinito, il mio intuito infantile mi disse che al mondo c'era qualcosa che non avremmo mai potuto comprendere per davvero, un'enorme presenza aliena al cospetto della quale noi umani saremmo stati spazzati via come polvere.

Mentre mio padre mi accompagnava fuori dal cinema tenendomi per mano, mi sentivo come se ogni singolo osso del mio corpo fosse stato rimosso. Ero come un morbido blocco di carne, e non riuscii nemmeno a rispondergli quando mi domandò: "Ti è piaciuto? Forse era un po' difficile...". Quel film mi aveva fatto arrabbiare ma mi aveva anche intristito. Ma ero davvero io a essere arrabbiato e triste? Non sapevo a chi appartenessero quelle emozioni, anche se le sentivo così vicine a me.

Alla fine tornai a casa senza aver noleggiato nessun film. Quando entrai era buio e non c'era nessuno. Era molto tempo che al mio rientro non trovavo l'appartamento così buio. Allungai il braccio all'indietro per chiudere la porta e restai per un po' fermo all'ingresso. Lì, al buio, ricominciai a sentire dolore alle gengive. L'appartamento era immerso nel silenzio, i soli rumori erano quelli del traffico all'esterno.

Mi tolsi le scarpe ed entrai in soggiorno. Anche se non ne ero del tutto conscio, sentivo forte e chiaro il mio respiro. Fu allora che udii una voce.

"Dimmi che non sei stato tu." Nel buio si levò all'improvviso la voce di Mirai.

"Oh!" gridai. "Che... Che stai facendo? Perché non accendi la luce?" dissi a voce troppo alta, cercando di ridimensionare il mio grido di poco prima, dopodiché raggiunsi l'interruttore sulla parete. Il neon lampeggiò un paio di volte e poi si accese, illuminando Mirai, pallida, seduta sui talloni col busto eretto.

"Che cosa diavolo stai facendo?" Era chiaro che non stava cercando di spaventarmi per gioco.

"Dimmi che non sei stato tu," ripeté scandendo bene le parole. Teneva una videocassetta tra le mani.

"Ma di che parli?"

"Dimmi che non sei andato a rovistare nel mio armadio, tra la mia roba."

Mirai fissava un punto sul pavimento senza spostare mai lo sguardo.

"La tua roba? E perché dovrei fare una cosa del genere?" Era seduta in modo così composto che non riuscii ad avvicinarmi.

"Ryōsuke e Koto non sono stati. Se non sei stato neanche tu, allora il colpevole deve essere Satoru... Voglio che lo mandi via di qui! Subito!"

Dopo aver urlato queste parole, Mirai scaraventò la videocassetta contro il muro. Lo colpì, si sentì un "crac", poi cadde vicino ai miei piedi. Non avevo la minima idea di cosa stesse dicendo.

Trascorsi l'intera giornata in ufficio a riordinare fatture. Poiché l'azienda ha così pochi impiegati, alla fine sono sempre io, quando ho un po' di tempo, a sbrigare la maggior parte della contabilità. Nel pomeriggio un'assistente del fiscalista venne a ritirare le fatture e mi disse la stessa cosa che aveva detto il mese precedente: "Non si riduca all'ultimo momento. Se ne fa un po' al giorno è più semplice".

Il capo aveva già disdetto l'annuncio per un impiegato part-time.

"Ti ricordi di Satoru?" le avevo detto, "il ragazzo che l'altro giorno ha incollato tutte le etichette?"

“Sì, me lo ricordo,” aveva risposto lei, “se si accontenta di un impiego part-time, per me può cominciare anche subito.”

L’assistente del fiscalista se ne andò e io il capo uscimmo per pranzo, anche se era più tardi del solito. “Per una volta voglio mangiare qualcosa di veramente buono,” disse, e mentre ci dirigevamo al Sekishintei, il ristorante del New Ōtani Hotel, il capo cominciò a parlarmi di un programma che aveva visto di recente alla NHK.

Si trattava di un documentario su un giovane che andava in giro a portare il messaggio dell’Islam tra i poveri di New York, e anche se non saprei dire fino a che punto ci si possa fidare della memoria del mio capo, stando al suo racconto questo giovane aveva detto a una nera di mezza età, una tossicodipendente, che avrebbe potuto ricominciare da zero, se avesse avuto fede. Pochi giorni dopo, la donna si era convertita all’Islam e, ricevendo da lui una copia del Corano, i suoi occhi rossi si erano riempiti di lacrime e lei aveva detto: “Adesso sì che posso ricominciare”.

Una volta che ebbe finito di raccontare, il capo mi domandò: “Che ne pensi?”, e io risposi: “Che ti devo dire?”.

Al Sekishintei si poteva scegliere tra due menu fissi per il pranzo: dentice di Akamatsu e filetto di manzo. Poiché il capo aveva ordinato il dentice, io presi il filetto.

Dopo pranzo lasciammo l’hotel e facemmo una passeggiata a Kioizaka. Arrivammo in cima alla salita, sul lungofiume. Davanti a noi c’erano i campi sportivi dell’Università Jōchi, mentre in lontananza riuscivamo a vedere il tetto della foresteria del governo. Il capo volle fare una pausa, così mi sedetti accanto a lei su una panchina. Il cielo era azzurro e la luce del sole faceva già presagire l’arrivo dell’estate. Mentre eravamo lì seduti, un gruppo di bambini con tute uguali, alunni della scuola media di Kōjimachi, si avvicinarono correndo, con passo pesante, sul lungofiume. Avevano le guance rosse, le fronti imperlate di sudore sotto il sole di inizio estate. Quando passarono sentimmo un odore secco di terra.

All'improvviso il capo disse: "È un po' che pensavo di parlartene, c'è una ragazza che ti vorrei presentare".

"Uhm, grazie, ma non è necessario. Posso trovarmene una da me," mi affrettai a rifiutare.

"Stai ancora dietro a quella che ti ha lasciato?" disse ridendo.

"Stare dietro a qualcuna così non è forse il modo più eccitante di amare?"

"Dici sul serio?"

Il mio capo avrebbe presto compiuto quarantun anni, eppure aveva un ragazzo della stessa età di Ryōsuke, anche lui studente universitario. Una volta che eravamo usciti a bere, le avevo chiesto che tipo di uomo le piacesse. Il tono della sua voce non faceva capire se fosse seria o scherzasse, fatto sta che rispose: "Il tipo d'uomo che mi piace è come il motto dei francescani, che, per inciso, recita 'povertà, castità e obbedienza'".

Quella sera partecipai a una riunione di produzione in cui discutemmo del dépliant per il lancio di un film. Come al solito furono scelti lo stile e l'idea, entrambi obsoleti, del direttore dell'azienda che aveva investito di più nel progetto. Uscendo dalla stanza diedi una leggera pacca sulla spalla di Momochi, le cui proposte non erano state accolte neanche questa volta, e gli dissi, piuttosto esasperato: "È il contenuto del film che conta! Solo il contenuto!".

Non tornai in ufficio ma andai a bere per conto mio allo Halcyon di Aoyama. Il barista mi disse: "Mirai dovrebbe essere qui a momenti". Sapevo che se mi avesse trovato lì mi avrebbe costretto a bere con lei fino all'alba, così mi alzai in fretta e furia e feci per uscire quando la vidi arrivare insieme a Shinji, il proprietario del negozio in cui lavorava. Si vedeva benissimo che Mirai aveva già bevuto. Mi notò al bancone, mi raggiunse subito e mi disse, con l'alito che le puzzava di alcol: "Gliel'hai detto a Satoru?".

"Che cosa?"

"Come sarebbe a dire 'Che cosa'? Ti ho chiesto di mandarlo via!"

"Ma mi dici che cos'ha fatto? Come faccio a dirgli di andarsene senza nemmeno sapere perché?"

Mandai giù con il vino bianco una fragola offerta dal barista. Mirai ripeté: "Ha rovistato tra la mia roba! Mandalo via, e subito!".

Volevo provare a chiederlo direttamente a Satoru, ma ero così spaventato dalla reazione che avrebbe potuto avere Mirai che da un po' di giorni non riuscivo neanche ad avvicinarlo. Sapevamo che tornava di nascosto durante il giorno, quando Mirai e io eravamo al lavoro, ma se anche Koto-*chan* gli chiedeva il motivo dell'arrabbiatura di Mirai lui rispondeva soltanto "Non volevo fare niente di male. Se davvero se l'è presa così tanto dille che mi dispiace", senza dire che cosa le avesse fatto. Io ipotizzai che avesse letto di nascosto il suo diario, ma Koto-*chan* negò categoricamente che Mirai tenesse un diario.

Mi ricordai che il giorno successivo avrei avuto una riunione, così mi alzai dicendo "Comincio ad andare". Mirai mi afferrò un braccio: "A-aspetta un attimo!", al che tornai alla carica: "E allora dimmi una buona volta che cosa ti ha fatto Satoru".

"Va bene, te lo dico. Se te lo dico farai ciò che ti ho chiesto? Se io adesso te lo dico, tu lo devi mandare via."

Dopo questa premessa, Mirai cominciò a spiegarmi di quale colpa si era macchiato Satoru.

Alla fine del suo racconto mi liberai della sua presa e me ne andai dal bar. "Ha registrato *La Pantera Rosa* su un video a cui tenevo..." Praticamente per me era come se dicesse "mi sono rotta un'unghia". Come se non bastasse, questo video così importante era una raccolta di scene di stupro tratte da diversi film. A chiunque sarebbe venuta voglia di cancellarle, non soltanto a Satoru.

Uscendo dal bar sentii Mirai che mi chiamava, "Aspetta!". Quand'è ubriaca, Mirai tende ad addormentarsi dove le capita. Una volta ci eravamo alzati tutti per andarcene quando ci accorgemmo che Mirai non era con noi nonostante fosse stata lì fino a poco prima. Pensando che ci avesse preceduto, non la cercammo e iniziammo a rimetterci i cappotti che erano ammucchiati sul divano. Fu così che trovammo Mirai, addormentata sotto il mucchio. Aveva il respiro regolare e un sorriso così tranquillo da farti chiedere che cosa mai stesse sognando. Stentavamo a credere che non fosse soffocata. Qualche volta mi viene voglia di domandarle quale sia la causa di tanta tristezza da indurla a bere così tanto.

Comprai del gelato da Baskin Robbins di fronte alla stazione di Chitose Karasuyama e tornai a casa. Nel soggiorno c'era soltanto Koto-*chan*. Ryōsuke era al lavoro e sarebbe stato a dormire da Kiwako, mentre Satoru, ancora impaurito per via di Mirai, non era rientrato.

Koto-*chan* sembrava un po' triste, così le lasciai scegliere il gelato per prima, poi glielo misi in una graziosa ciotola di vetro e glielo offrii. Koto-*chan* sembrava far parte dell'arredamento in soggiorno, visto che ci passava molto tempo. Da un po' di tempo, quando Koto-*chan* non era in soggiorno nessuno si sedeva mai nei posti che di solito occupava lei. Era lei quella che sapeva dirti con esattezza dove fossero i buoni sconto della pizza o la scorta di fazzolettini di carta.

Koto-*chan* fissava il vuoto, assente, con il cucchiaio del gelato a mezz'aria, così le domandai: "Che succede?". Senza attendere una risposta, andai nella stanza dei ragazzi e mi liberai di giacca e pantaloni. Ero davanti all'armadio, impegnato a sciogliere il nodo della cravatta, quando nello specchio vidi Koto-*chan* in piedi vicino alla porta. Sorpreso, mi voltai. Aveva il cucchiaio ancora in mano e mi stava fissando. Avevo un brutto presentimento e, nel tentativo di anticipare qualsiasi cosa volesse raccontarmi, le dissi: "Sai, stasera mi sono imbattuto in Mirai da Halcyon, ed era messa piuttosto male".

"Naoki... Devo chiederti un consiglio..."

Eccoci qua, pensai. Ma mi sforzai di non cambiare espressione e le domandai: "Che c'è?". I consigli richiesti da Koto-*chan* avevano sempre a che fare con Maruyama Tomohiko. È orribile a dirsi, lo so, ma ero appena tornato a casa ed ero stanco, e onestamente non avevo alcuna voglia di parlare di lui.

"Che succede? Avete qualche problema?" le domandai, evitando di guardarla, mentre mi sbottonavo la camicia. Koto-*chan*, sempre riflessa nello specchio, guardava in basso.

"Non ne ho ancora parlato con nessuno..."

"Di cosa?"

In realtà dentro di me pensavo: "Se non ne hai parlato con nessuno, non parlarne nemmeno con me".

"Ecco... Ovviamente siamo stati attenti, ma..."

Era sufficiente, avevo capito. Mi tolsi la camicia e dissi soltanto "Ok".

"Non sono ancora riuscita a dirlo neanche a Maruyama-*kun*..."

Indossai la mia tuta Adidas, la feci uscire delicatamente dalla stanza e ritornammo nel soggiorno, dove ci mettemmo a sedere sul divano.

Se il bambino di Koto-*chan* fosse stato mio figlio, le cose sarebbero state molto più semplici. "Ne riparliamo domani," le avrei detto, poi avrei spento la luce e mi sarei messo a letto. Sarebbe stata una buona risposta. Peccato che quel bambino non fosse mio ma di un attore che avevo visto soltanto in tv. Inoltre, anche se vivevamo insieme da qualche mese, Koto-*chan* non era esattamente una mia cara amica. In realtà tra noi c'era una certa distanza, difficile da spiegare.

L'intimità non era tale da poterle parlare in modo brusco, ma non potevo nemmeno cavarmela fingendo di essere dispiaciuto per lei.

"Non sarebbe più sensato parlarne con Maruyama per prima cosa?" domandai, preparando il terreno alla fuga.

"Lo so, ma non ci riesco."

"Prova a dirglielo come hai fatto con me, andava benissimo," pensai. Sul tavolo, il gelato si stava sciogliendo nella ciotola.

"Ma gliene devi parlare."

"Sì, lo so... Ascolta, se non ti va dimmelo pure, ma non è che potresti chiederglielo tu al posto mio?"

Il solo pensiero mi faceva inorridire. C'era questa voce, come un basso continuo nella mia testa che ripeteva "No, no", ma per vigliaccheria, o forse per mettere a tacere la cosa il prima possibile, anziché un rifiuto dalla mia bocca uscì invece un'altra domanda: "Eh? Che cosa gli dovrei chiedere?".

"Cosa farebbe se io restassi incinta."

"Come sarebbe a dire se restassi incinta? Lo sei già, no?"

"Sì, ma credo che potrebbe ragionarci su con più calma se tu gliene parlassi in modo ipotetico, dicendo non che lo sono ma che lo potrei essere."

Koto-*chan* pensava che Maruyama fosse uno stupido o era lei stessa a esserlo? Leccai il mio gelato menta e cioccolato senza rispondere. Quella crema dolce mi si sciolse sulla lingua asciutta per via del vino secco che avevo bevuto.

"Sei già andata da un medico?"

"Non ancora, ma ho fatto un test di gravidanza... Lo vuoi vedere?"

"N-no, ti credo."

Dai discorsi e dall'atteggiamento di Koto-*chan* era chiaro che non avesse intenzione di tenere il bambino. Non aveva il coraggio di abortire senza dire nulla a Maruyama, ma allo stesso tempo temeva di sentirsi dire senza troppi giri di parole "sbarazzatene". Era come se volesse superare quell'impasse, ed evitare qualsivoglia ripercussione, coinvolgendo una terza persona, cioè io, che le dicesse: "Va bene, no? Va bene".

Koto-*chan* non si alzò dal divano neanche dopo aver finito il gelato, e la situazione si era fatta così opprimente che non riuscivo neppure ad alzarmi per andare in bagno.

Alla fine, nel tentativo di mettere fine a quella tortura, le dissi: "Va bene, ci penso io. Parlerò con Maruyama. Ma devo farlo subito, il bambino non può aspettare". Mi ero già pentito di aver acconsentito, chissà quanti altri consigli mi avrebbe chiesto da quel momento in poi.

"G-giusto," disse Koto-*chan* alzandosi di scatto e correndo nella stanza delle ragazze. Ritornò con un quaderno su cui aveva annotato gli impegni di Maruyama.

"Vediamo... Che ne pensi della prossima settimana, magari martedì sera? O giovedì mattina?"

Percepii una specie di allegria nella voce di Koto-*chan*, non sembrava di certo una che stava decidendo il giorno in cui qualcuno le avrebbe chiesto di abortire.

Da qualche anno a questa parte ho la sensazione che le cose vadano esattamente al contrario di come immagino. Voglio dire che io prendo determinate iniziative pensando solo al mio vantaggio, e invece la gente pensa che lo faccia per qualcun altro. Per esempio, quando Misaki mi disse che Mirai sarebbe venuta ad abitare con noi, io fui d'accordo solo perché pensai che in questo modo avremmo smesso di litigare tutte le sere. Invece Misaki e Mirai, e persino il proprietario dello Halcyon, mi elogiano ancora per la mia generosità e apertura mentale. Stessa cosa con Ryōsuke. Quando il mio *kōhai* Umesaki mi disse che un suo compagno di università era talmente sfigato in amore che a momenti si uccideva, gli risposi: "Be', se è così dovresti portarlo qui da noi". Ma in realtà lo feci perché ero invidioso di Misaki e Mirai, che insieme si divertivano un sacco e facevano come se io non ci fossi, e volevo proprio vedere come avrebbero fatto se in casa ci fosse stata una persona pronta al suicidio. Perché sì, Ryōsuke era così depresso che a momenti si suicidava, ma dopo un po' che viveva con noi si riprese, e Umesaki mi disse, con profonda stima: "Sapevo che tu ce l'avresti fatta". Il motivo per cui accettai anche Koto-*chan* fu che da quando Misaki era andata via l'appartamento era diventato un porcile. Nonostante sia davvero molto carina, se a Koto-*chan* non fosse piaciuto così tanto fare le pulizie, nessuno mai avrebbe voluto averla in casa, visto che passava intere giornate seduta in soggiorno ad aspettare che un tizio le telefonasse.

Ecco perché, nonostante avessi agito sempre e solo pensando al mio tornaconto, ogni volta che uno di loro aveva bisogno di un consiglio, che si trattasse di Koto-*chan*, Ryōsuke, Mirai o Satoru, era sempre da me che venivano, come se fosse la cosa più naturale del mondo. Non ero mai stato davvero gentile, non mi ero mai messo nei panni di un altro, ciononostante venivano da me, come aveva fatto quella sera Koto-*chan*. E, per qualche strana perversione delle loro personalità, consideravano la mia indifferenza una forma di premura, e ai loro occhi, senza neanche volerlo, diventavo sempre più degno di rispetto.

A un certo punto, non saprei dire quando, la mia incapacità di provare empatia li condusse a considerarmi alla stregua di un fratello maggiore. Se si accontentavano di così poco, come doveva trattarli tutta l'altra gente? Il solo pensiero mi procurava una grande inquietudine. Be', dovevo smetterla o sarebbero venuti a chiedermi qualche altra cosa.

Per la prima volta dopo tanto tempo, avevo fatto jogging tutti i giorni per una settimana intera. L'effetto tonificante è maggiore se si corre di mattina, quando l'aria è più fredda, anziché la sera dopo il lavoro. Ryōsuke mi aveva seguito per un paio di giorni, ma alla terza mattina, quando gli chiesi di unirsi a me, non provò nemmeno a strisciare fuori dal letto. Quando sono in forma e provo una sensazione piacevole di stanchezza, sento un inspiegabile desiderio di contatto fisico. La domenica, per puro caso, Misaki si fermò a dormire da noi. Indossava una gonna lunga con una fantasia floreale e una T-shirt che le metteva in risalto il seno. Mi piaceva molto quando si vestiva così. Mangiando gli *yōkan* che aveva comprato disse: "Alle volte non ti va di farlo in posti strani?".

"Posti strani? Che vuoi dire? Tipo nel letto di Ryōsuke?" scherzai.

"Mi stai prendendo in giro? Con quelle coperte piene di bava?"

"Ok, allora dove?"

Stavamo parlando da un po' quando Koto-*chan* tornò da uno dei suoi rari viaggi fuori dall'appartamento.

Tre giorni prima avevo incontrato Maruyama in un piccolo caffè di Ebisu. Portava un berretto calato sulla fronte, ciononostante vennero tre cameriere ad assillarlo per avere un autografo. Di persona sembrava molto più giovane. Pensavo che i personaggi televisivi come lui fossero piuttosto sgradevoli, e non volevo che la situazione si complicasse ulteriormente, in più ero sicuro che non avesse tempo, così andai dritto al punto e gli raccontai quello che stava succedendo.

"Capisco," disse con tono pacato. "Mi serve un po' di tempo per rifletterci su."

Stavo quasi per aggiungere che Koto-*chan* non era intenzionata a tenere il bambino, ma osservando la sua espressione, terribilmente seria, non riuscii a dirgli chiaro e tondo che si sarebbe sentita molto più sollevata se anche lui fosse stato della stessa opinione.

"Mi metterò in contatto con lei entro una settimana," disse, e uscì dal locale.

Un po' preoccupato, mi chiesi come avrebbe reagito Koto-

chan se lui le avesse detto di tenere il bambino. Probabilmente in un paio di giorni le avrebbe fatto la fatidica telefonata.

Mentre Koto-*chan* prendeva una bottiglia di Volvic dal frigorifero le chiesi: "Dove sei andata?".

"A votare," disse con aria distratta.

"A votare? Vuoi dire che hai trasferito la residenza qui?"

"No, non ancora. Mirai mi ha detto che non poteva andare, così ho votato io per lei." E scomparve nella stanza delle ragazze. D'accordo, era provata dall'attesa della telefonata di Maruyama, ma di lì a non rendersi conto di avere appena commesso un crimine gravissimo ce ne vuole.

In quel momento, di fianco a me, Misaki urlò: "Ecco! Ce l'ho! Ho trovato un posto veramente strano!".

Il posto in cui mi portò Misaki era la scuola elementare del quartiere, che veniva utilizzata anche come sede elettorale.

"Qui?"

Cominciai ad arretrare lentamente. "Non ti preoccupare, basta che ci intrufoliamo senza far rumore," disse Misaki, sicura di sé. Mi diede una spintarella e oltrepassai il cordone che delimitava l'area interdetta, ritrovandomi nel cortile della scuola. Come aveva detto, una volta dentro, nessuno ci avrebbe scoperto. Attraversammo il corridoio a testa bassa e salimmo le scale fino al secondo piano.

La prima aula che incontrammo era quella della IV A. Feci scorrere la porta con molta attenzione per non fare rumore. L'interno era silenzioso, le tende beige erano chiuse e la luce pomeridiana vi filtrava debolmente. Non vedevo i banchi e le sedie di una scuola elementare da molto tempo e mi sembrarono dei giocattoli. Ci sedemmo l'uno di fianco all'altra su due piccole sedie.

"Che tipo di bambino eri alle elementari?" mi chiese.

"Un bambino qualsiasi," risposi. Infilai la mano sotto il

banco e afferrai una fetta di pane duro come un sasso. Misaki sfogliava un manuale di musica.

Andai a sedermi sulla sedia davanti a lei, mi voltai e la baciai.

"Non sai quanto mi sto eccitando," disse. Aveva ragione, ero molto eccitato anch'io.

Non potemmo spogliarci completamente, ma quando vidi i suoi seni candidi spuntare dalla T-shirt che si stava sfilando mi sembrò così sensuale e indecente che mi venne voglia di schiacciarli. Staccò le labbra dalle mie e improvvisamente mi domandò: "Mi ami ancora?".

Ci pensai per un istante, poi risposi: "È un bel peso da addossarmi, non ti pare? Ma penso di amarti ancora".

Sorrise e borbottò: "Non sei cambiato per niente".

"Che vuol dire che non sono cambiato per niente?"

"Vuol dire quello che vuol dire," disse, rimettendosi il reggiseno.

Proprio in quel momento udimmo un rumore dal corridoio e ci guardammo l'un l'altra trattenendo il respiro. I passi procedevano con andatura regolare, sembrava scendessero dalle scale.

"Hai saputo di Mirai?" mi domandò.

"Che cosa?"

"Non so se sia seria, ma dice di voler andare alle Hawaii."

"Alle Hawaii? E con chi?"

"Non in vacanza, ci va ad abitare."

"Ad abitarci?"

"Già, ma la conosci... Non so fino a che punto crederle. Era in un bar a bere qualcosa con Satoru e gli altri quando ha conosciuto il presidente di un'azienda dolciaria di Kōbe. A quanto pare la ditta possiede un resort aziendale a Oahu e le avrebbe chiesto di diventarne il manager."

"In che senso il manager?"

"Non lo so. Ma mi ha mostrato alcune foto del posto ed è una specie di condominio di lusso."

"Sì, ma era qualcosa di cui hanno parlato tra un bicchiere e l'altro, giusto?"

"Non saprei davvero."

Mi alzai dalla sedia e andai a controllare fuori dall'aula. Guardai in fondo al lungo corridoio, non vidi nessuno arrivare da quella direzione. Avevo la sensazione, invece, che se avessi ascoltato con attenzione avrei potuto udire l'eco delle risate dei bambini.

Quella sera Misaki e io uscimmo a cena, solo noi due. Invitammo Koto-*chan*, che come sempre era in soggiorno, ma ci respinse seccamente, dicendo che alle dieci sarebbe andato in onda un telefilm in cui compariva anche Maruyama. Mirai e Ryōsuke non erano tornati dal lavoro e di Satoru non avevamo ancora notizie.

Cenammo in un nuovo locale vicino alla stazione specializzato in piatti a base di lingua di manzo, poi andammo a bere del vino in un bar gestito da un francese. Quando dopo le dieci, un po' brilli, tornammo a casa, seduto sul divano del soggiorno trovammo Maruyama in persona, con un'espressione molto seria in viso. "Ah! Ah!" esclamò Misaki, puntando il dito avanti e indietro, prima verso il Maruyama reale, poi verso quello sullo schermo della tv, che correva sotto i ciliegi.

Percepii un'atmosfera particolare nella stanza, quindi presi Misaki per mano e sgattaiolammo nella camera dei ragazzi. "Wow! Koto-*chan* è davvero con Maruyama Tomohiko!" disse Misaki con un tono allegro, e appoggiò l'orecchio alla porta. "Smettila!" le dissi, tirandola per un braccio.

Per qualche istante, dal soggiorno udimmo solo la televisione. Nell'episodio della settimana precedente il tipo interpretato da Maruyama era andato ad abitare in un vecchio appartamento insieme a Egura Ryō, la quale aveva ancora il cuore spezzato perché l'amica le aveva rubato il ragazzo. "Non riesco ad abbracciarti sapendo che pensi ancora a lui...", era la battuta stucchevole che usciva dagli altoparlanti del televisore, attraversava la stanza in cui c'era colui che l'aveva pronunciata e arrivava fino alla camera dei ragazzi.

"È una strana sensazione," disse Misaki.

"Perché?"

"È come se lo stesse dicendo veramente," rise. E aveva ragione. A che serve la televisione?, pensai.

Riuscimmo ad ascoltare la conversazione tra Koto-*chan* e il vero Maruyama solo durante la pausa pubblicitaria. Nonostante le mie proteste, Misaki aveva ancora l'orecchio appiccicato alla porta.

Per riassumere quello che si erano detti in soggiorno: Koto-*chan* disse che non voleva procurargli alcun problema, quindi che non aveva intenzione di tenere il bambino, Maruyama tentò di convincerla che non ci sarebbe stato alcun problema e che la situazione si sarebbe risolta nel migliore dei modi. Cercò di farla apparire meno peggio di quel che era, in realtà erano alla disperata ricerca di una ragione plausibile per abortire. Se l'attore famoso avesse detto: "Sbarazzatene!", mentre la giovane fan insisteva: "Permettimi di tenerlo!", potreste facilmente immaginare come si sarebbe risolta la vicenda. Ma in questo caso, al contrario, con l'attore famoso che chiedeva di tenere il bambino e la giovane fan che voleva abortire, era difficile prevedere come sarebbe andata a finire la storia.

Misaki, con l'orecchio premuto contro la porta, rise. "È come un melodramma al contrario, spesso le soap opera spagnole seguono questo tipo di canovaccio." Non sapevo nulla di soap opera spagnole, invece mi venne in mente il film di Almodóvar *Che ho fatto io per meritare questo?* Mi ricordai di un'intervista rilasciata a un giornale in cui il regista affermava che "Il viso di una persona piena di gioia e quello di una tormentata dal dolore sono identici... Ho scritto questa sceneggiatura come se il regime di Franco non fosse mai esistito".

Dopo la fine del telefilm, Maruyama disse a me e Misaki: "Piacere di avervi incontrati", e se ne andò.

A quanto pare il suo manager lo stava aspettando. Alla fine, stando a quanto avevamo origliato, i due non avevano ancora risolto il problema.

Non avevo voglia di andare in soggiorno a farmi ripetere l'intera conversazione da Koto-*chan*, così rimasi nella camera dei ragazzi. Misaki invece ci andò, e premettendo: "Non avevo intenzione di origliare nulla," disse, con tono abbastanza severo: "Fareste meglio a prendere una decisione il prima possibile. Il bambino non può aspettare". Koto-*chan* rimase in silenzio e Misaki aggiunse: "Maruyama ha recitato bene la sua parte e tu stai cercando di farla durare il più a lungo possibile, vero?". Il tipo di commento *coup de grâce* che solo tra donne può accadere, qualcosa che io nemmeno potrei immaginare di dire.

Misaki quella notte non rimase a dormire, tornò a casa sua. Mirai rientrò, ubriaca, dopo le due del mattino. Quando entrò nella stanza dei ragazzi e accese la luce, finsi di dormire. Ma mi scosse così forte che alla fine dovetti arrendermi. "Che vuoi?" le domandai sbattendo le palpebre nella bianca luce del neon.

"Sono stata da Brodsky, a Shimokita, a bere con Ryōsuke," disse.

Controllai sotto il mio letto, abbastanza sicuro che il futon di Ryōsuke fosse ancora lì, ripiegato con cura.

"Era con Kiwako, sembra che tra loro le cose vadano bene."

"Uhm," fu tutto ciò che dissi.

“Hanno detto che Satoru se n’è andato, ha preso tutte le sue cose ed è partito.”

Satoru possiede qualcosa? mi chiesi.

“Dove pensi che dormirà stanotte?”

“Forse a casa di qualche amico,” risposi per tagliar corto, e mi voltai verso il muro. Noncurante, Mirai continuò a parlare.

“Una volta Satoru mi ha portata al parco di Hibiya. Era proprio nel cuore della notte, e ci siamo intrufolati in un auditorium all’aperto. Pare che ci dorma quando non ha altri posti dove andare. Ci siamo sdraiati sopra delle lunghe panche vicino al palco. Erano tremendamente fredde. La notte sono così fredde da farti male alla schiena. Nonostante fossimo nel bel mezzo di Tōkyō, c’era molta quiete, solo il rumore delle macchine in lontananza, e io provai una sensazione di solitudine... Ha solo diciotto anni, sai, però ha già dormito in posti del genere parecchie volte.”

Mi ricordai improvvisamente di non aver detto a Satoru del lavoro part-time che gli avevo trovato. L’altra volta, quando stava aiutando a incollare le etichette per gli inviti all’anteprima del film e gli dissi che poteva tornare a casa, rispose che voleva restare ancora un po’ ad aiutarmi. Mi tornò in mente la sua espressione mentre provava, non senza combinare qualche pasticcio, a usare la fotocopiatrice.

“Stai dormendo?” chiese Mirai con un tono malinconico.

“No, non sto dormendo,” risposi.

“Hai mai osservato il viso di Satoru quando dorme sul divano? È ancora un bambino... È ancora un bambino e non ha un posto in cui vivere, e dorme su una panchina in un parco.”

Mi voltai e trovai la faccia di Mirai vicinissima alla mia. Ci fissammo a vicenda e calò uno strano silenzio.

“Naoki, tu pensi che io sia una lesbica che odia i ragazzi, vero?”

“Uh? E questa da dove salta fuori?”

"Non c'è nulla da temere... Oh, hai pensato che stessi per baciarti?"

Il suo alito puzzava di vodka.

"Non lo saprai mai se non ci provi, no? Ricordi cosa ha detto l'indovino dell'appartamento accanto, che sei alla ricerca di qualcosa di nuovo? Forse domani qualcosa cambierà."

"Va bene, ma non credo di dover forzare la mano."

"Perciò ho cercato di aiutarti." E così spense la luce e uscì dalla stanza.

"Se fuggi da questo mondo ne troverai un altro uguale, ma più grande..." Ero abbastanza sicuro che fossero queste le parole dell'indovino.

Koto-*chan* mi telefonò in ufficio. "Ha chiamato Satoru, ma siccome si trattava del lavoro part-time, gli ho detto di chiamarti in ufficio. L'ha fatto?" Suonava stranamente allegra, ma io ero occupato quindi risposi soltanto: "No, non ancora".

"Ah sì? Quindi non sai ancora niente?"

"Di cosa?"

"Di dove Satoru passa la notte in questo periodo."

Con il capo e Momochi a Cannes, passavo intere giornate a rispondere al telefono. Avevo fretta di riagganciare e le domandai bruscamente: "Dove passa la notte?". Koto-*chan*, con un tono soddisfatto, rispose ridendo: "Satoru dorme tutte le notti sul sedile di Momoko".

"Quindi non va a casa di qualche amico?"

"All'inizio sì. Però l'amico da cui andava adesso è stato arrestato. Possesso di marjuana."

In quel momento squillò un altro telefono. "Scusami," dissi, e feci per riagganciare, quando Koto-*chan* disse: "Senti, perché stasera non passi dal parcheggio e riporti Satoru a casa?". Risposi: "Sì, va bene. Ci provo" e riagganciai. Subito dopo, però, ricevetti una telefonata dal grafico e discutendo con lui dei colori per il dépliant mi dimenticai completamente la mia promessa.

Il telefono continuò a squillare all'infinito. Domande dei giornalisti sulle anteprime, un editore che ci chiedeva diapositive del film, una rivista che voleva pubblicare uno speciale, la tipografia con le bozze da controllare... Mentre che rispondevo al telefono, la mia mano e il tono della mia voce diventavano meccanici, e mi sentii pervadere da uno strano slancio. Non appena mettevo giù la cornetta di un telefono ecco che ne squillava un altro, come se stesse aspettando. Se non allungavo subito il braccio, quel suono un po' comico continuava. Poi attaccava un altro telefono ancora, e i due squilli suonavano in coro. Feci un respiro profondo e dalla bocca dello stomaco mi partì una risata. Poi sentii un brivido scendermi lungo la schiena. Non ero a Cannes a firmare accordi né a una riunione a presentare un progetto. Mi trovavo in un ufficio angusto e deserto e cercavo di stare dietro a tutte quelle telefonate. Ciononostante, la situazione mi metteva una tale allegria da farmi rabbrividire.

Il telefono continuava a squillare. Lo guardai e mormorai: "Mi sono rotto". La mia voce aveva qualcosa di finto. Ripetei più forte: "Mi sono rotto!". Ma nello spazio ristretto dell'ufficio risuonò come un "Sono felice!".

Per la prima volta dopo tanto tempo uscii prima dal lavoro, e quando arrivai a casa, Ryōsuke e Koto-*chan* stavano guardando la tv nel soggiorno, seduti l'uno accanto all'altra. Pensavo che fosse un'altra telenovela, invece si trattava di un documentario della NHK che spiegava come la Matsushita Corporation, che aveva acquisito la MCA, fosse uscita dal mercato di Hollywood. Mi sedetti insieme a loro e rimasi a guardare anch'io.

Dopo la fine del programma mi avviai verso la stanza dei ragazzi per cambiarmi, quando dietro di me sentii Koto-*chan* che mi diceva: "Martedì prossimo vado all'ospedale". Risposi con uno "Uhm" quasi automatico. Poi mi bloccai. "All'ospedale?" domandai voltandomi verso di lei. "Quindi abortirai?" Koto-*chan*, sempre guardando la tv, annuì.

"Sei davvero convinta?"

"Sì, grazie." Non avevo idea del perché mi stesse ringraziando. Ma forse non c'era bisogno di ficcare il naso ulteriormente. Andai in stanza senza dire altro e mi tolsi giacca e pantaloni. Mentre mi mettevo la tuta mi chiesi cosa avrei fatto se Koto-*chan* fosse stata mia sorella. Ma che sciocchezza. Non lo era.

Il neon stava per fulminarsi. Nella luce bianca intermittente, la parte superiore del mio corpo, nuda, si rifletteva nello scorrevole a specchio. Prima mi vedevo chiaramente, poi scomparivo nel buio. Mentre fissavo quella sequenza di immagini, un'ombra pallida che sembrava frapporsi tra me e lo specchio si fermò nel mio campo visivo. Pensai al feto nella pancia di Koto-*chan*. E a come aveva annuito senza guardarmi.

Spensi quella luce fastidiosa e il buio della sera inghiottì la stanza. Restai per un po' lì fermo, poi mi accorsi che la luce del soggiorno filtrava, illuminando il pavimento. Era Koto-*chan* che, vicino alla porta socchiusa, mi guardava imbarazzata mentre rimanevo a fissare il vuoto nel bel mezzo della stanza buia. Colto di sorpresa, tirai il cordoncino del neon e mi affrettai a spiegarle: "La luce non funziona bene". Quando Koto-*chan* vide la luce che si accendeva e si spegneva sembrò sollevata.

Stringendo il laccio della tuta le domandai che volesse. Koto-*chan* e Ryōsuke stavano uscendo per andare al videonoleggio e volevano che consigliassi loro un film.

"Che fai? Andiamo!" gridò Ryōsuke dall'ingresso.

"Scusami, ma non me ne viene in mente nessuno." Così dicendo, accompagnai Koto-*chan* fuori dalla stanza e tornai in soggiorno.

Dopo che furono usciti, spensi la tv e mi sedetti sul divano. Sentii il portachiavi di Ryōsuke sotto il mio sedere e lo presi. Era in pelle, con cinque chiavi attaccate. Una dell'appartamento, un'altra con ogni probabilità di Momoko, ma non ero sicuro riguardo alle altre tre. Una poteva essere dell'appartamento di Kiwako, un'altra della casa dei genitori. Quanto alla quinta, non ne avevo la più pallida idea. Buttai il portachiavi sul tavolo e le chiavi tintinnarono.

Da quando avevo spento la tv c'era un tale silenzio che riuscivo a sentire le lancette dell'orologio appeso alla parete. Cambiai posizione e la similpelle del divano crepitò. Il soggiorno era quasi sempre occupato ed era molto tempo che non mi trovavo lì da solo. A disagio, mi alzai e riaccesi la tv. Poi andai verso la stanza delle ragazze, che non frequentavo da parecchio, ed entrai. Mirai aveva spostato il letto in una posizione un po' diversa rispetto a dove lo teneva Misaki. Accesi la luce e ci girai intorno. Ai piedi del letto, coperto da un tessuto batik, c'era il *futon* di Koto-*chan* ripiegato con cura. Vicino al muro c'erano tre scatole di cartone, forse contenenti i suoi vestiti, una accanto all'altra. Non aveva altro. Ne mossi una con il piede e vidi che in mezzo c'erano delle etichette per la spedizione. Le tirai fuori e notai che erano già state compilate. Nel campo del destinatario c'era l'indirizzo dei genitori di Koto-*chan*. Da Ōkouchi Kotomi, Tōkyō, a Ōkouchi Kotomi, Hiroshima. Pacchi da spedire a se stessa. Le etichette erano tre, una per scatola.

Strano a dirsi, la cosa non mi fece né caldo né freddo. Koto-*chan* forse avrebbe lasciato l'appartamento. Non l'avrei più vista. Questo era ciò che pensavo, ma non mi provocò alcuna emozione. Probabilmente ci pensavo da quando si era trasferita da noi. Era come se dentro di me dicessi "Da oggi vivremo insieme" e "Stammi bene, addio" nello stesso momento... L'inizio di ogni cosa in realtà è anche l'inizio della sua fine. Forse Koto-*chan* era già andata via il giorno stesso del suo arrivo nell'appartamento. Forse negli ultimi mesi non avevamo vissuto con la vera Koto-*chan*, ma con l'immagine residua della Koto-*chan* che ci aveva già lasciati.

Non mi aspettavo di certo che Koto-*chan* fosse così premurosa da comprare un nuovo neon, così uscii per procurarmene uno. Nel momento esatto in cui aprii la porta, anche l'indovino dell'appartamento 402 uscì di casa con due sacchetti della spazzatura. L'avevo visto molte volte ma non ci avevo mai parlato. Poiché aveva incrociato il mio sguardo, gli dissi "Buonasera", ma lui si voltò dall'altra parte. Senza capire bene il motivo, gli chiesi scusa.

Oltre la porta chiusa sentivo dei gatti miagolare. Non uno, ma cinque o sei gatti miagolavano in maniera fastidiosa e grattavano con gli artigli contro la porta.

Non mi andava di prendere l'ascensore con lui, quindi scesi per le scale, ma grazie alla mia solita fortuna non appena arrivai al piano terra la porta dell'ascensore si aprì e me lo ritrovai di fronte. Questa volta lo anticipai e mi girai dall'altra parte. Con la coda dell'occhio lo vidi fare un inchino senza troppa convinzione, ma mi ero voltato in modo così deciso che non riuscivo più a guardarlo in faccia.

Uscii dal palazzo, attraversai la strada facendo lo slalom tra le auto ed entrai nel *konbini* di fronte. Presi due lampadine a risparmio energetico e qualche banana dalla buccia annerita. Fuori dal negozio, stavo per attraversare la strada quando notai un uomo in giacca e cravatta che scendeva dalla scala di emergenza accanto al *konbini*. Il primo e il secondo piano del palazzo ospitavano un'agenzia di assicurazioni sulla vita, al terzo piano c'era una clinica di agopuntura, mentre il proprietario dell'edificio occupava il quarto. Per curiosità, decisi di salire per quella scala di emergenza.

Quando arrivai al ballatoio tra terzo e quarto piano, vidi chiaramente il nostro palazzo dall'altra parte della strada. L'appartamento in cui abitavamo noi era stretto e lungo, e le finestre di tutte e tre le stanze – quella dei ragazzi, il soggiorno e quella delle ragazze – davano sulla strada. In tutte e tre le luci erano accese, anche se quella della nostra camera, come al solito, era intermittente. La tv era ancora accesa nel soggiorno. La stanza delle ragazze era leggermente in penombra, ma attraverso le tende riuscivo a vedere i disegni di Mirai appesi alla parete.

Misi per terra il sacchetto con le lampadine e le banane, appoggiai il mento alla balaustra di metallo e cominciai a guardare l'appartamento. Era strano vederlo dall'esterno. Non perché dentro non ci fosse nessuno, ma perché non riuscivo a immaginare che qualcuno ci vivesse. Avrei voluto vedere qualcuno in quelle tre stanze vuote. Se aspettavo qualche minuto, magari Koto-*chan* e Ryōsuke sarebbero tornati dal videonoleggio.

Per qualche motivo, mi tornò in mente Satoru. Una volta, al ristorante di *rāmen* vicino alla stazione, stava mangiando un piatto di riso fritto quando mi disse: "Ho un favore da chiederti". Io lo ascoltavo un po' distrattamente. "Ho questo amico che si chiama Makoto, e mi chiedevo se potesse venire ad abitare anche lui con noi." Mi disse di averne già parlato con Koto-*chan*, e di averlo chiesto anche a Ryōsuke e Mirai, ma loro erano tutti e tre contrari. Quindi voleva che stavolta fossi io a chiederlo a loro. Mentre parlava mangiavo i miei *rāmen* e, quando lui finì, presi l'ultimo sorso zuppa. Misi giù la ciotola, alzai gli occhi e vidi che Satoru mi stava fissando. Quasi senza pensarci, gli domandai: "Non stai correndo un po' troppo?". Per un attimo impallidì. "Ecco, voglio dire che...” mi affrettai ad aggiungere, “...tu non hai un posto dove andare, giusto?”

“Sì, è così,” rispose, poi si chiuse nel silenzio.

Mi ricordai di quell’episodio mentre ero lì, sul ballatoio, intento a guardare il nostro appartamento da lontano.

Ryōsuke e Koto-*chan* non sembravano intenzionati a tornare, così pensai di lasciar perdere e tornarmene a casa, ma proprio in quel momento una BMV blu si fermò davanti al nostro palazzo. Dalla parte del passeggero vidi scendere Misaki, quindi mi sporsi e fui tentato di chiamarla, ma lei fece il giro dell’auto, andò dalla parte del conducente e cercò di trascinare fuori un tipo che non avevo mai visto prima. Era un uomo scialbo, di mezza età, e conclusi che doveva trattarsi di Tanitsu, il suo nuovo fidanzato. Misaki lo trascinò fino all’ingresso del palazzo. Pensai di seguirli ma poi decisi di restarli a guardare.

Poco dopo, Misaki comparve nel soggiorno. Notai un leggero movimento delle labbra, forse stava chiamando l’uomo, che era fermo sulla porta. Misaki guardò nella stanza dei ragazzi. Sparì dalla visuale per qualche istante, poi ricomparve sotto la luce intermittente. L’uomo ancora non si vedeva. Misaki spense la luce della stanza dei ragazzi. Le camere illuminate ora erano due e non più tre; lei uscì dalla nostra, attraversò il soggiorno ed entrò in quella delle ragazze. La salutai con la mano, ma non stava guardando fuori.

A questo punto l’uomo entrò. Si guardò intorno nervosamente e fece segno a Misaki di uscire, forse dicendole che dovevano andarsene. Tornò nel soggiorno, fece spallucce, aprì entrambe le mani come fanno gli stranieri per dire che non hanno capito. Sembrava una pantomima venuta male. Riuscivo a vedere il volto dell’uomo. Niente di speciale. Misaki lo trascinò nella stanza delle ragazze e gli indicò il punto in cui si trovava il suo letto, evidentemente dicendogli “Io abitavo qui”. Fu in quel momento. L’uomo stava passando in rassegna i disegni di Mirai appesi al muro quando guardò fuori dalla finestra e i suoi occhi incontrarono i miei. Fu come se esitassero per un istante, sia i suoi che i miei. Io non mi voltai, lui tornò a guardare il muro con naturalezza, fingendo di non avermi visto. Prese Misaki per mano e la riportò in soggiorno.

Poi si sedettero sul divano, dove rimasero per una decina di minuti. Lo vidi alzarsi un paio di volte, dando gomitate a Misaki. Per il resto del tempo vidi solo le loro teste mentre parlavano.

Mentre li guardavo, fui colto da un dubbio. Stavo pensando a come doveva essere la vita di Misaki in un condominio di lusso a Harumi, quando mi venne in mente che non solo Misaki, ma ciascuno di loro avrebbe potuto abitare anche da un'altra parte… Così come lei abitava a Harumi, tutti gli altri, vale a dire Mirai, Koto-*chan*, Ryōsuke e Satoru, magari avevano un altro posto dove stare. Quindi l'unico che vivesse davvero nell'appartamento che stavo guardando ero io. Era un'idea del tutto campata in aria, ma per qualche motivo si stava facendo strada dentro di me.

Prima che Mirai si trasferisse da noi, quando Misaki e io vivevamo insieme e le cose non andavano molto bene, una volta lei mi disse: "Siamo solo tu e io ad abitare qui. Ma qualche volta mi sembra che ci sia anche qualcun altro. Non lo so spiegare, è come se ci fosse un mostro che abbiamo creato noi due".

Non arrivò a dire "Ed è per questo che non ci sopportiamo più". Intendeva soltanto che quando due persone si mettono insieme danno vita a cose del genere.

Misaki e il fidanzato se ne andarono prima dell'arrivo di Ryōsuke e Koto-*chan*. Quando scesero scesi anch'io e, dal ballatoio tra il primo e il secondo piano, li vidi uscire dall'edificio. Alla luce dei lampioni vidi più chiaramente il volto di Tanitsu. Come pensavo, non era niente di speciale.

Aspettai che se ne andassero prima di attraversare la strada. Tornai nell'appartamento, aprii la finestra del soggiorno e vidi di fronte a me il ballatoio dove mi trovavo poco prima. Proprio sotto la balaustra c'era il sacchetto con le lampadine e le banane. Schioccai la lingua e diedi un calcio al divano dove Misaki si era seduta insieme al suo fidanzato. La struttura interna si ruppe e si sentì un "crac". Diedi un altro calcio e il mio alluce si conficcò nel buco che avevo appena fatto.

Aprii la finestra e sentii l'odore della pioggia. Uscii sul balcone e guardai il cielo, ma vidi solo una luna pallida e nessuna nube. Mi ricordai che l'indovino dell'appartamento accanto al nostro riceveva i clienti solo con la luna nuova e il plenilunio. L'aria umida della sera mi si attaccò alle guance e attraverso le maniche della T-shirt mi raggiunse le ascelle. Mi voltai verso la luce abbagliante della lampadina che avevo appena sostituito.

Rientrai nella stanza, mi misi la tuta e andai nel soggiorno. Koto-*chan* e Ryōsuke, usciti per noleggiare un film, non erano ancora tornati, forse si erano fermati al *karaoke*. In giro non si vedeva neanche Mirai, chissà dove stava bevendo. L'orologio a muro segnava già le undici passate.

Mi allacciai le scarpe all'ingresso, pensando a dove sarei potuto andare a correre quella sera. Potevo dirigermi a est della Kyū-kōshū kaidō, superare Kanpachi e procedere verso il parco di Baji, ma mi sentivo abbastanza in forze anche per andare a nord, attraverso il sottopassaggio della tangenziale, e correre fino al parco di Inokashira.

Mentre facevo qualche saltello all'ingresso, sentii oltre la porta le voci di Koto-*chan* e Ryōsuke che ridevano. Quando aprii, il loro sguardo si diresse ai miei piedi, e per qualche motivo presero entrambi un'espressione vagamente infastidita.

"Ci avete messo un bel po'."

Koto-*chan* disse: "Vai a fare jogging?", Ryōsuke invece

“Rientrando ci siamo fermati a mangiare un *parfait*”, e le loro voci si sovrapposero. Ryōsuke portava un sacchetto del videonoleggio. “Che avete noleggiato alla fine?” domandai. “Non te lo diciamo, è un segreto,” rise Ryōsuke, al che Koto-*chan*, giocando a fare la misteriosa, aggiunse: “E pensare che l’avevamo preso apposta per guardarlo tutti e tre insieme”.

“Devo andare a correre, non se ne fa niente.”

“Eh, sì.”

Koto-*chan* e Ryōsuke entrarono in casa quasi spingendomi fuori. “Ma si può sapere che avete preso?” domandai di nuovo. Togliendosi le scarpe, Koto-*chan* si mise a ridere e rispose: “Un porno”, e Ryōsuke mise subito le mani avanti: “Non è colpa mia, è stata Koto-*chan* a dire che lo voleva prendere”.

Chiusi la porta e mi avviai verso le scale. Entrai nell’ascensore, dove feci qualche esercizio in allungo per le ginocchia, e il pavimento scricchiolò sotto il peso del mio corpo.

Nell’androne feci ancora un po’ di riscaldamento. Dagli auricolari del walkman risuonava la voce di Maria Callas. Era *La mamma morta* dell’*Andrea Chénier*. Feci roteare piano i talloni, premetti il pulsante per riavvolgere il nastro, presi un respiro profondo e iniziai a correre.

Uscii dall’androne e mi ritrovai sulla Kyū-kōshū kaidō. Non avevo deciso precisamente dove andare, ma le mie gambe, in maniera del tutto naturale, svoltarono a sinistra. Correvo sulla striscia bianca che separa il percorso pedonale dalla carreggiata. All’altezza dei lampioni la striscia si incurva e rientra nella carreggiata per poi tornare uguale a prima. La voce di Maria Callas aumentò d’intensità nel momento in cui passai in mezzo a una coppia ferma a chiacchierare e un’auto parcheggiata in seconda fila. Non era male correre per la città di notte ascoltando la contessina che supplicava che le si risparmiasse la vita. Era come se fossi in fuga dal mondo, e sentivo più forza nelle gambe. Sincronizzavo respiro e falcata. I piedi sembravano scivolare sull'asfalto. Ogni volta che mi spostavo leggermente verso la carreggiata, alle mie spalle i fari delle auto si facevano più vicini. Le auto mi sfioravano. Mi superavano una dopo l'altra. Il mondo da cui fuggivo non voleva lasciarmi andare. Girai a sinistra all'altezza di Matsuba dōri. In fondo allo stretto viale c'era la Statale 20.

Correndo notai molte cose insolite. Una crepa nel marciapiede, un guardrail ammaccato dopo un incidente, un'insegna piegata e buttata via, un lampione quasi fulminato, un'ortensia dai colori vivaci che spuntava da un muretto di cemento armato.

Uscii sulla Statale 20. All'incrocio il semaforo verde per i pedoni lampeggiava. Mi giocai il tutto per tutto e attraversai le sei corsie della carreggiata. I fanali delle auto ferme al semaforo erano puntati sulle mie guance. Il sudore in attesa sotto la mia pelle stava ora fuoriuscendo dai pori. Arrivato a metà, il semaforo diventò rosso. Aumentai la velocità e corsi a perdifiato sulle ultime strisce bianche luccicanti. Nell'istante in cui poggiai il piede destro sul marciapiede, le auto ripartirono alle mie spalle. Come se il ponte appena percorso fosse crollato dietro di me. Superai una coppia che aveva attraversato prima di me e proseguii a nord lungo Matsuba dōri. La musica dal walkman si interruppe per qualche istante e passò da *Habanera* a *Je veux vivre dans ce rêve*. Per un momento, nell'intervallo tra le due canzoni, riuscii a sentire il mio piede battere sull'asfalto. Quando la musica ripartì, però, l'asfalto tornò vellutato, ed era come se stessi correndo su un vecchio pavimento di linoleum. Come se sotto i miei passi non ci fosse la Terra, ma una pelle che la ricopriva.

Calò su di me un buio denso, come se fossi entrato in una grotta. A Takaido la tangenziale si separa dalla Statale 20 e i ponti sopraelevati si innalzano verso il cielo della notte e sembra che vogliano schiacciare la strada. Ci passai sotto, svoltai a sinistra e corsi lungo il ponte in cemento armato. Ai tempi del terremoto di Kōbe ne vidi uno uguale caduto su un fianco. D'un tratto guardai in su. Centinaia di auto scivolavano sul ponte.

Sulla strada buia sotto al ponte non c'era nessuno, solo il semaforo che passava da verde a rosso. I grossi pilastri erano intervallati da reti metalliche, le luci dei lampioni rischiaravano i muri pallidi in cemento. Si vedevano graffiti fatti con la vernice nera. Non capivo cosa ci fosse scritto, ma non mi sembravano particolarmente riusciti. Una volta, correndo in quello stesso luogo, avevo visto un gruppo di adolescenti in skateboard che gridavano con voci strane, rabbiose. Quella sera invece non c'erano.

Continuai a correre per non perdere il ritmo. Dopo un po' iniziai a sentire un odore di terra. Nello stesso momento cominciai a sentire sul viso le gocce di pioggia. Non me ne ero accorto, ma le nubi avevano coperto il cielo tingendolo di quel colore che si ottiene mescolandoli tutti insieme. La pioggia picchiettava sulle mie braccia nude e le orecchie. I lampioni illuminavano le gocce come se fossero nuvole di scarafaggi. Mi ricordai che il parcheggio dove Ryōsuke lasciava Momoko si trovava proprio in fondo alla strada. Pensai che forse ci avrei trovato Satoru.

Ogni volta che passavo sotto a un lampione, vedevo la mia ombra formarsi vicino ai piedi. A ogni passo si allungava, fino a scomparire in prossimità del lampione successivo. Provai a voltarmi per correre all'indietro e fu un altro tipo di ombra a formarsi, stavolta la vedevo allontanarsi.

Per essere Setagaya, c'erano ancora parecchie zone non edificate. Il parcheggio in cui Ryōsuke aveva affittato un posto auto era proprio in mezzo a una di queste. Sentivo il brecciolino sotto i piedi. Nelle orecchie, però, avevo ancora la voce di Maria Callas.

L'auto di Ryōsuke era sola soletta in un angolo del grande parcheggio. Entrando rallentai gradualmente e, inspirando ed espirando, cominciai a camminare. Era buio pesto. Avvicinandomi all'auto, vidi le gocce rigare i finestrini. Mi chinai sul lato del conducente e guardai dentro. Sul sedile posteriore c'era un plaid spiegazzato, un cuscino e alcuni *manga*. Appannai il finestrino col mio respiro. La carrozzeria mi sembrava tiepida al tatto. Gocce di pioggia mi scivolarono lungo il collo e, piano, lungo la schiena, facendomi rabbrividire.

Decisi di rientrare prima che iniziasse a piovere più forte. Mi allontanai dall'auto e ripresi a correre verso l'uscita del parcheggio. L'odore di terra si era fatto più intenso. La pioggia non avrebbe aspettato. Riuscivo a sentirla quando si infrangeva sul terreno, era ancora più forte della voce di Maria Callas. Le spalle si bagnarono, la T-shirt era sempre più pesante. La pioggia mi bagnò testa e capelli, mi arrivò negli occhi offuscando la luce di un semaforo che lampeggiava in lontananza.

Quando arrivai al ponte sopraelevato, avevo la T-shirt attaccata al torace e alla pancia. Pioggia e sudore impregnavano l'elastico dei pantaloncini. Mi passai la mano sul viso bagnato. Attraversai il ponte e mi fermai nel corridoio spartitraffico alla ricerca di un posto dove ripararmi. Appoggiai le mani sul metallo arrugginito e mi sporsi in avanti per riprendere fiato. Non riuscivo più a distinguere il sudore dalla pioggia che colarono a terra su un blocco di cemento. Dal cemento spuntava una sbarra di ferro arrugginito. Vidi un'auto venire nella mia direzione. I fari illuminarono i graffiti sui pilastri e passando mi schizzò.

Fu allora che udii un rumore sordo di passi. Nell'intervallo tra due brani sentivo solo il mio respiro affannato. Alzai lo sguardo e vidi una donna con un ombrello rosso che camminava lentamente verso di me. Non sembrava avermi visto. Portava dei sandali bianchi e i suoi piedi erano visibilmente fradici. Presi in mano il blocco di cemento e mi nascosi dietro a uno dei pilastri. Avevo corso così forte che mi erano venuti i crampi allo stomaco e avevo la nausea. Il volto della donna era nascosto dall'ombrello rosso e non riuscii a vederlo. Saltando fuori dal pilastro vidi la sua bocca. Per qualche motivo, ebbi l'impressione che sorridesse.

Non ricordo precisamente ciò che feci dopo. Quando tornai in me, avevo le mani serrate sulla sua bocca e l'avevo scaraventata contro la rete arrugginita. Non l'avevo sentita gridare. Quando le colpii il viso con il blocco di cemento, tutto ciò che avevo sentito fu il rumore del colpo, il cemento che affondava nel suo viso morbido. Sollevai la mano. Il blocco di cemento si allontanò dal suo viso. Un liquido nero fuoriuscì dalla bocca della donna. Sembrava che avesse un'ulteriore fila di denti tra l'arcata superiore e quella inferiore. I suoi occhi, chissà perché, convergevano verso il centro. Calai di nuovo il blocco di cemento su di lei, e gli auricolari mi uscirono dalle orecchie. Mi caddero sul torace e mi affrettai a infilarli di nuovo nelle orecchie. Quindi ricominciai a colpire.

Fino a quel momento ero stato chino su di lei, poi mi rialzai e le gettai il blocco di cemento sul petto. Rimbalzò e cadde per terra. Dal suo volto il mento era come scomparso. Una schiuma nera le riempì la bocca. Proprio quando stavo per andarmene, vidi la sua mano muoversi leggermente. Mi chinai e vidi che premeva a ripetizione il pulsante dell'ombrello con il pollice.

In quel momento qualcuno alle mie spalle mi afferrò un braccio. Il mio polso, bagnato per via della pioggia, gli scivolò, ma fui afferrato di nuovo e trascinato a forza. Mi ritrassi e gli auricolari caddero di nuovo, battendomi sul petto come una frusta, poi tremarono e restarono sospesi. Persi l'equilibrio e forse finii con un piede sulla pancia della donna. Fu come se la pianta del piede affondasse in qualcosa. Alzai lo sguardo e vidi Satoru, pallido in viso. Teneva in mano un ombrello nero, aperto ma rivolto verso il basso. Mi teneva per il polso e non saprei dire chi di noi due stesse tremando. Nel momento in cui lo vidi, e vidi quanto era teso, tutte le energie mi abbandonarono. Fu una sensazione piacevole, come se qualcuno mi stesse facendo il solletico.

Stavo per dirgli qualcosa ma restai zitto. Per qualche motivo stavo per ringraziarlo.

In quel momento la sua bocca si mosse: "Presto!". Contemporaneamente mi strattonò. Calpestai di nuovo la pancia della donna. Satoru mi strattonò ancora. "Presto!" ripeté. Uscimmo dall'ombra dei pilastri e ci dirigemmo verso il corridoio spartitraffico. Satoru non mollava la presa. Io mi lasciavo trascinare senza opporre resistenza, ma gli auricolari penzolanti mi davano fastidio e allungai la mano più di una volta. Ma mentre correvamo non riuscii in nessun modo ad afferrare quegli auricolari che mi portavo dietro come una coda.

Non ricordo affatto a cosa stessi pensando mentre Satoru, tenendomi per mano, mi trascinava verso il parcheggio. Forse mi preoccupavo davvero solo degli auricolari.

Entrammo nel parcheggio e camminammo sul brecciolino bagnato fino alla macchina di Ryōsuke. Io mi muovevo lentamente, così Satoru mi spinse nell'abitacolo dal lato del passeggero e, forse per evitare che scappassi, chiuse con la sicura, girò intorno al cofano e andò a sedersi al volante. Sbatté forte lo sportello. Isolati dai rumori esterni, adesso sentivamo solo il picchiettare della pioggia sul tetto. E fu così, forse, che l'atmosfera tesa di pochi istanti prima finalmente si rilassò. "Diamine, sono zuppo," disse Satoru, quindi si girò e lanciò l'ombrello bagnato sul sedile posteriore. Sentivo che stava per cominciare qualcosa. Chissà perché ero convinto che sarebbe stato qualcosa di molto piacevole. Forse gli mancavo di rispetto, ma quando vidi la faccia di

Satoru tutta bagnata mi venne quasi da ridere. Poi mi resi conto di essere tremendamente imbarazzato.

"Stai tranquillo. Non ti ha visto nessuno, e anche venendo qui non abbiamo incontrato anima viva," fece Satoru sfilandosi la T-shirt bagnata. Onestamente non avevo idea di cosa stesse dicendo. Prese un asciugamano dal sedile posteriore, se lo strofinò sul viso e sul torace, lo appallottolò e lo ributtò dietro. Sapevo di dover dire qualcosa. Solo che non trovavo le parole. Sentivo che se avessi taciuto sarebbe finito tutto.

Satoru tirò fuori una T-shirt asciutta da una borsa che teneva sul sedile posteriore. Era come se di me non gliene importasse un bel niente. Ebbi l'impressione di starmi abituando a quella sua indifferenza, quindi gli afferrai una spalla e dissi: "Ehi! Che diavolo stai facendo? Se devi chiamare la polizia fallo subito!". La gola mi vibrò e sentii un leggero pizzicore.

"Ma... Ma che dici? Mi hai fatto prendere un colpo..."

Satoru, sorpreso dal mio tono rabbioso, fece una faccia seccata. Restai in attesa. Pensavo che se mi avesse chiesto "Perché lo hai fatto?" avrei avuto l'occasione di spiegarmi. Ma Satoru mi passò la T-shirt che aveva preso dalla borsa e disse soltanto: "Cambiati, su". Poi allungò le mani per sfilarmi a forza la maglietta, mentre io ero lì esterrefatto. "Piantala!" gli dissi allontanandolo. Ma le sue mani erano sempre lì: "Dai, sbrigati".

"Perché mi devo cambiare?" gridai.

"Ma scusa, quella T-shirt è sporca di sangue."

"E allora?"

"Non puoi tornare a casa così!"

Quindi sarei tornato a casa. Satoru mi avrebbe trascinato fin lì per farmi confessare davanti agli altri.

Smisi di opporre resistenza e Satoru mi tolse la T-shirt bagnata. "Sbrigati!" ripeté, e mi infilai quella asciutta. Odorava di latte. Ed era un po' stretta per me. La mia confessione, con quella maglietta addosso, sarebbe stata ancora più penosa. Però immaginai di dire a tutti "Voi non avete alcun diritto di giudicarmi!" e il pensiero mi rincuorò.

"Tutto a posto? Ti sei cambiato?"

Nell'istante in cui Satoru aprì lo sportello, il rumore del mondo esterno inghiottì la macchina. Si sentivano le gocce sul brecciolino. Il cielo era attraversato da fulmini. Ficcai la maglietta bagnata in un sacchetto di plastica passatomi da Satoru. Premetti così forte che le nocche mi si bagnarono di acqua piovana, sudore e sangue.

Con l'ombrello in mano, Satoru girò intorno all'auto e venne dal lato del passeggero. Appoggiò la fronte al finestrino e mi guardò chiudere il sacchetto. Aprii la portiera, Satoru indietreggiò e mentre scendevo mi coprì la testa con l'ombrello.

"Gli altri saranno già rientrati?"

La voce di Satoru, insieme al rumore del brecciolino, mi sembrò un po' troppo rilassata. Senza dire niente, gli presi l'ombrello di mano.

Per un po' Satoru e io camminammo fianco a fianco, in silenzio. Per qualche motivo ero proprio stufo. Tornare a casa camminando fianco a fianco con Satoru, sotto lo stesso ombrello, mi sembrava terribilmente noioso. Volevo solo confessare tutto davanti agli altri e farla finita. Lungo la strada Satoru mi disse più volte: "Sta' tranquillo". E ogni volta gli rispondevo, dentro di me: "Come faccio a stare tranquillo? Tu non l'hai vista la faccia devastata di quella donna". Sapevo che ogni tanto Satoru si girava verso di me e cercavo di evitare il suo sguardo. Per un attimo quel volto sfigurato da un blocco di cemento si era materializzato davanti ai miei occhi, poi era svanito. Probabilmente non l'avevano ancora trovata ed era lì, appoggiata a quella rete sotto il ponte, con il pollice che continuava a premere il pulsante dell'ombrello.

Percorremmo le viuzze di una zona residenziale e arrivammo alla Statale 20 facendo in modo di non passare dalla stessa strada di prima. Le auto si rincorrevano sull'asfalto bagnato, ognuna schizzando acqua su entrambi i lati. Le strisce pedonali sembravano ponti bianchi su un fiume. Non mi accorsi che il semaforo per i pedoni era diventato verde. I fari delle auto ferme illuminavano Satoru e me. Ma illuminavano soltanto le nostre pelli bagnate dalla pioggia, nessuna luce ci arrivava dentro.

Quando fummo vicini al marciapiede opposto gli domandai: "Cosa vuoi dire agli altri?".

"Cosa vuoi che dica? Non dirò proprio niente." Alla risposta di Satoru, le mie gambe si arrestarono. Credetti di non aver sentito bene. Poiché mi ero fermato, Satoru fece un passo fuori dall'ombrello. Si voltò a guardarmi e fece una smorfia perché le gocce gli colpivano il viso.

"Sbrigati!"

Mi prese di nuovo il polso. Mi liberai e, sgomento, gli domandai: "Che significa che non gli dirai niente?". Satoru mi guardò fisso in volto. Poi brontolò: "Tanto ormai lo sanno tutti".

Gli strinsi la spalla. Era magro da fare spavento. "Mi fai male," disse, divincolandosi.

"Chi intendi per 'tutti'?"

"Tutti vuol dire tutti. Mirai, Ryōsuke, e poi Koto-*chan*: lo sanno tutti, credo. Ma che ne so io? Non è che ci siamo mai messi veramente a parlare di questa cosa."

Il suo tono era tremendamente seccato. Mi disse di sbrigarmi ancora una volta, ma io lo afferrai per un braccio.

"Aspetta... Aspetta un attimo. Perché... Perché se tutti lo sapevano nessuno ha detto niente?".

"E che ne so?"

"Tu perché non hai detto niente?".

“Ma non lo so. Nessuno diceva niente, quindi... E poi io mi trovo bene a casa.”

Ripensai alle facce che avevano fatto Ryōsuke e Koto-*chan*, di ritorno dal videonoleggio, vedendo che stavo andando a correre. Avevano notato le scarpe da jogging e la loro espressione cambiò, mi erano sembrati come infastiditi. La voce di Satoru, che continuava a dirmi “Sta’ tranquillo”, mi risuonò nelle orecchie. Finalmente avevo capito perché potevo stare tranquillo.

Una luce illuminò l’asfalto bagnato e passò uno scooter che consegnava pizze a domicilio. Il ragazzo alla guida portava un’uniforme rossa tutta bagnata, così com’era bagnato il suo viso sotto il casco. Lo scooter ci superò e nell’aria rimase un profumo dolciastro di formaggio.

Entrando nell’appartamento, sulla destra c’è il bagno. Si percorre un breve corridoio e sulla sinistra c’è la cucina. Su un lato c’è una porta scorrevole, aprendola si va nella camera dei ragazzi. C’è un letto a soppalco sotto il quale Ryōsuke sistema il suo *futon*. Nella camera dei ragazzi c’è un’altra porta scorrevole, ma questa dà sul balcone. Ci sono sempre i panni di qualcuno stesi ad asciugare, e nella lavatrice è immancabile trovare un calzino spaiato. Uscendo dalla camera dei ragazzi si va in soggiorno. La parete esposta a sud è occupata da finestre, e anche se si sente un po’ di rumore per via del traffico della Kyū-kōshū kaidō l’ambiente è soleggiato e ha un bel soffitto alto. Dall’altra parte del soggiorno c’è la stanza delle ragazze. È quella che all’inizio dividevo con Misaki. Da quando lei se n’è andata non ci entro quasi mai. L’appartamento è tutto qui. Non ci sono altre stanze. Non è uno di quegli appartamenti di lusso di cui si possa andare fieri né un posto a cui ci si possa affezionare tanto da non volerlo più lasciare. È il posto in cui viviamo noi cinque, un posto da cui possiamo andarcene quando vogliamo.

Tornai a casa quasi di corsa. Sentivo Satoru che gridava "Aspettami!" ma non mi fermai.

Ero troppo impaziente per aspettare l'ascensore, così feci le scale due a due fino al quarto piano. Camminavo verso il pianerottolo, riprendendo fiato, quando la porta accanto alla nostra si aprì. Era l'indovino, che quando mi vide finse di essersi dimenticato qualcosa e richiuse subito. Le porte dell'ascensore si aprirono, Satoru mi stava correndo dietro. Senza voltarmi, aprii la porta dell'appartamento 401. "Oh, eccoti," disse a voce alta Mirai dal soggiorno. Mi accovacciai per slacciarmi le scarpe bagnate e Satoru mi spinse da una parte ed entrò. Mirai ci venne incontro e, rivedendolo dopo tanto tempo, gli disse: "Ah, ma guarda un po', sei ritornato?".

"Ho pensato che magari ti era passata," disse Satoru. Poi, come se niente fosse accaduto, domandò: "C'è qualcuno in bagno?" ed entrò nel soggiorno. Forse perché Satoru mi aveva preceduto, ebbi l'impressione di essere un po' fuori tempo. Alzai lo sguardo e vidi che Mirai mi guardava sogghignando.

"Vieni un attimo."

Dovevo ancora togliermi una scarpa, ma Mirai mi trascinò verso l'interno. Sollevai il piede, mi tolsi la scarpa e la lanciai vicino alla porta d'ingresso.

Nel soggiorno c'era Koto-*chan*. Aveva sistemato uno specchio sul tavolo ed era tutta intenta a strapparsi le sopracciglia. Non era cambiato niente. Mirai mi lasciò all'entrata del soggiorno, corse verso il televisore e premette il tasto Play sul videoregistratore.

"Guarda un po'."

Mirai mi indicò lo schermo, dove una donna stava praticando una fellatio. Doveva essere il film che Ryōsuke e Koto-*chan* avevano preso in prestito prima che uscissi a fare jogging.

"Te la ricordi?" chiese Mirai.

Sempre in piedi all'entrata del soggiorno, feci no con la testa e non dissi nulla.

"Ma dai, quella che allo Halcyon mi ha versato addosso dell'acqua! Non te la ricordi?"

Guardai il profilo della donna che strusciava la lingua lungo il pene dell'uomo. Mi ricordavo che allo Halcyon qualcuno aveva versato dell'acqua addosso a Mirai, ma la faccia non ce l'avevo presente. Mirai incrociò le braccia e mi guardò storto: "Allora, te la ricordi?", ma io feci ancora no con la testa.

Dietro di me sentii la voce di Satoru che, fuori dal bagno, diceva: "Hai appena cominciato?". "No, sto per uscire" gridò Ryōsuke. Satoru tornò indietro, mi vide lì in piedi e sorrise senza motivo. Mi spinse da un lato e andò a sedersi accanto a Koto-*chan*. Lei alzò gli occhi dallo specchio, lo guardò e chiese: "Che ne pensi?". Satoru le rispose: "Forse quella destra è un po' più spessa", al che Koto-*chan* si guardò di nuovo allo specchio. Mirai, in piedi accanto a loro, diede un leggero calcio alla schiena di Satoru e disse: "Ehi, secondo te quella lì è carina?". Satoru alzò gli occhi, guardò lo schermo della tv e rispose: "Secondo me no. La conosci?".

"Mi ha versato dell'acqua addosso."

"Perché?"

"E che ne so? Stava facendo vedere a tutto il locale un anello con un diamante gigantesco, non so se di fidanzamento o cosa, allora io le ho detto 'Hai la benché minima idea di quanti bambini africani sono stati sacrificati per farti quell'anello?' e lei ha risposto che ero solo invidiosa. Mi ha fatto infuriare e le ho lanciato in faccia delle noccioline. E lei mi ha versato addosso un bicchiere d'acqua."

"E tu non le hai versato altro addosso?"

"Stavo per farlo, ma poi quel santo di Naoki, quello che sta lì impalato, me lo ha impedito."

Mirai e Satoru si voltarono a guardarmi tutti e due nello

stesso momento. Proprio allora Ryōsuke uscì dal bagno con un asciugamano intorno alla vita. "Scusami un attimo," fece, quindi mi superò toccandomi il braccio con la schiena ancora bagnata. "Puoi andare," disse poi a Satoru. Koto-*chan* diede un pizzicotto a Satoru e disse: "Uffa, volevo farlo io il bagno!". Sembrava che a nessuno importasse di me. Fu allora che capii che era vero: sapevano tutto. Sapevano tutto, lo sentivo.

Ryōsuke si sedette sul divano e diede un colpetto sulla testa di Satoru: "Che vuoi fare con lo studio?". Koto-*chan* sbadigliò; Mirai, sempre in piedi, strinse il telecomando e continuò a sogghignare. Dovevo fare solo un passo in avanti, come sempre, e sarebbe finita lì.

La sera che presi a pugni la prima donna, rientrando a casa trovai Koto-*chan* che si faceva una maschera, e mi domandò: "Sai, Ryōsuke mi ha invitato ad andare con lui a Izu kōgen, ma tu lo conosci questo Umesaki? Che tipo è?". Cercai di mostrarmi distaccato e risposi: "È uno a posto". La seconda volta trovai Ryōsuke e Mirai, tutti e due con la faccia seria, e mi chiesero: "L'hai portato tu il ragazzo che stamattina stava dormendo sul divano?". Sarebbe stato meglio se avessi risposto: "No, non lo conosco". La terza volta, dopo aver aggredito la donna, mi presi cura di Mirai che era tornata a casa completamente ubriaca. La quarta volta non chiusi occhio per tutta la notte, poi la mattina chiesi a Satoru, che mangiava il suo waffle, di venire a lavorare part-time in ufficio da me.

Se avessi fatto un passo in avanti, come tutte le altre volte, la cosa forse sarebbe finita lì.

Ero rimasto fermo nello stesso punto di prima. Mi tornò in mente il volto sfigurato della donna che avevo colpito con il blocco di cemento. Quella donna doveva essere ancora sotto il ponte, al buio, mentre la pioggia le cadeva addosso.

Se ci fosse stata un'altra Tōkyō, e quella donna fosse stata lì sotto il ponte, sicuramente sarei corso in suo aiuto.

L'eco delle risate. Sullo schermo si era messa a danzare la Pantera Rosa. Doveva essere la famosa videocassetta di Mirai. Pantere rosa che danzavano a ripetizione per coprire le odiose scene di stupro registrate sul VHS... Una parata di pantere rosa sorridenti che muovevano i fianchi e danzavano.

Ryōsuke, seduto sul divano, Koto-*chan* e Satoru, accovacciati per terra l'uno accanto all'altra, Mirai in piedi davanti allo schermo: ridevano tutti, e nessuno pensava a me. Io ero ancora lì, fermo sulla porta, ero uno zero, non ancora giudicato né perdonato. Era come se fossero stati loro a provare rimorso, a pentirsi, a chiedere scusa al mio posto. Non ti daremo niente. Non ti daremo il diritto di difenderti, di confessare, di implorare il perdono. Sentii che mi odiavano, che mi odiavano terribilmente, ma non riuscii a capire perché.

Glossario

bentō: pasto da asporto e il suo contenitore. Lo si può preparare in casa o acquistare già pronto in negozio.

-chan: suffisso posposto al nome di persone, più spesso bambini e giovani donne, con le quali si intrattengono rapporti particolarmente confidenziali.

futon: letto tradizionale giapponese, composto da un sottile materasso che poggia direttamente sul pavimento, generalmente *tatami* (vedi), e una trapunta. Al mattino viene ripiegato e riposto in un armadio, lasciando libera la stanza.

goya: *momordica charantia,* pianta rampicante subtropicale della famiglia *Cucurbitaceae* nota anche come zucca amara. È molto salutare e utilizzata in particolare nella cucina di Okinawa.

hiragana: uno dei due sistemi di scrittura sillabici della lingua giapponese (l'altro è il *katakana*).

kaiten-zushi: locali in cui il sushi viene servito su un nastro trasportatore da cui i clienti possono servirsi autonomamente.

katsudon: piatto a base di riso caldo su cui viene adagiata una fetta di carne impanata e fritta, uova sbattute e vari condimenti.

kissaten: locali in cui è possibile consumare bevande calde e fredde, snack e pasti leggeri.

kōhai: studente o collega più giovane.

konbini: forma contratta di *convenience store*. Il termine indica una tipologia di negozio generalmente aperto tutto l'anno, ventiquattr'ore su ventiquattro, che vende generi vari.

kotatsu: sistema di riscaldamento costituito da un tavolo ricoperto da una trapunta, sotto il quale è posto un braciere.

-*kun*: suffisso posposto a nomi di persona, solitamente di genere maschile, per indicare un certo grado di familiarità, spesso se utilizzato verso individui di età più giovane.

nigiri: polpette di riso cotto con aceto a cui si dà la forma di un piccolo parallelepipedo stringendole (*nigiru*) con le mani e su cui si adagiano fette sottili di pesce crudo, frittata o altri ingredienti.

punch perm: grafia inglese di *pānchi pāma*, indica un tipo di permanente molto fitta, che ricorda un taglio corto afro, diffusosi in Giappone a partire dagli anni settanta soprattutto tra gli esponenti della *yakuza* (vedi) e della microcriminalità, ma anche tra cantanti e personaggi dello spettacolo, nonché tra persone di ceto generalmente basso.

rāmen: pasta lunga di origine cinese preparata con farina di frumento e servita in brodo con l'aggiunta di svariati ingredienti tra cui uova, carne, germogli di soia e alghe.

senpai: studente o collega più anziano.

shōchū: distillato di patate dolci, orzo o riso con un volume alcolico pari a circa 25 gradi.

soba: pasta lunga a base di farina di grano saraceno. Si consuma calda, in brodo, oppure fredda, intingendola in una zuppa servita a parte.

tatami: stuoie di paglia dalle dimensioni standard di 90x180 cm che ricoprono i pavimenti della casa tradizionale. Costituisce anche l'unità di misura per le stanze.

teriyaki: condimento a base di sakè, salsa di soia e zucchero.

udon: pasta lunga di farina di frumento di formato piuttosto spesso. Gli *udon* si consumano caldi, in brodo, oppure freddi, intingendoli in una zuppa servita a parte.

yakiniku: fettine di carne cotte alla piastra e consumate con vari aromi.

yakuza: criminalità organizzata. Talvolta definita come "mafia giapponese", è strutturata in gruppi chiamati *kumi* che controllano svariate attività illecite tra cui il gioco d'azzardo, la prostituzione, l'usura ecc.

yōkan: dolce preparato con fagioli *azuki* e gelatina. Si serve soprattutto con il tè.

yukhoe: piatto tipico della cucina coreana a base di carne cruda insaporita con varie spezie o salse.

Indice